母亲乡下树下

胡华强 著

四川人民出版社

图书在版编目（CIP）数据

母亲　乡下　树/胡华强著. —成都：四川人民
出版社，2024.1
ISBN 978－7－220－13444－9

Ⅰ.①母… Ⅱ.①胡… Ⅲ.①散文集－中国－当代
Ⅳ.①I267

中国国家版本馆 CIP 数据核字（2023）第 163197 号

MUQIN XIANGXIA SHU

母亲　乡下　树

胡华强　著

出 版 人	黄立新
责任编辑	李淑云
封面设计	叶　茂
版式设计	李其飞
责任校对	申婷婷
责任印制	周　奇
出版发行	四川人民出版社（成都三色路 238 号）
网　　址	http://www.scpph.com
E-mail	scrmcbs@sina.com
新浪微博	@四川人民出版社
微信公众号	四川人民出版社
发行部业务电话	(028) 86361653　86361656
防盗版举报电话	(028) 86361653
照　　排	四川胜翔数码印务设计有限公司
印　　刷	成都国图广告印务有限公司
成品尺寸	155mm×230mm
印　　张	17.5
字　　数	218 千
版　　次	2024 年 1 月第 1 版
印　　次	2024 年 1 月第 1 次印刷
书　　号	ISBN 978－7－220－13444－9
定　　价	79.00 元

内心的风景 （代序）

敬一兵

　　一个人的内心风景，与另外一个人的内心风景是不尽相同的。经历、感受、情愫和生长环境不同，内心风景的轮廓与线条，色泽和景深，特别是内容和层次都会产生差异。胡华强的散文集《母亲　乡下　树》，就是他情愫浓郁、风格别致的内心风景。

　　纵观《母亲　乡下　树》不难发现，无论"时光碎片""故园亲情"，还是"人物影像""他乡旅迹"，都清晰地体现了作者有话就说、有情就抒的写作态度。散文不在乎长短，而在乎内容和细节。从这个角度来看，作者的散文集突出了用内心的尺度丈量外界事物的散文核质。

　　对这本散文集进行抽象概括可知，作者细腻而又富有质感的叙述，无不是在反反复复告诉我们，散文的真相就是用自己的感官接受外界事物，经过提炼、萃取、筛选、比对等一系列状如生产流水线的制造和组装，最后升华为自己内心的风景，然后再以文字的形式，将内心的风景与外界的事物进行对应性的契合。在这本散文集中，最典型的例子莫过于《吆喝声声入梦来》《一瓶风油精》《母亲是棵乡下的树》《校园里的送水工》和《成渝古道一邮亭》等散文。

　　我在阅读上面提到的这几篇典型的散文时，总是感觉自己进入到了作者规定的风景中，惊奇地发现我的视野变小了，世界也变小了，变成了吆喝声、风油精、一棵树、一个人或者一个小小的建筑物……作者对这些对象的精细、缜密和深刻的勾勒叙述，都因为对象变小了而获得了精致、精深和精妙的效果。

　　换句话说，这些散文篇章描述的对象，犹如我观察一个从街对面走过去的人，看起来就很小，一个小型的雕像。我感到奇怪，但又无法想象出他真实的大小，在街对面简直像个幽灵。可是你走近一些，他又变成了毫不相干的另一个人。如果再走近一些，譬如两米的地方，我就根本见不到这个人了。他不再是原来的大小，而是占据了你的整个视野，变成模糊不清的东西。如果你走得再近，那就什么也看不到了。这时你已经从一个领域进入另一个领域——必须用触觉来代替视觉了。实际的情形也是如此，看见的东西与触摸到的东西在感觉上是有差异的，这种差异应该就是散文的风格。剩下来的空间哪里去了？实际上它被作者的情愫占据了，没有留下一丝一毫的间隙，这种结果就是一个人的内心风景的体现。

　　作者的散文集能够唤起我的新奇感觉，仅此一点就能够说明，这本书具有写独特和独特写的特征，是值得借鉴和学习的。

　　浓郁而又真挚的情愫，应该是一个人内心风景的中心点，也是决定内心风景质量优劣的基本尺度。我反复阅读这本散文集中《母亲是棵乡下的树》一文。作者采用工笔形式描述自己的母亲——病魔缠身，抚养儿女，养猪……几个情景就定格出了母亲的朴实秉性。之后，作者笔锋一转，重点叙述了动员母亲进城生活，母亲不愿意在城市里生活，以及作者因为没有尽孝而倍感愧疚和自责的心情。叙述浅显，文字质朴，没有太多跌宕起伏惊心动魄的过程，这种平静平凡的氛围，恰恰能够更好地反差性地烘托出母亲的心思也是本文的意境——母亲说"乡下人啊，就像我们乡下这些树，你看，在这里长得好好的，你硬要把它搬进城里去，说不定还要栽死呢"。厚实的意境，浓郁的情愫，感动了作者也感动了我。难怪作者要把这篇散文的名字作为书名，原来作者就是一个有情有义的人！

《母亲 乡下 树》一书中无论叙述对象是人、物抑或一件事，作者都努力将它们与客观环境紧密联系，与自己内心的风景紧密联系在一起。这点十分重要。作者敬畏与感念情愫、环境、历史和人文的思绪走向明晰，并借由人、物或者事件这些通向自然和历史的捷径，那是祖先隐遁的地方也是我们诞生的地方，来诠释抒发自己的情愫，实质上相当于自己接受历史祖先的检阅，害怕自己对描述对象的肤浅认识与感受，扭曲了内心世界的真相。

我要感谢作者提供的这本散文集，让我通过阅读明白所有的叙述对象无色透明的品相，都是敬畏文字、端庄落笔、心地敞亮、品行清澈的文学境界。对象沉默无声的性质，都是文学虚怀若谷接纳包容的性质，都是文学宣泄情愫呈现人性的参照符号，都是自然环境、人文环境与文学密不可分的特点，都是文学创作者反映自然的一种启迪、借鉴和检讨的指引。

作者的这本散文集向我证明，有感情容量，或者言之有物的散文就是好散文。以此书为例，其所表达出来的好散文特征，具体体现在如下几个方面——始终遵循自己内心的风景写作，始终与草芥人物保持平等的地位，始终给予渺小的事物或者平凡的小人物充分的尊重。最典型的例子是《听蚂蚁唱歌》这篇散文。文章虽然描述的是一个孩提时代的恶作剧过程，但其中的歉疚忏悔和对蚂蚁唱歌的美好向往，还是令人动容。就我的阅读理解来看，该文中作者的内心活动、对恶作剧的忏悔以及对蚂蚁唱歌的虔诚憧憬等内容的叙述和呈现是客观的、可贵的，也是有成效的。散文的魅力在很大程度上，不是因为更"像"现实，而恰恰是对现实的"陌生化"。现实是多方位、多层面、多角度的，现实的主角永远是人，每个人有着各自不同的人生和命运，如何将其抽象出来，取决于作者的内心世界质量和视觉感悟。

由此可见，胡华强是一个真正的作家，他绝不只是在生活中发现了什么就写什么，也不仅仅只是运用所谓的文学技巧来写作。人文精神也好，关注现实也好，他都融汇到了个人的生命体验中去，并引发作家源自意识及潜意识的创作冲动，这是作家精神世界中的有机整体。

有什么样的情愫就有什么样的内心风景。在作者的这本散文集里，一篇散文就是对一个对象或者事物的具体描述，描述的笔触缜密、细致、纯朴，甚至有一种"声声慢"的韵律格调。这种节奏舒缓、悠长婉转和慢处声迟情更多的细节描述，仿佛挚友、长辈语重心长的倾诉。庸常生活里的人，出于生计和实用原因，都放弃了这种耐心细致的描述或者倾诉。因此我固执地认为，作者的写作是坚持了自己内心倾诉的写作，是一条小众化的文字的音质走廊，始于内心的情愫音乐，止于混乱、繁杂而又多重的内心世界。较为典型的篇章有《梦回长生桥》《马灯、亮壶和火把》《我的左邻右舍和上邻下舍》以及《和谐》，等等。

在这个喧嚣的世界中，能够安静下来坚持写作的认真态度，确实说明了作者具有一颗悲悯、仁厚、恬淡与纯洁的心。作者的叙述让我的心安静下来了，这样我才有机会发现，这部散文的题材是很有价值的——反映了生活的细节，并以大量活生生的细节为背景来呈现事物、景观、人文、民俗、风情和文化背景的实质，底蕴非常厚实。我由此感叹写作的耐心是极其重要的——尊重作者，尊重内心世界，特别是尊重心血结晶，尊重读者，就能够尽量减少埋没好作品的悲剧事件发生。

事实证明，这确实是一件说起来容易做起来艰难的事情，也是发现好作品的一个重要途径。我想起了国外的屠格涅夫、国内的海岩等作家的书稿，最初往往也是被编辑们嗤之以鼻丢弃在废纸箩筐中，事后才被证明是优秀作品的诸多实例。我以为，文学写作的理想，不管你有几岁，有了情愫有了内心的风景就有了理想，谁都了不起！

这本散文集收集的散文因为时间跨度较大，文章的质量自然也就有了高下之别。作者之所以把它们收集进来，我的理解是这一方面体现了作者尊重历史、尊重自己写作的态度，另外一方面也体现了作者对自己的作品，无论其成功与否或者质量高下，对他来说都是同样重要的珍惜态度。我十分认同作者的这种选择态度——成功与失败都用不着大惊小怪，我们除了展出最好的散文之外，更应展出不太好的散文。因为不太好的散文都能见人，那么最好的散文就不用说了。从另一个角度来说，假如你选出的是最好的散文，那也仅仅只是你个人的感觉而已。

　　胡华强的散文集不仅写出了一段段生活的"真人真事"，写出了"真情实感"本身，更重要的是还写出了建构在"真实"基础之上的穿透力。作者的亲身经历和体验，成就了他的内心风景。而他的内心风景，又为他的写作提供了春风化雨般的营养与滋润。具有思想性与艺术性，体现时代精神和历史发展趋势，直指世道人心，富有艺术感染力和社会影响力……如是的元素在这本散文集里集中出现，以文字的形式为我们营造出了丰饶的精神绿洲。确实值得阅读，值得收藏。

　　是为序。

用碎梦铺就的人生路（自序）

大学毕业那一年，我们没有享受到敲锣打鼓的欢送礼遇，而是被像送瘟神一样给送出了生活学习了四年的大学的校门。那一年的八月，我在家里收到一封县教育局的信，信上通知我被分配到了老家那所区中学。从那时起，我在那所叫作万古中学（也叫大足二中）的地方工作，结婚，生子，磨过了六年的时光。

读中学时就开始做着文学梦，因此放弃了自己原本出色的理科而选择读文科；高中毕业时，高考志愿表上所填报的专业，基本上都是中文系。上大学读中文系倒也如愿以偿，但是四年大学却如白驹过隙倏忽而逝，毕业时，文学梦还仅仅是一个朦朦胧胧的梦而已。虽常提笔写点短小文字，由于阅历太少，见识浅薄，文思枯竭，到后来连自己都渐渐失去了兴趣。大四那一年，在《四川日报》上看到了一个《青年作家》的刊授广告，由于那时课业已经不多，便萌生了参加文学刊授的想法。照地址汇了报名费，不久便收到了一个"刊授学员证"。那年六月，因毕业便离开了成都。到了万古中学后，由于诸多原因，更因为那是一所偏远简陋的乡村学校，心情一直压抑消沉。直到那一年的年底，我才想起刊授这一码事来。也不知出于什么想法，就给我的刊授老师写了一封诉苦的信。令人意外的是，大概半个月后，我收到了老师的回信，手写的钢笔字，编辑部稿笺纸，密密麻麻五大张。老师在信中给我讲述了她的人生经历：童年时和当小学教师的母亲一起生活在偏远的山区村小，生活非常艰辛；然后慢慢读书，慢慢成长，一步步从山里走出来……老师朴素真诚的言语，自然是在告诉我，不要太在乎环境，只要坚持，只要心中有梦，生活迟早要发生改变。特别记得她在信中的一句话——一个热爱写作的人，只要坚持十年，就一定会成为一个作家！在那个意志消沉的时期，这句话多少像一支强心剂，使我勉强维持住了差一点就要消失的文学梦。我永远记得，我的那位从未谋面的老师，她叫萧青，当时已是一位六十多岁的老人了。虽然后来我再也没有与她保持联系，但是我带上了她给我的真诚的鼓励和殷切的期望。

六年后我离开万古中学到了大足中学，文学梦虽然并没有多少成长，但是也一直藏在我的心底。在县城工作生活了九年半，结识了一群热爱文学的朋友，喝了数不清的烈酒，抽了数不清的烟，前前后后也写了一些乱七八糟的文字。大概是 2000 年吧，家里有了电脑，便开始练习用智能 ABC 把我那些虽不成熟但却是心血化成的文字输入到电脑里去，把原稿就当废纸处理了。有一次请一个同事帮我修电脑时，他一不小心把硬盘上的文档删了个精光。那一次对我的打击真的很大，差一点就彻底放弃文学的梦想了。大概过了半年时间，受文友们的感染，我又才开始试着写点东西。

2005 年初我来到成都，开始了异乡的生活，突然隔绝了以前烟酒无度的喧嚣，有了清静的寂寞和孤独，这正是后来我能够持续地写一些东西的绝好的前提条件。在平时繁重的教学之余，逐渐养成了较有规律的用文字记录内心的习惯，十多年下来，就积累了一些篇什，这便是我的第一本纪实性人物传记式散文集《故乡故人》，还有近二十万字的散文诗，当然也包括我的这一本散文集《母亲　乡下　树》。

《母亲是棵乡下的树》是这本散文集中一篇文章的题目。我决定由此提炼作为我的这本书的书名，当然有纪念我的母亲的用意。2006 年母亲的突然病逝，是我永远平复不了的伤痛，个中缘由不忍述说。那篇文章是我在母亲还健在的时候写的，而今母亲已经去世十二年，我仍然没勇气提笔写一篇关于她的文章，只在很多篇章里不断地嵌入"母亲"这个词语，表达我深沉的思念和无法言表的愧疚，而"母亲"这个词语就成了我不断写作的不竭动力。

这本书包括"时光碎片""故园亲情""人物影像""他乡旅迹"四个部分。每部分都有母亲的身影。文学的本源说有多种理论，我自然更信奉生命的原始冲动的观点，因为我知道，我生命的来处，一直有一双眼睛在温情地看着我，使我始终想不停地表达，不敢懈怠。那是我母亲的眼睛。

这本书，是我近二十年碎梦的记录。无论是现实的脚步还是思维的旅行，无论走得多远，自始至终都与母亲与故乡关联在一起。它没有惊天动地的情节，也没有惊世骇俗的见解，但母亲是善良的，故乡是亲近的，因此我接受我的文字的朴素。

我将怀着无限虔诚的敬意，将这本书献给我的母亲！

目录

时光碎片

故园亲情

人物影像

他乡旅迹

时光碎片

一

一

感受亲情

那时，我还在一所乡村中学做"村学先生"。环境偏僻，生活单调，以致"毕业—就业—娶妻—生子"成了一条顺理成章而似乎永远无法改变的人生轨迹。正因为如此，年轻人（特别是刚跨出大学校门的）天马行空、放纵不羁的个性也就于无聊的缝隙中疯狂地滋长：坐在宿舍外走廊的铁栏杆上吹牛，窝在单身汉的小屋里打牌，在街上王八儿的酒馆里喝酒，在破败不堪的运动场踢球，这些毫无节制的行为甚至并没有因为结婚这样的"人生大事"而有所改变。结婚一年多，甚至在有了孩子之后，在我的意识当中，"家"这种概念都是那么的淡漠，那样远离我的生活，从行为到思想，我更多地还是一个单身汉。为此，妻和我不知吵过多少次架，她骂我天生是个"光棍命"。我笑笑，自以为大度而洒脱地又去吹牛、打牌、喝酒、踢球，一有空就和其他单身汉们裹在一起。

后来，有一天夜里发生了一件事，才使我深深地感受到了"家"的分量，亲情的可贵。

我做班主任的班上有几个家住镇上的走读生，下晚自习后回家，无端地遭到几个喝了酒的痞子的殴打。有同学跑回来敲我的门，我便吩咐他到男生寝室找几个同学和我一起到镇上去看看，结果他过去一吆喝，就来了七八十个学生。那是一个深冬的夜晚，我们摸黑踩着高低不平的泥石路匆匆往一公里外的镇上去。后来的事，大略是找到了遭人殴打的学生，不见了肇事的杂痞，学生们群情激愤却又无处发泄，这时又遇到了故意前来恶语辱骂寻衅闹事的恶人，于是便发生了学生群起怒打恶人的事件。打过了，人散了，而不明真相的人便涌出来了。其中有人便认出了我——在那个巴掌大的镇上，谁不认识谁呢？——说是我指使学生行凶，就有好几个人上来强行扭扯。那时，我还年轻气盛，便作激烈反击。学生们见状，也就返回来拼死保护，又是好一阵混战，直到被学生推进了派出所值班人员的卧室，混乱才稍微平息。待吵闹的人群涌到后院的综治办之后，有学生跑来敲门，并带着我晕头转向地穿了好几条巷子，才终于脱离了骚乱的人群，走出了场镇，回到了学校。

站在自家门前，仿佛刚才的混乱、喧嚣、血迹、谩骂、仇恨还寸步不离地尾随而至，仿佛恐惧和危险正把它冰冷的手搭在我的双肩，仍不由得内心发紧，全身上下不住地发抖。掏出钥匙，很快地开了门，一返身关了，仿佛害怕那身后的一切会趁机强行挤进屋来一般。开了灯，过了好一会儿才将昏暗的一切看真实。我望着斑驳的天花板呆视了好一阵子，才稍稍定下神来。这时，室中日日见惯了的东西——书桌、书柜、凌乱堆放的书本，甚至那盏破旧的台灯，便一一清晰地呈现在了我的眼前。我猛然间感到这一切是那样的亲切，那样地拨动着我内心似已蒙尘的心弦，我真想冲动地抓起每一样东西亲吻。进入卧室，看到妻与女儿熟睡的脸，听着那均匀的呼吸，一种强烈的情绪控制了我，温馨、平和、恬静……这些感觉像一股无法阻遏的流泉，从我的脑门直往下浸、浸、浸……浸透了全身，刚才那紧绷的神经突然松弛了，顿然融进了一片宁静平和的意境中。

此时，竹编天花板上的家鼠们又开始了它们例行的"夜半练兵"，我第一次善意地理解了它们的吵闹；有一个从未在头脑中清晰过的字便在我的脑海里慢慢升了起来，且越来越大，像一轮金色的太阳——这便是"家"。

而今，那一段日子早已远去，那一夜的具体经过我已记忆依稀，但那一番感受却是如此刻骨铭心。也正是从那一夜起我才开始从幼稚走向成熟，由一个不懂事的"单身汉"变成了一个具有责任感、乐于为家而生活的人。

　　家，只是一个小小的世界，然而它又是一个多么广阔的世界——因为"亲情"，它让每个人找到"根"那样的归宿感。

晃来晃去的身影

这条大街是一条交通干线，车流量极大，满眼是滚滚的车流，满耳是轰轰的声响；两边的非机动车道上也是飞奔不息的自行车和电动车的洪流，盈耳的尖厉的刹车声。

在公交车站台上等车，有一种置身惊涛骇浪之中的恐惧感。

在大街上的滚滚车流中，我突然看见一个小小的身影在晃动——那是一个散发广告的小男孩儿。小男孩儿大概只有八岁，赤着上身，穿了一条松垮垮的短裤，脚上趿了一双大人的塑料拖鞋，全身被太阳晒得黝黑发亮，脸上脏兮兮的还冒着汗珠。在滚滚车流中，他的身影是那样的灵活，一会儿蹦跳着前进，一会儿在地面上滑动前进，一会儿单脚独立旋转180度甚至360度。他那样在大街车流中穿梭，是在不停地寻找可以散发广告的对象。他手上捏了厚厚一把名片大小的小广告，凡是车窗打开或者留了一条缝儿的，他就迅速地飘过去，往车内"飞"一张广告。我之所以说"飞"，是因为他那不同一般的潇洒熟练的动作，即使是很小一条缝儿，他也会隔着一定距离将那纸片横着一抛，纸片便像飞碟一样旋转着飞进车里去，几乎无一不准。即使车窗关严了的，他也会以一种快得惊人的动作在挡风玻璃前面的缝隙里卡上一张，当司机看到他的时候，他已经飘到另一辆车旁边去了。

等车的人们发出了各种各样的感叹：

谁家的小孩子，这样不要命了？

那小东西身手好灵活！

妈吔，吓死人了！

这也是勤工俭学嘛！

是哪个大人在指使啊，真缺德！

看那样子就是农村来的娃娃，脏兮兮的！

胆子好大啊！

什么胆子大啊？无知者无畏嘛！

……

突然一声尖厉的刹车声，接着是人们的一声惊呼——一辆轿车突然刹住，传来了司机愤怒的骂声。小男孩站在车子前面，对司机的咒骂充耳不闻，一晃，他已旋转到另一辆车子前面去了。

我就这样看着他在车流中晃来晃去，像一条在滔滔江流中游动的鱼。公交车终于来了，小男孩的身影在我的视野里消失了。

晚上看电视，新闻在报道本市今天的一场车祸——一辆奥迪轿车把一个小男孩撞出好几米远，小男孩不治身亡。

我的心一下子差点从胸腔里蹦了出来，那个在车流里晃来晃去的身影似乎突然扑到了我的面前，我不自觉地发出了一声惊呼。

其实，那出事的孩子不一定就是白天我看到的那个孩子。但我的心还是无法放松——在这个城市里，不知还有多少这样在车流里晃来晃去的孩子，他们都是一些稚嫩而鲜活的生命啊！还有那些在车站、在广场拉住人们的衣服不放强行乞讨的孩子，那些在大街小巷死缠硬磨兜售鲜花的孩子，那些拿着一本歌谱在食客中间穿行卖唱的孩子，那些在车流里提着一串黄桷兰来回兜售的孩子……他们都一起在我的脑海里不停地晃来晃去！

无数晃来晃去的影子，让我一夜不眠。

祝我节日快乐

不经意之间，一晃就十八年了。我就这样在三尺讲台站了十八个春秋，突然觉得不可思议。之前从来没有想到过自己会从事这样的职业，从事这个职业后似乎也说不上有多么地热爱这个职业，就这样多少有些麻木地往前走着，走着，就走到了这第十八个站台了。突然回头看看来路，发现那迤逦而来的脚印深深浅浅歪歪扭扭，跳动着忧伤和欢乐的光影，那些光影慢慢笼罩了我回望的视野，仿佛自己进入了一个亦幻亦真的梦境。

的确，所有逝去的时光，仿佛都沉重得无法托举，也仿佛都轻得来毫无重量。只有一些梦的碎片，还飘浮在记忆的天空，那是一些清晨，傍晚，或者镌刻着生命音符的落叶。

大学毕业了，离开校门上了火车。一列慢车，仅仅五百里路，开了整整一夜。到要天亮的时候，我们被丢在一个永川火车站，那个六月的凌晨居然还有着刺骨的凉意。与一个同学乘上了回大足县城的班车，在车上，一股凄凉的情绪突然从脑门灌下来，浸透全身。四年的大学生活就这样结束了，人生的轨迹画了一个圈，又回到了起点。不过，出发的时候还是个十几岁的懵懂少年，而现在却成了一个灰溜溜的青年了。

经过一系列的周折，在八月中旬，正在家中打谷子的我突然收到了一封县教育局的信，信上说，我被分配到了我的老家所在的区中学任教，并叫我"务必"在某某时间之前报道，否则"一切后果自负"。于是，我就正式成了一名中学教师。

这是一所县直属的区中学，距离那个叫万古的小镇有一公里多路程。学校曾经也有过辉煌的历史，只不过我们去的时候，已经衰落到了最低谷，全校学生只有六百多人了，而且一年很不容易考上一两个大学生。校园破败不堪，一栋稍好点的三层青砖楼，一排土墙屋，一栋两层的办公楼，一栋两层的单身住房，一个破食堂，一座陈旧的三层教学楼，以及一个经常有人因雨天路滑刹不住脚步而直接冲下去的旱厕——这就是学校的全部，当然还有一个运动场，不过整个形状仿佛是个歪脖子葫芦瓢，地面坑坑洼洼，篮球直着拍下去，一般都要往不可知的另一个方向弹出去；一下雨，就要成为比红军过的草地还要吓人的烂泥塘。校园有一半边以炭渣拌石灰筑的围墙，早被周围的农民挖得到处是洞，牛羊猪狗经常在校园内自由出入，空地就是牧场。

　　同时来了十多个新教师，没有住处。我们四个单身汉住在一个又黑又湿又霉臭的狭窄屋子里，开始了我们的从教生涯，这样一待就是六年。在这六年里，从一个被不少家长当作学生的年轻教师变成了一个不折不扣的中学教师，从一个天马行空的单身汉变成了一个有着妻室的沉稳男人，从一个信心满满的大学毕业生变成了一个绝望多于希望的"村学先生"，从一个口无遮拦的激进青年变成了一个沉默寡言的委琐男人。日子在一天天地流逝，希望在一天天地流逝，生命就这样悄无声息地从讲台上挥发消散着，消散到了那四围广阔的田野。

　　也不知是什么缘由，在极度绝望的心中又萌生了野性的希望，打算结伴到广东广西去闯荡，早去了的熟人的成功成了招引我的巨大力量。然而，当万事齐备的时候，却被家人阻止，后来又鬼使神差地进了县中学，在这个曾经度过了三年高中生活的校园里，做了九年多的省重点中学高中教师。在这个相对好得多的环境中，开始怀念那乡村中学的时光，怀念那些贫穷而滑稽的日子——那些与校外人员打架的日子，那些与学生一起追十多里地抓小偷的日子，那些与同事一起晚上抓蛤蟆、捉黄鳝泥鳅、喝酒的日子，那些与学生一起与恶人混战的日子，那些与调皮学生硬拼到底互不服软的日子……在这里我感到了人与人之间的自私和隔膜，也许早成了乡野之人，突然进入城市不太适应，哪怕只是个小县城。

当我开始慢慢适应的时候，新的烦恼却又接踵而至。

天性的孤傲，使我从不主动与领导接触，因此第一年就落得了"继续试用一年"的下场。虽然有充分的事实证明自己无论是教学还是班主任工作方面都很出色，可还是没法改变结果。在一场大醉之后，心中便萌生了去意。到一所地区城市的重点中学去讲了三十分钟的课，便得到全家迁入的许诺。带着满心的喜悦回去，可是，一站到自己的学生面前，那喜悦之情就灰飞烟灭了，一种沉重的自责和难堪让我终于打消了远走的念头。在县中学九年多，教过五届学生，成绩斐然，声名鹊起，自豪于受到广大学生和家长的爱戴，这让我第一次从心底里感到了为师的快乐。

由于自己的"老毛病"，又让当官的人给欺负了，而被欺负了自己又不服气，最终在一次并不激烈的争论之后，突然在一位校长面前冒出了"此地不留爷，自有留爷处"的狂言，便在三年前的春节举家出走，于是今天就坐在这里敲打着键盘，搜索那些如梦如烟的日子了。

我不说自己教学如何如何，一是谦虚，不想说自己往日的辉煌，二是觉得太累，说起来更累，于是省略！虽不敢说"桃李满天下"，然而还是有了不少弟子，每每收到他们的问候，便感到人生沉甸甸的价值。我作为一个教师，老实说没有感觉到它的"高尚"，甚至还常常心生怨尤。但是我能够肯定的就是，从来没有对这个工作懈怠过，从来没有伤害过我的学生。我常常说，教书是一个养家糊口的职业，是因为我把这个职业看得很平常，我不想把它说得崇高使自己累死在讲台上。事实上，我从事这个职业是尽了全力了。我感到自信而心安！

在我的记忆中，似乎所有的"教师节"这一天都在上课，习惯了这种表面喧嚣背后的漠然。学生的问候是我藏在心底最大的幸福，我在这一天讲课往往特别投入。学校的或多或少的一点慰问费也会让我得到些许的快乐，我会突然想起领导们偶尔可见的温和笑脸。

又一个教师节就要来临了，我第一次给自己一个祝福——祝我节日快乐！

吆喝声声入梦来

我从事的职业决定了我的生活空间很狭窄，无法听到各种各样的市声。我不是一个民俗学家，对这方面也没有专门的研究。可是，我对来自市井中的那些吆喝声却有着一些深刻的记忆。

几年前，我还生活在渝西的一个小县城。县城因其小，便异常的宁静。我的家又在县城偏僻的西边，那里本来来往行人就不多，一条新修的叫武胜巷的小街从楼下自北向南横过去，上百个装好了铝合金卷帘门的门市只稀稀拉拉开了几家杂货店，其余的门市要么空着，要么就被附近的人租为临时的过渡房。白天最常见的景象，就是那些人在门外的过道上摆上好多张麻将桌子玩小麻将。女人抱着孩子或者做着针线活，并不耽误出牌吃牌胡牌；男人则一支接一支地抽着劣质香烟，夏天大多赤着上身，时而悄无声息时而哄然大叫。而傍晚时分，暮色渐起，街面上的人们都收进了屋里的时候，便可以听到那种特别的叫卖声了。

"蛋卷儿，蛋卷儿！"一个女人的声音。

"豆花儿，豆腐脑儿！"一个老头子的声音。

"油炸粑，热的！"一个年轻男人的女人腔。

这样的叫声在宁静的小街上来回地飘着。天色已经全黑了，有时还下着蒙蒙细雨。昏黄的路灯照着，刚栽的行道树孤独地站在街道的两边默默无语。我有时就站在窗口往下望，卖蛋卷儿的骑了一辆三轮车，卖豆花儿豆腐脑儿的和卖油炸粑的则挑着小担儿。他们在夜色中缓缓而行，而街上人影却很少。这时总会有一种孤独寂寞的情绪慢慢地从街面上漫延开来，逐渐升起，将我五楼的窗户笼罩。其实本来应该没有这样的情绪的，我之所以有这异样的感触，是缘于我一次生病的经历。我以前很少生病，那一次却突然发生剧烈的胃痛，使我不得不僵卧在床。女儿上夜自习去了，妻子也不在家，家里就我一个人。黄昏时分，楼下就响起了那些叫卖声。那声音听起来是那样的疲倦乏力，在暮色中浸润着无尽的恓惶之感。猛然间我的眼泪就冒了出来，我的心思一下就变得这样的敏感，一种从来没有过的强烈的孤独感在这样的时候立即弥漫开来。我忍着痛起床，把家里每个房间的灯全部打开，把音乐也打开，如同白昼的光明和激越的旋律逐渐驱走了那种无形的情绪，我静坐了好一会儿，疼痛遂消失了。但是，那个时刻听到那种叫卖声的独特感受却永远烙在了我的心底。我对以前生活过的那个地方的回忆就一直保持了这样一种挥之不去的忧郁情愫。

现在我住的小区，每当黄昏时分，也常常听得到各种各样的叫卖声。

"蛇蚤药，耗儿药，粘鼠板儿，打鼠板儿，头痛粉儿，十滴水……"一个用自行车搭着筐子叫卖的人。我不知道他怎么把这些夺命的和治病的东西同时叫卖。

"本地黄瓜，本地红苕，本地白菜，相因（便宜）卖!"一个骑三轮车的中年妇女，突出地方特色的叫卖，迎合人们排斥外地良种菜的心理。

"河南馒头!""江苏馒头!""山东馒头!"这下又专门突出外地特征，大概那些地方的馒头比我们本地的馒头要做得好吃些。几家卖馒头的摊子，用电声喇叭竞争。

叫卖的什么人都有。男的女的，老的少的，本地的外地的，声音各异，常常占据一个路口为据点，且不用嗓子而用喇叭叫卖，一遍一遍重复不厌其烦，在不算冷清的街面上便造出了一种热闹的气氛。生意说不上好也说不上不好，反正每天的黄昏时分这个热闹的市场就突然形成了。一路上摆过去的还有烧烤摊，凉虾摊，水果摊，烟摊，烧腊摊，烤鱼摊……烟火缭绕，百味杂陈，人声喧嚷，到底还是盖不过那几个可以自觉重复叫喊的喇叭。我不像别人那样对此有着深深的厌恶，我感觉到的是热闹所唤起的一种生气，一种暮色中飘荡的温馨。在家里闲坐或者读书，隐隐地听着从窗外挤进来的那些市声，就更能够获得一种微微的醉意。

白天里听得最多的是收废品的叫声。骑破自行车的男人，车上绑着一个喇叭，不断地重复那句话——收购旧麻将，烂冰箱，烂彩电，烂空调，烂电脑拿来卖！这个叫法与我原来在小县城听到的几乎完全一样，他们仿佛是同一个师傅带出来的徒弟。这个叫法明显是有语病的。我在给学生讲"病句"时，说到"句式杂糅"，便举这个例子。学生先是一愣，接着就会心而笑，因为他们肯定也听到过这样的叫声，只不过还没有意识到是病句而已。印象最深的要数一个中年妇人，她用三轮车拉了满满一车青菜，也是用喇叭叫卖。她设置的重复声音时间隔得很远，几乎有半分钟，而她叫出那个菜名的时候却又很响亮很短促，且用了一个很土的名字——咪咪菜！她从你身边骑过去，突然在你身边大叫一声"咪咪菜"，会吓你一大跳，路边的行人也都会转头来望。一望，便可能买。我想，也许这个妇人是故意这样设置的，如果真是故意这样设置的话，她还真的收到了不错的广告效应了。

我又想起了小时候，我们乡间补锅匠的吆喝声。俗话说"剃头匠的挑子——一头热"，其实补锅匠的挑子也是一头热。一头是风箱，风箱上有两个像抽屉一样的格子，里面装煤炭和工具，一头就是一个煤炉子。补锅匠走在我们乡间的田坎上，使出最大的劲吆喝——补锅哟！"补锅"两个字被高度浓缩，再与"哟"高度浓缩，听到的便是"啵——"这样粗犷苍凉的叫声。我曾经问父亲，那些补锅匠是不是都是"夹舌子"（口吃）？父亲笑了笑，不说话。

　　还记得有个叫贾二娃的卖杂货的老人。贾二娃五十多岁了，大人都这样叫他，我们小孩子也这样叫他。他是区上供销社的职工，常常挑担下乡叫卖。"针头线脑盐，煤油草纸糖！"那个"盐"字和"糖"字吆喝得特别重。只要他把挑子往院坝上一放，就开始这样吆喝。这时，我就会兴冲冲跑去叫母亲："妈妈，煤油草纸糖来了！""来了你把他请进来供在你屋头香火上嘛！"母亲这样教训我，我便会没趣地走开，因为我那点小计较儿母亲完全明白，关键是最后那个"糖"。那时候，父母哪里会满足我们这样的愿望呢？最多每年有一两次吃"宝塔糖"（一种圆锥形的驱虫的彩色糖果）的机会。贾二娃的吆喝声是我童年听到过的最具诱惑的声音。

　　唉！各种各样的吆喝声，常常进入我的梦乡，勾起我无尽的怀想！

又到金榜题名时

高考之后，短暂沉寂。

从今天早上开始，就陆续接到了学生看似平静实则焦急的电话。十年寒窗，胜败在此一举，那个还未知晓的分数牵动着家长、学生和老师们绷紧的神经。这与什么"分数至上"，什么"应试教育"都没有关系，这只是对自己长期而艰辛的付出的一种期待和渴望，是对自己所追求的理想的一种急切印证的冲动——老师和学生都是这样的。现在，我打开了QQ，发现几乎我所有的学生都鲜艳地挂在那里。我隐身，做一个同样焦急的旁观者。

我想起了二十四年前，自己等待高考分数的那些日子。

1985年，高考结束后，我没有做任何逗留，直接背着铺盖卷从县城回到了乡下的家里。母亲看到了我回家，高兴之余，突然蹙起了眉头问我，你还有多久才毕业啊？我吃了一惊，接着有些无奈地对母亲说，已经毕业了，再也不上学了。母亲没再说什么，而我知道，这时母亲其实还不晓得我已经参加了那叫作"千军万马过独木桥"的高考，母亲她只是不经意间透露出了家里艰难地供我读书的沉重情绪。我说，我刚刚参加完高考，就是不知道考不考得上。母亲正在田塍上掐藤藤菜，弯着腰，似乎想说什么，却没有说出来，只是看了我一眼。也许母亲心中突然生出了一种异样的感触——我这个瘦弱矮小的儿子，也许真的要成为一个大学生了！我还记得，那是傍晚时分，湾里头所有院子里都升起了炊烟，田野里烟雾贴着地面铺开来，一种温馨而又有些令人窒闷的气氛笼罩了整个田野。

在等待分数的那些日子里，母亲没有像以往那样安排我做许多的农活，而是纵容我每天睡觉。那些天的瞌睡可真的叫作睡得天昏地暗，日月无光。昏睡之余，短暂的清醒时刻，似乎只在做一件事——估算自己的考分。千遍万遍地加着心中那些令人忐忑不安的虚幻的分数，有时信心百倍，有时悲观丧气。内心充满期待，又倍感百无聊赖。

那是大概七月下旬的一天，是老师告诉我们可能看得到高考分的日子。院子上一个赶场回家的长辈说，街上好多人都在谈论高考分数。他跑来问我知道不知道考了多少分，我说不知道，但是心里突然紧张起来了。我对母亲说，我要到县城去，回学校去看。母亲说，都半下午了，车都没有了，怎么去？我就跑到公社去，我要去打电话。公社文书室的门开着，一个年轻女子问我打电话干什么。我说问考分，她竟然很热情地帮我打通了我学校的电话。当我接过她递过来的话筒的时候，我还清楚地记得我的手抖得厉害，说话结结巴巴。当我说了自己的名字过后，那边告诉我等一等，那等待的几十秒钟时间仿佛有千年之久。突然那头说话了，是恭喜我考了一个高分。我的脑袋嗡的一声，全身在一瞬间似乎麻木了，竟然说不出话来。然后，我把电话一丢，撒开脚丫子就跑，不到十分钟就跑回了家。母亲见了我，也不说话。我开始在门口的矮凳上坐下来，努力平静自己。我看出母亲有些害怕，她站在我身边，局促不安。我终于说，妈妈，我考上了。母亲似乎舒了一口气，说考上了就好。然后就拿了竹竿开始取那块挂在很高的墙壁上的腊肉。

第二天，我一早就赶车到了学校，学校已经聚集了好多同学。然后我才知道那一年我们学校的学生考得出奇的好，上线率竟然达到了百分之七十几，而我的分数竟然超了重点线。碰到了班主任，他说我报了师范，师范要优先录取，我读不到重点大学了。我有了些许的失望，但是很快我的快乐就压倒了失望，因为我已经感到很满足了。于是，同学们怀里揣着成绩单，满城乱窜，仿佛在游行，满街的人都惊奇地望着我们这些得意忘形的少年，眼中投过来赞赏的目光，那是一种多么享受的感觉啊！小小的县城，几乎所有的街道都被我们逛了好几遍，于是我们又来到南门桥濑溪河边，大家掏钱买了花生瓜子，边吃边看一群老头子钓鱼。一个老头子问我们是不是考上了大学，我们齐声回答，就是。这个老头子就竖起拇指说，不得了，文曲星啊！我们全都夸张地哈哈大笑。

傍晚的时候，我们突然想起要回家，都想把这个快乐早点带给自己的家人。可是车早已收班，于是我们万古区的一群，大概有十多人决定走路回家。从县城回万古有五十多里路，但是我们很兴奋，毫不犹豫，立即出发。刚走到东关出马家街的时候，天已全黑。一群兴奋不已的家伙几乎是在一路小跑，直跑得气喘吁吁，又慢行一会儿。一辆大货车开了过来，在我们身边突然停了下来，司机伸出头，大声地叫喊：小陈，小陈！我们一看车停了下来，哪管三七二十一，一齐往车上爬。突然听到司机说，嘿，老子还看错了人呢。我们在车上大笑，说，没有没有！汽车发动了，在凹凸不平的公路上飞驰起来，我们就在车上放肆地大声唱歌，疯打。车到了大堡场，要右转到协和煤矿去，我们就下了车，不停地对司机说谢谢。司机说祝贺你们啊，便一溜烟开走了。我们又走了十多里夜路，到了万古场，在一家商店的门口的电灯下，突然发现我们每个人都全身黢黑，原来是煤车上的煤灰沾在身上了。我回到家里，已经是十点多钟，发现几乎全院子的人都聚集在我家里，我立即成了英雄……

这已经是二十四年前的往事了。

此时，我的学生们正在焦急地等待着他们的消息。他们等待的情形已经与我完全不同，但是我相信他们等待的心情一定是和当初的我一样的。这个学校，曾经出了那么多个省状元，今年又会花落谁家？

我的那些学生，他们经过几年的拼搏，会有怎样的收获呢？几个小时之后，就会印证所有的期待。

我也在期待。我期待着深夜的时候，学生给我传来幸福的佳音！

远去的鸟儿

女儿才离家半天，我就感觉到巨大的失落了。

早晨五点准时起床，叫醒还在酣睡的女儿，为了赶上七点钟到北京的航班。她还是像往常一样，赖在床上哼哼唧唧不想动。匆匆地洗漱了一下，我们就开车到机场去。两个箱子是头天晚上就放进了车子的后备箱的，只提了点早点，可是我们似乎都没有食欲。到了机场，那里已经人潮涌动了，看样子，大多数都是送学生上学的。

换了登机牌不久，到北京的航班就开始检票。女儿若无其事地独自背了书包走了过去。我们看着她过了安检门，然后转过身来向我们挥了挥手。这一瞬间，我的心里似乎听到"嘣"的一声，仿佛哪个地方出现了断裂，全身不由得有了一丝颤抖。女儿慢慢地往候机厅走去，我这时才看到她的脚步是有些迟疑的，好几次回过头来向我们挥手，然后才消失在人流之中。我和妻子快速地走出了大厅，直到驾车走了很久都没有说话。的确，那时的情绪是有些伤感的。本来，女儿是去上大学，是一件令人高兴的事情，可是，此时女儿就到远方去了，就像一只展翅的鸟儿，将要飞向高远的天空，你将不能确定她什么时候才会飞回来，而这只鸟儿，十多年来，她就一直生活在你翅膀的庇护之下。

那一年，我们还在一个偏远的乡村中学，女儿就出生在那个叫长生桥的地方。我们夫妻二人忙于工作，照顾起她来就很吃力，再加上她从小体质就很弱，一年之中差不多有一半的时间在生病吃药，更因为那个时候经济条件也不好，所以我们感觉抚养她真的很艰难。从她三岁开始，我就每天骑着自行车早上送她去三公里外的镇上幼儿园，下午去接回来。一年后，我调进县中学，女儿跟着我进城读城关幼儿园，我仍然每天接送，晚上给她洗澡，守着她入睡，同时还要完成自己的工作。后来，女儿开始读小学了，不再需要我接送，我才陡然觉得轻松。再后来，女儿升入初中，就在我任教的学校初中部就读，这个时候，她的身体才逐渐健康起来，很少生病了。我们对她的身体少了担心，却开始对她的学习空前地关注起来。虽然她的成绩一直都还不错，但是我们也少不了怀着"望子成龙，望女成凤"的强烈愿望。初中才读了一年半，我们就全家来到了成都。这是一个远比以前县城的条件要好得多的地方，但却是一个完全陌生的环境。在一个完全陌生的环境里，别说一个孩子，就是我，也倍感适应的困难，好几次都差点暗自落泪。而女儿的反应，的确让我非常担心了。

开学后的第二天，晚自习结束后，她进门把书包一放，就突然哭了起来。我不知道她受了什么委屈，过了好一会儿，她才大声地说："我不在这里读书了，我要回重庆去，我要回原来的学校去读书……"我这才明白，我们只顾及自己对环境的选择，却忽视了孩子对环境适应的问题。来到这里，人生地不熟，一个孩子该有多大的压力！尤其让她觉得难受的是，这个学校的学生英语水平非常高，即使她在以前的学校英语成绩很不错，在这里比较起来也有很大差距，口语差，发音不准，听力差，听不懂老师讲课。面对这样的情形，我内心也产生了巨大的压力，只好竭尽全力安慰她，鼓励她，开导她。所幸，她很快就适应了，并且成绩提升很快，到初中毕业时，她就顺利直升了我们的高中部。此时，她已经完全适应了这个大都市的生活环境。

她高中就在我上课的年级就读。我虽然没有直接教她，她却几乎随时都在我的视野之中飘来飘去。艰辛的高中学习生活，她也终于度过了。今年，她被大学以保送生的资格录取，初步实现了她的人生理想，也让我们暂时松了一口气。现在回过头来再看看这十多年一路走来的轨迹，不由得让人心生良多感慨。

一个幼小的生命，在万古镇卫生院破旧不堪的手术室里降生。去医院的时候，慌乱之中，我什么东西都没有带上。医生叫我赶快跑回去拿，当我抱着那一包母亲早已准备好的色彩斑杂的布片喘着粗气跑回来的时候，女儿已经降生。我小心翼翼地把她从别人手中接过来的时候，看到的是一个全身泛红、满身皱纹、耳轮上竟然长着许多细毛的小生命，脖子细瘦得仿佛稍不注意就会旋转 180 度。那瞬间，我感觉是一种不可思议的茫然。接下来，女儿从牙牙学语，到蹒跚学步，时间在悄悄地流淌，她为我们的生活带来了许多快乐。同时，童年时孱弱的身体，也让我们担惊受怕，让我们从那时起才真正体会到了我们的父母一直想让我们明白的人生的艰辛。随着年龄的增长，女儿的性格也在发生着变化，猛然发现她已经不再像以前那样对你言听计从了，她开始叛逆了，这时，我们就会觉得愤怒，就会觉得不能容忍，于是，孩子开始对父母疏远，对你的啰唆的教化她会充耳不闻。她开始对卡通画册入迷，开始对你的训斥抱以不屑的眼神……面对这样的情形，我曾经还动过手打过她；面对她的逆反，我曾经也绝望地对她说过，希望她早点离我远些……

现在，女儿真的已经远离我们而去。我曾以为，就她的性格来说，不会对家有多少眷恋。但是，就在离别那一瞬间，我还是看到了她那迟疑的脚步和有些茫然的眼神。十几年来，她都一直生活在我们的身边，我担心她初次独立生活不适应。结果，她主动要求我们不送她，她自己独自去学校。从她离开我的视线那一刻开始，我的心便空了。我回到学校，开会心不在焉，一直捏着手机。两个半小时后，手机响了，女儿打来的，告诉我：爸爸，我下了飞机了。然后，她搭乘机场大巴，再转出租车赶到了她的学校。她的自信和独立处事的能力出乎我们的意料。这几天，我的手机里尽是我们之间交流信息的短信。我问她习惯不，她说习惯。这就让我倍感欣慰，即使她并不是真的习惯，只是安慰我，也说明她懂事了。我相信，她说"习惯"并不完全是真实的。想起我上大学时，比现在的她几乎大两岁，而且几年前就已经习惯住校生活，当来到学校的开初那段时间，每当听到校园外狮子山成昆铁路上火车的汽笛声时，都会在被窝里暗自落泪，像她这样，才开始真正离家独立生活，哪能对家了无眷念呢？

女儿离开三天了。这三天是我一生中念及她最密集的时光。鸟儿从我身边飞走了，我的心空了，这样的感觉以前是从来没有过的。我知道，鸟儿早晚要飞走，但是，真的飞走了，便觉得有一种撕扯着心肺的失落。天天从校门口那个宣传牌下走过。橱窗里还贴着今年全校保送生的彩色照片，女儿也笑盈盈地站在那里。我总是忍不住要停下脚步来，定睛看上几眼，恍惚之间，觉得那是女儿站在她的大学的门口向我招手……

当大地开始颤抖

——灾难边缘的速记

平静的午后

公元 2008 年 5 月 12 日。

这是一个平常得几乎不会有特别记忆的日子。小街。午后。北京时间 14 点 20 分。

熙熙攘攘的人流带着午睡还未退去的慵懒；

街边小贩睡在遮阳伞下张着嘴打盹儿；

三个男人通红着发皱的脸在烧烤摊旁喝着啤酒；

一对对相爱的男女搂腰牵手窃窃私语；

推车叫卖的瘦老头无聊地守望着蔫耷耷的菜堆；

修鞋的哑巴少年把擦鞋机开得发出嗡嗡的单调的鸣唱；

一群杂色的家犬在垃圾堆上夸张地撕咬和吠叫；

54 路公交车按部就班地开过来，吐出一堆人，然后又吸进去一堆人，飘然离去。

时间平静得喧嚣的市声不会在耳朵中留下任何震动的共鸣……一长排芭蕉树寂寞地绿着，是整条小街唯一生动的风景！

大地开始颤抖

头顶的天空，依旧湛蓝，白色的云絮静默着一贯的闲适。

被开膛破肚的小街，让各种机械做过了多次手术，现在还凹凸不平。

我那辆老实驯良的破旧座驾正载着我在乱石堆中夺路驱驰，它早已习惯了主人为求生活的奔波与忙碌。

每天，几乎在同一个时刻，我从小街的每个小店的门口蹦跳着疾驰而过。

此时，我正在那叫作两河饭店的小饭馆外面的乱石堆中颠簸。似乎静止的街面突然混乱，视野里无数人影一瞬间躁动起来，如潮水涌向沙岸。似乎也是在一瞬间，街对面芭蕉树下便立起一堵神色怪异的人墙。

未必又是酒鬼在打架？——我事不关己地想。奔跑的人群挡住了我的前行，不如看看酒鬼们的表演。

双脚一着地，突然感到站立不稳。仿佛正站在一叶激流中漂荡的扁舟之上，起伏跌宕无力驾驭——一瞬间，我明白了发生了什么！

大地开始剧烈地颤抖……

此时：时间——14点28分。

无比漫长的短暂

并没有风，但是耳边分明传来令人毛骨悚然的狂暴的怒吼。

从脚底，从地心深处，从不知道的方向涌来，如无形的潮水吞噬一切，挟裹一切，扫荡整个世界。那是一种声音，低沉如狮吼，如龙吟，如遥远的万人的呐喊，如旷野群兽的奔腾。

大地，并不见起伏，而双脚却分明感觉到一种波浪般的汹涌。楼房开始晃动，有砖石纷纷跌落。房顶上那块广告牌似乎被一双疯子的巨手在摇撼，哗，哗，哗哗，然后像一片深秋的枯叶飘落。

身边，一辆汽车在笨拙地跳舞；一只灰色的猫疾驰两秒，然后蜷在我的脚边一动不动。

高耸入云的塔吊在苍白的空中画着弧线，高压电线吹着尖厉的哨音。

所有的面孔都变形，所有的眼神都茫然；所有该运动的都静止了，所有该静止的都在动。

所有的人都突然失语，张着惊恐万状的大嘴如凝固的雕塑。一个女子突然紧紧地抓住了我的胳膊，无助地呻吟，腕上的包无声地跌落。

时间漫长得仿佛静止。除了大地沉闷的吼声，一片死寂；心，空得如同蒸汽飘向无垠的苍穹。

冲进校园

终于结束了。

刚才一切静止的，仿佛融化的冰块开始蠕动，开始流淌，开始奔腾，开始发出声音。

所有的脸开始有了活泛的人色。人们开始往不同方向奔跑。妇人们尖声叫喊着乱七八糟的名字，一个胖女人抓住一个小孩放声大哭；面馆的小老板冲过去捡拾滚落的餐具；更多的人却茫然地奔突，不敢靠近屋檐。

我迅速骑上车往学校狂奔。大门口堵着无数指手画脚的人。校园里，学生在无序地奔跑。

楼道内还晃动着很多孩子的身影。快出去！快出去！快出去！我几乎已经沙哑的声音震惊了懵懂的少年，我几乎已经无力的双手紧紧抓住几个娇弱的生命。

冲出大门，阳光刺眼。楼上的玻璃还在不停地颤抖，偶尔发出咔嚓的声音，那是所有人未定的惊魂。

领导脸色青黑，抓住一个孩子放在身边，又抓住一个，护在身边，仿佛一只被苍鹰翅膀的阴影笼罩着的母鸡，一边用翅膀护着孩子，一边又绝望而坚定地望着苍天。

不眠之夜

六千多个孩子被迅速集中到了运动场。所有嘴巴都在叙说着同样的话题，所有的心灵都在震颤着同样的恐惧。有不经事的笑声，也有汪汪的泪眼和隐隐的啜泣。

望着这些可爱的生命，我突然泪流满面。刚走出绝望的深渊，一种虚脱的感觉在周身蔓延。电话突然失去了价值，信息的中断把人们赶进了绝境。

时间同样漫长，而夜晚终于来临。疲劳诱惑着所有的人，几千人席地而卧，孩子们暂时把恐惧挡在了睡梦的大门之外。

而我，同所有的老师一样，不敢眨一下眼睛，我们得精心而忘我地守护这些生命。

校门外的大路上持续不断地响起了救护车凄厉的叫声，叫声把人们的心咬得锥刺般疼。我来到路边。只见不断线的急救车，出租车，各种工程车都以近乎疯狂的速度往都江堰方向疾驰。

很快就有返回的车辆，我知道它们都载着垂危的生命。那凄厉的鸣声让我全身颤抖，泪眼迷蒙。

返回校园。静静地坐在熟睡的孩子们的身边。铺天盖地的还是那声音，仿佛把宁静的夜空撕裂。

这时，伤心的天空开始流泪。孩子们逐渐醒来，木然坐着，心里呼唤着自己的家人。

不久，几千人都坐了起来。竖耳倾听大路上凄厉的鸣叫，还有偶尔从旁边别墅区里传来的呱呱的蛙鸣。

就这样默默地听着，默默地等待着，等待着天明！

家园之殇

——写在"5·12"汶川特大地震两周年之际

昨晚很久才入睡，今晨又早早就醒来了——因为今天，5月12日，是那一场不堪回首的灾难两周年的纪念日。今年不似去年，没有人要求搞什么纪念之类的活动，人们似乎也没有对这个日子寄予太多的悲情。是的，灾难过去了，我们当然不能总在废墟堆积的记忆中哭泣，美好的未来招引着人们，人们当然有权利对明天的生活报以灿烂的笑容。

笑，不等于忘记了过去的痛！

我掀开窗帘，透过白杨林带的缝隙，一眼就见到那一条像游龙一样蜿蜒而过的成灌高速铁路的高架桥，它就在我窗外不到两百米远的老成灌路边上，灰白色，线条流畅，有气韵天成之感。从那里挖第一铲泥土起我就一直见证着这条路的成长。地上挖了深坑，坑里扎起了巨大的钢筋笼，高高的"Y"形水泥桩从坑底拔地而起，横梁架在了水泥桩之上，一个一个的点便连成了一条一望无际的线。有一天突然听到一种特别的声音，然后见到了一列试运行的白色动车疾驰而过，才猛然意识到快铁的开通即将成为事实。这是一幅美丽的风景，它联通了成都与都江堰、青城山。

都江堰，那一场灾难中一个记忆的重点。一个曾经被评为全中国最宜居城市之一的地方，只十多秒钟的时间就几乎被毁掉了大半。我没有亲见这座城市山摇地动的那一刻的场面，但是在那一年的八月的一个傍晚，我们驱车穿过绵延好几里长的板房区进入老城区，那凄凉

029

的氛围仍让我刻骨铭心，几乎所有的楼房都没有了窗玻璃，几乎所有的楼房都歪斜，几乎所有的楼房都开裂，到处都是倒塌的建筑。除了街道中央，两边全是堆积如山的建筑碎渣；人们在阴影里缓缓地游走，几乎听不到什么生动的声音，连以往哗哗有声的内江水似乎也沉默不语，两岸夜啤酒长廊里的回廊里没了以前喧嚣的市声。那是一座还没有从悲伤中缓过劲来的城市，而这只是那一场灾难的一个小小的点而已！

今天，成灌高铁首日通车。从今天开始，只需要二十七分钟就可以从成都市区直达青城山下。今天，那一场灾难所造成的破败景象我们已难以见到，处处是美如仙境的新家园。宽阔笔直的道路，豪华似别墅的民居，这完全不是灾难之前所能够想象得到的。疾驰如飞的高铁，会把远方的祝福源源不断地送进去，也会源源不断地把那里人们幸福的欢笑运出来。用这样一种方式来表达对那个日子的纪念也许是最好的。前天，我再次驱车到都江堰市和青城山下去转了一圈，虽然是在大雨之中，我还是感受到了一种新生的鼓舞，我看到了到处洋溢着欢笑，被雨水洗后的原野和远山，青翠欲滴，生机勃勃。高速铁路从雨雾蒙蒙的成都平原飞跃而来，停止在了云雾缭绕的青城山下。在雾霭之中，在山水之间，仿佛画过来一道梦幻般的彩虹。这条连接平原与翠绿远山的高速铁路，它竟然就从我家的窗前经过。

此时，距第一班车的开行也只有半个小时的时间了。我下意识地回望了一眼我室内的墙壁，那些细密的纹路，它们就是两年前那一场灾难留下的记忆。那时，从小区通向学校的那一条叫和心路的小街正被挖掘机开膛破肚，掏成了几米深的壕沟。那天午后，我正骑着我那辆破旧单车在那壕沟里蹦跳着前进，突然看见路边的人们在奔跑，当我停下来为他们让路的时候才感觉到站立不稳，然后听到了路边屋顶上的广告牌哗啦啦的响声，仿佛被一双看不见的巨手抓住疯狂地摇动，然后看见那一块巨大的牌子像一片枯叶一样旋转着飘落到地上。开始人们慌乱地四处奔跑，现在几乎所有的人都立在某一个位置上面如土色，形如雕塑，发出绝望的呻吟。不管认识的不认识的，不管男人女人，只要抓住了你的膀子你的手，就再也不愿意松开，瞪着茫然空洞的双眼，看见大地如波浪般起伏，听见从地底下传来的轰轰轰的声音。汽车在身边跳舞，远处工地上的塔吊，像一支细长的极具弹性的钓鱼竿在空中大幅度地摇摆。有砖头从屋顶跌落，一只猫不知道从什么地方箭一般地射了出来，停在我的脚边一动不动……漫长的绝望！这样的记忆将永远铭刻在我的心底，连同那个下午和晚上不息的救护车凄厉的笛声，以及那个晚上淅淅沥沥的雨，学生们凄凄切切的哭……

当然，这一切都过去了，都过去两年了。那一条路也早已变成了宽阔平整的大道，那些受尽惊吓的孩子现在都已经成为大学生星流云散了，就如同重灾区翻天覆地的变化一样。我的身边的人事的变迁，似乎也在逐步带走我对那个日子的充满抑郁的记忆。我当然并非刻意要去记住那些东西，我当然更憧憬无限美好的未来，可是我终究不能够将它彻底忘怀。我们的确已经见证或者正在见证平复灾难创伤的感人现实，可是我们却又在不停地看到或者听到别的灾难不断发生——海地，智利，玉树……山崩地裂，死亡，绝望……眼泪，感动，平静——这样的轮回，让我陷入了惯性的沉思。

灾难来临，人们在手忙脚乱之后，在呼天抢地之后，自然会想尽一切办法去弥补去修复，然后就不可预知地等待着下一场灾难的来临，我们似乎只能修复灾难而无法消除灾难——人类与这个世界的斗争就是如此！我突然觉得，人类与这个世界的关系，就犹如一群牛虻和一头牛的关系：牛虻是需要吸取牛的鲜血才能生存的，当数量不多的牛虻在牛身上叮咬的时候，牛可以不予理睬；当牛虻成群结队地扑上去，疯狂地啃噬，把牛叮痛，流血了，牛就会全身皮肉猛然一抖，蚊虫们一哄而散；然后，又叮，又抖……如此而已。牛虻们所想的一切办法，都不可能是让牛永远不死，而是怎样才能尽可能多地吸到牛的鲜血。牛总有要死的一天，而且很可能就是被牛虻们吸尽鲜血而死，那么牛死之后，牛虻们该如何生存？

面对着窗外不远处那条美丽壮观的高速铁路，我竟然这样很令人扫兴地瞎想着！

行　贿

我如实坦白多年前的一次行贿经历。不过，还得从这件事之前
说起——

1989年，大学毕业，由于某些原因，我和全县一百多个师范生一
样，一个不留地被打发到了各个乡镇中学去任教（其实也不对，有一
个例外，就是教育局长的千金，师范毕业留了县城，还转了行）。我其
实还算是比较幸运的，被分配到了一所县直属中学，只是这所中学距
离那个叫万古的小镇都有将近三里，与镇子只有一条破烂的小公路相
通。当然，还有一条石板路，从乡间阡陌绕来绕去，再攀上一个叫黎
家岩的山坳通到镇上。学校周围全是农田，只有半圈炭渣围墙，还被
周围的农民挖得到处是大大小小的洞。校园成了野狗出没的场所和附
近村民的牧场，常常连晾在外面的衣裤都会被人偷走。一所以前很知
名的高完中，此时已经破落得一塌糊涂，全校初高中加在一起也只有
五六百个学生了。

那时老家农村的人都认为大学毕业生，教书的，一定是拿高工资。
其实那时真穷，穷得没法说。为了节约开支，我在校园里开荒种菜，
竟然与附近的农妇为争抢学生宿舍的大粪打架。女儿感冒发烧，我在
破抽屉里只找出来一块一毛钱。不过，对教书我可从来没有懈怠，教
过两届高三，就在县内有了点小小的名气。但是，只有名气有啥用？
还是只有永远待在这个偏远的角落里做村学先生的命。第六年的时候，
命运突然有了转机，县城的省重点中学实行公开招考教师，我于是顺
利通过了讲课、说课、考试和检查教案这些程序，进了县中学。可是，

我却没办法解决妻子的调动，她还是只有继续待在那所乡下的学校里。

我带着三岁的女儿进城，把她送进了城关幼儿园。那几年生活照样艰难，真的是又当爹又当妈。好些人都通过各种关系，很快就把家属调进了城，可我没有任何关系，无可奈何。进县中学一年后，虽然我的教学工作干得非常出色，但因为天生不会走后门拉关系的毛病，竟然在年度考核的时候，得到了"不合格，继续试用"的结果。气愤之时，得到一朋友的信息，介绍我到某市的一所中学去试讲。于是我便带着满腔的怨气去了，而且一试就中，那学校许给我好多想都不敢想的优惠条件，而且是全家人都去。我打电话告诉了妻子，她也非常高兴。我兴冲冲地赶回去，那正是一个周日的晚上，学生在教室安静地上着自习——他们还有三个月就要参加高考。那一瞬间，我突然就打消了要离开的念头，觉得要是自己就这样一走了之，会让自己一生不安。于是马上跑到街上，找了个电话亭给那中学的校长打了个电话，告诉了他我放弃的决定。那校长倒没有说什么，只说尊重我的决定，这样我的心情也就很快平静下来了。

谁知第二天，县教育局长便打电话到学校办公室，让我到局里去一趟。我刚一进他办公室，就被他劈头盖脸一顿臭骂，说什么我们把你从下边调上来，才一年多时间你就想跑，你对得起全县百多万父老乡亲吗？我这人骨子里有着深深的怕领导的意识，所以也没有做什么辩解，更没敢顶撞他，只是把那相关情况的来龙去脉给他说了一下。局长发完火，大概看见我还算老实，也许有点于心不忍，没有再骂。还说，你是不是因为家属没有解决好的缘故？如果是这样，我们会尽快给你解决的。领导的话我还敢不相信吗？本来自己已经决定不走，还意外地得到这样的许诺，就是挨了这顿骂也值得啊！我几乎是跑着回家，把消息告诉了妻子。她也觉得，既然是这样，也还是不错的，不走就不走了吧，也不能辜负领导的期望啊！于是，我们就热切地期待着暑假到来，等待着全县教师调动的结果。

然而，我实在太天真了！都到七月末八月初了，全县教师能够调动的都有了结果，而我的等待却是杳无音信。这下，我自然就成了一只爬烟囱的耗子——两头受气。妻子成天责备，知道了我那事情的学校领导也不给我好脸色，那日子真是暗无天日。

于是，我想到了给局长大人行贿。

老实说，行贿之举，在我平生还是第一回，那种内心的煎熬惶恐简直无法言表。我终于打听到了局长家的地址，在八月初的一个傍晚，去商店里买了两筒雀巢咖啡，带上从存折上取出来的仅有的一千五百块钱，一起装在一个塑料袋里提着，像做贼一样往局长家走去。一路上，看到大街上熙熙攘攘的逛街的人流，满街荡漾着温馨祥和的气氛，而自己却这样狼狈地委屈自己去求人，心中不禁感觉酸楚，眼泪都差点涌出来。

在局长家的楼下站了好一会儿，我才勉强平静了跳得厉害的心，鼓起勇气上楼。我知道他家在五楼。五层楼，我大概磨蹭了不少于十分钟，才站到了局长家的门口。铁门关着，但是能听到里面有很多人在高声大气地说话，气氛非常热烈。我突然觉得腿软气虚，几乎没有勇气敲门。就这样可能又站了十多分钟，终于怯怯地敲了门。敲了好几下，屋子里的声音突然停止了，听到有人往门口走来，那一瞬间我简直有些魂飞魄散，紧张得几乎要晕倒。门开了，只有一条缝，从门缝里伸出一颗头来，我认得她是局长夫人。她把门开得稍宽一些的时候，穿过局长夫人身边的空隙，我看见屋子里坐着满满的人，都偏过脑袋来看我，脸上凝固着怪异的神情。

在那一刻，我突然说不出话了。直到现在我都难以相信，我竟然是这样一个见不得世面的乡巴佬。我突然很笨拙地将上半身挤进门缝，把那塑料口袋往她门口内的墙脚一放，就缩了出来。就在我做这个动作的时候，局长夫人试图把门关上，大概是又怕夹着了我，便松了手。这时，屋子里的人突然一阵哄笑。我站在门口，局长夫人也走了出来，直到这时我才稍稍恢复了一点清醒。我说，我想找谭局长。局长夫人说，谭局长不在家。我说，是吗？那我就走了！迅速撒腿就往楼下跑。跑到楼下的坝子上，我差点放声大哭，强忍住了，蹲在一个篮球架下的石头上拼命地拭着那不争气的泪水。

这时，突然听到有人下楼的声音。我迅速地抹了抹双眼就要往暗处躲，原来下楼来的局长夫人已经看到我了。她走过来，提着我那个瘪瘪的塑料口袋。她把口袋递给我说，调动的问题是有严格的组织程序的，你就不要这样了，这样影响多不好的。我默默地接过了塑料口袋，像逃一样窜出了那个院子。在街角的小店里买了两包"山城"烟，一个人鬼使神差地就走到了濑溪河边，坐在河边的石墩上，把整整两包烟抽了个精光，抽得我舌头都起了泡。也不知道坐了多久，街上早已没有了行人。我站了起来，把两筒咖啡扔进了河中。钱我可舍不得扔，那是我们两口子工作了八年的积蓄啊！

这就是我一生中唯一的一次行贿的经历，一次失败的行贿经历。两年后，局长因经济问题被判刑了。而我最终还是选择了举家远走他乡，去寻找那种不求人的生活了。

生日礼物

　　虽然双亲已不在，毕竟还是不敢言老。虽说不敢言老，还是到了不太在乎自己生日的年龄了。的确，这个生日的到来，自己几乎就没有记起，还是在生日的前一天有朋友提起，才有些恍然，恍然之后也绝没有少年时那样对这个日子充满喜悦和期盼，老实说，我也真觉得没有什么值得喜悦和期盼的。生日也就是 365 天之中的一个平常的日子，记得不记得它都会倏忽逝去。母亲已经离去，在这个世界上记得这个日子并把它看得很重的人已经不在，记住这个日子只会增加伤感的情绪，所以也就有意无意地将它淡忘了。

　　这一天早晨，我与女儿到食堂吃早餐，刚一坐下，女儿突然从她的书包里拿出一个东西，从餐桌的对面推了过来，说"给你的"。我一看，是一个盒子，用精美的包装纸包着，缠着紫色的带子，飘着一只小小的卡片，打开卡片，上面是女儿的字迹——送给爸爸，生日快乐！那一瞬间，我内心突然有了一种震动，吃在嘴里的食物在喉头哽了一下。我突然升起的感叹是——我女儿长大了！

　　这么多年来，随着工作单位的变换，女儿几乎都是跟我在一起的，也许正是这样天天看着，竟没有意识到她的成长。相反，更多的是看到她越来越倔强和沉默，越来越缺少小时候对父母的依恋和亲近，因而常常感觉无奈和沮丧。在我眼中，她似乎永远都是一个长不大的且有些孤独的孩子。有人曾经感叹，现在的子女，都像是父母借了他的谷子还了他的糠一样，永远冷漠和无情，对此我也曾不断地点头说是。可是，在这一个早晨，我感受到了女儿内心的温暖——虽然是第一次这样感受到，我还是充满了强烈的幸福感。其实孩子并不是真正的冷漠，他们的内心本来是充满了爱的，他们不愿意明确地表达，应该是父母的责任，也许是父母长期的漠然所致。于是在幸福感中慢慢又生起了一种自责的情绪来，想想我自己作为子女，曾经对父母所尽到的所谓责任，不觉惭愧之情顿生了。

女儿的礼物是一个精美的书桌小摆设——一只金属笔筒。银灰色，椭圆形底座，左边是一个用螺帽和钢丝焊接的拉着小提琴的人，右边则是一个用弹簧圈做的插笔的装置。我感觉到女儿对我的情趣的精确了解，她用了这样一种看似淡漠的方式表达了对父亲的祝福和爱。对于女儿，我还能对她要求什么呢？这已经足够了！

而我自己，敢说对我的母亲的内心了解多少呢？母亲突然离去，在我伤痛之余，有朋友曾安慰我说，子欲养而亲不待，那是无可奈何的事情！可我从不敢坦然地接受这番安慰，我只是偶尔给母亲一点儿钱而已，她心里想的什么，我知道吗？她在老家怎么过的日子我知道吗？她走了，却留下了这么多年来我们给她的零花钱，她为什么对自己的生活如此刻薄，我难道完全知道吗？可是，在我们每个人的生日的那一天，即使她不能来，总会有她的电话打来，即使我们自己会忘记自己的生日，而母亲是绝对不会忘记的，母亲的这一种感情，难道我真的完全知道吗？伤感的情绪此时完全占据了我的内心，一个人在办公室呆呆地坐了很久。走出来，特意从女儿的教室外走过，从后门的小窗望了望正埋头看书的她，我情绪复杂。

收到了朋友从网上发来的贺卡和祝福，这于我也是人生的第一次，只觉得一种温馨的泉流从屏幕上悠悠地淌下来，渐渐稀释了那不合时宜的感伤，我分明看到了他们温暖的笑容和灿烂的心，听到了他们珠玉般的声音和美妙的心曲。一种幸福的感觉像清新的晨雾慢慢升起，托出了一轮艳丽无比的朝阳。

在这个星球上，几十亿人拥挤在一起；在这个日子里，不知道有多少人在过生日。而在这一天，我却还很幸运地被人记住。这难道不是我收到的最最珍贵的礼物吗？

感谢所有在乎我的人！

窗外的风景

高楼十九层，我住在二楼。窗外十米远开外，是一道低矮灌木丛遮掩着的颓墙，灌木丛里还有一个公共厕所。住在这里，不仅像住在阴暗的地下室，还与公厕相邻。不能极目远眺平原风光，却时时可闻屎尿的气息——真是郁闷至极。

唯一给我安慰的是围墙外那一排白杨树！

住在这里，算来已经是第四个年头了。刚来时正是冬末，那一排白杨树全掉光了叶子，密集而修长的枝丫，仿佛编织了一道壮观的篱笆，隔离了远处混凝土搅拌场的喧嚣，也隔离了一大片天空。拉开窗帘，躺在床上，总爱去细数那些交错的枝条，在心中玄想各种象形的图画；也常在心中将它移植到故乡的堰坝，心里便葱茏起一大片浓浓的乡愁。

这排白杨树大概有四十多米宽吧，大大小小的密密地挨着，数不清有多少棵。可以清楚地看到，有几根枝丫上悬着三个如小坛子般的马蜂巢，远，看不到飞舞的蜂群。偶有各种小鸟立于枝头，叽叽喳喳地唱一阵歌便飞走，留下一片沉寂。冬天，因这排清癯的杨树而更显寂寞。而我，恰恰喜欢。雪风从北边刮过来，无形地穿透这道篱笆，却常常留下细细的尖厉哨音，仿佛故乡老屋透风篾墙的冬日记忆。雨丝是天然的纱帐，朦胧了窗外的一切，白杨树便如丽人的倩影。最喜欢飘雪的日子，我把它想象成一群吹肥皂泡的孩子，心里便涌起无限的绵绵暖意。可惜，四年了，只遇到过一次。

春的脚步悄无声息。突然有一天，就发现那些枝条有了些异样，

040

我知道那是春天的影子。再过几天，不经意往窗外一瞥，便看见了隐隐的绿意。再过几天，就有了袅娜的叶子在春风中嬉笑了。它们仿佛是我的孩子，虽然一天天守着她，并不见她成长的点滴，却猛然发现她会走路了，她会奔跑了，她背起书包上学了，便觉得这是一件不可思议的事情。春色渐浓的时候，它们便开始在我的窗外肆无忌惮地喧闹，在风中嘎嘎地傻笑，忘情地拍它们的小小巴掌。仲春时节，每天黎明时分，就有了一种叫白鹡鸰的鸟儿定时在树荫里唱歌，那婉转的鸣叫几乎没有变化，家乡的人就把它翻译成"儿紧睏，儿紧睏，老汉起来挑牛屎粪"。这样的翻译，我理解有两层意思：一是春来了，催人早起下地劳作；二是体现父母对春困的孩子的怜爱。没有想到，远离家几百里了，这从小就熟悉的乡音居然又唱到了我的窗前。

五月。浓绿早已覆盖了广阔的川西平原。这一排白杨树已是一堵密不透风的绿墙。阳光斜照，无数的叶片在清风中飞动，反射出万点金光，向窗外望去，常有晕眩的感觉。风稍大一点的时候，它们已经长大了的巴掌一齐拍击，哗哗哗响成一片，无端在遥望者心中激起几缕豪情来。这时节，这里便成了斑鸠和布谷鸟的家。斑鸠的鸣叫会勾起我对许多古典诗词的深切感受。在我的记忆中，这鸟很是特别，它的叫声很深沉，就是在你头顶的枝头发出，听起来也仿佛在遥远的地方，有时，明明就在远处，听起来却仿佛就在头顶，所以，你是很不容易看到斑鸠的身影的。我一直觉得，斑鸠是一种神奇的鸟，它用叫声告诉你它的存在却不轻易让你看到它。这是我童年时在家乡的山野里就烙下的不灭印象。而这里的斑鸠似乎并不怕人，总是成群结队地在枝头上站立，或者在布满落叶的地上蹒跚觅食。

布谷鸟肥硕的身影更容易看到，它们常常就站在白杨树的枝头，傻傻的样子，不出声；它们的歌唱一定是在飞翔的时候。当它们从浓浓的白杨树荫里笨拙地跃起的时候，便有了那空灵的歌唱——布谷，布谷……这歌声会无可抗拒地把我带回故乡广袤的山野，记忆里尽是铺天盖地的玉米棵，青枫林，碧绿的稻田和傍晚袅袅的炊烟，以及山野里劳作的农人的身影。

当某一天，突然发现，窗外的那些叶子竟然有了些微的黄色，便知道秋天已经来临。当你还没有来得及为此惋惜时，便看到了像蝴蝶一样翩然飘飞的落叶。风开始变凉，鸟儿的歌唱确乎好久没有听到。偶尔有一两片叶子飘进了我的窗口，就忍不住略怀感伤地把它拾起，作为岁月的书签。我不能看见更远处满地的落叶，那是围墙的过错。但是我可以想象那情形，风中的黄叶从枝头翩然飘落，触地时要么悄无声息，要么被秋风挟裹，在干爽的泥地上做无奈的翻滚。地上一定已经是堆积了厚厚的一层松软的枯叶，秋虫在叶间怯怯地穿行，会弄出细微的声响——这些其实也是我童年的乡间记忆，只是，在故乡秋天的林下，常常有母亲劳作的身影，而这里没有！

就在前天，突然而至的一场夏季的暴雨，拦腰折断了这排白杨树林中的好几棵。我当时就立在窗前，被那狂暴的雨势给震住了，一心只在隔着玻璃窗关注那急骤的气势，公路上暴起的如烟的雨雾，雨雾中行人被吹翻了的雨伞……大概半小时后雨停了，侧身一望，那排白杨树竟然亮出了几道巨大的豁口，放过来一大片蓝蓝天光，在蓝色天光下，几个惨白的树干断口骇然而现，这真使我吃惊不小。我窗外的这片风景，就这样在一瞬间就发生了改变，心里便迅速生起了一种隐隐的疼痛，默默伫立了好久！经过了惨烈的折腾后的白杨树一动不动，仿佛久久没有从这场暴雨中缓过神来。拿来相机，照下那疼痛的瞬间。当镜头对着那一片树林的时候，我眼睛模糊了，在模糊的视野中，我似乎又看到了折断的枝头葳蕤起蓬勃的绿色，看到了遥远的故乡葱茏的山野……

一瓶风油精

  1981 年 6 月，老家那个叫万古场的小镇，镇上那所小学里正在举行一场当地有史以来规模最大的考试，那是全万古镇初中毕业暨中专中师预选考试。我就是那从四乡八野会集而来的上千名考生之一。那时的年龄虽让我感受得到考试于我人生的重要性，却还不足以让我把它视为人生的唯一出路。我当然没有找好自己人生的路途，只不过我觉得我这一辈子当个农民是理所当然，因为对跳出"农门"的好处只有老师和大人们才非常在意，老实说我那时候还蒙昧得几乎没有去想过这事，虽然我的成绩在老师和同学们看来是非常优异的。

  第一堂考语文。考场早已被隔离起来，派出所那个杨公安居然还站在那里执勤，让我们心里陡生一种庄严的敬畏。考生和老师远远地站在楼下那个三合土运动场的边沿，等待那根隔离的布绳从那两个牵着它的男人的手中落下，我们就可以进入考场。挤挤挨挨嘤嘤嗡嗡地排在场边的，只有学生和带队的老师，那时基本上不存在家长陪考的现象。我挤在人群里，因为个子矮小，天气又热，开始感觉胸口憋闷，接着就想呕吐。我想找我的班主任，可是在那密集的人体森林里，我哪里还能够放得出我的眼光去！等到那绳子放下，人流如潮水般涌过去的时候，我站在那里已经面如土色摇摇欲坠了。勉强跑到了考场那栋楼房的楼梯口，看到了我的班主任焦急地在招呼我快进考场。这时，我看到了我的一个同学，他那当老师的爸爸正在楼梯旁的角落里，给他的额头和鼻孔抹一种什么东西。那是一只很小而扁的玻璃瓶，里面装着一种绿色的药水。我那同学抹了那东西之后，不停地用鼻子大声地吸气，不停地使劲摇晃脑袋，就像一头兴奋的小水牛，精神抖擞。班主任问我怎么啦，我苍白着脸说我想吐。班主任大吃一惊，竟有些不知所措。他茫然四顾，突然看到了抹药水的父子俩，就叫我扶着楼梯别动。他过去对那个同学的父亲说，要一点那个东西给我抹抹额头。同学的爸爸分明是听到的，他却装作没有听到，把那个小瓶子往他儿子的手上一塞，然后把他一推，我那同学便噔噔噔上楼去了。我瓜兮兮地站在那里，班主任也一脸尴尬，他只好过来给我揉了揉额头，说先进考场去，马上就要开考了，坚持住。

我进了场，由于没有刚才那样的拥挤，胸口憋闷感便逐渐缓和了好多，可是头还是晕得厉害。我也不知道那场考试是怎样开考的，我也记不起身边其他考生的神情，我在晕头转向之中按部就班地答题。语文，那是我的强项，前面的基础题我几乎不费吹灰之力就完成了，可是在开始写作文的时候，我便头疼欲裂了。你可知道，我那位抹了风油精的同学正好坐我前面，此时他正全神贯注地答着题，那个精致的玻璃瓶就放在他的桌子左前方的准考证上。时不时，他停下笔来，把筷子头大小的瓶盖儿旋开，将药水抹一点在他的额头上，还放在鼻孔下使劲闻几下。我可以隐隐嗅到前面飘过来的那种神奇气味。我强忍住头的疼痛，开始写作文，一只手使劲扯着头发，咧着嘴嘶嘶地吸气。监考老师过来问我在干什么，我说头痛。监考老师便转过身去，准备拿我那同学桌子上的玻璃瓶，手还没有伸到，只见我那同学以极快的速度抓了那小瓶放进自己的裤袋里去了。

我不知道是怎样坚持着把题答完走出考场的。我那不足一米四的个头在众多的考生汇成的人流里，还是被我的班主任一眼就找到了。他叫住我，问我好些没有。我那时差点哭出来，不过我还是很自豪地告诉他我答得不错。班主任把我叫到一边，递给我一只玻璃瓶，与我同学那个一模一样。班主任说，快抹点，这是风油精，治头痛提精神灵得很。我赶快往自己的额头上抹了一些，眼睛很快被刺激得泪如泉涌，但是额头立即就感觉到清凉无比，那种感觉简直就像有人在用蒲扇给你扇风一样，头痛感迅速减轻。我把小瓶子递还给老师，问，是从那个同学那里借来的吗？老师说，不是的，是他到街上药房去买的。老师不要我还他，让我自己带在身上。好在后来的考试我都再没有头痛过，但是，我也学着我那个同学，把那个精致的玻璃瓶放在桌子左前方的准考证上。我同学无意间瞧见了，很吃惊，但是没有说话。

最后一科考完，我们冲出考场，准备回家。同学的爸爸兴高采烈地站在楼下迎着他像小水牛一样的儿子，我则与我同生产队的几个同学准备从校园那个破围墙翻出去抄小路回家。这时，同学爸爸叫住我，问我考得怎样。我当时虽然没有什么心机去揣度他的心思，但是我知道他很在乎我的考试情况。因为在我们班上，我大多数时候都是第一名，而我那个同学则大多数时候屈居第二。我告诉他，我头痛，不知道考得好不好。同学爸爸却莫名其妙地拍了拍我的头，说了声"哦"，就带着他的儿子走了。

后来的情况是，我和我的同学都上了预选线，一同到县城参加了中师招生考试。在县城考试，我把班主任给我的风油精拿出来与几个同学一起使用，我那个同学就只好将他的风油精藏在裤兜里偷偷摸摸地使用了。我们在一个同学的家里打地铺住在一起，晚上整间屋子弥漫着浓烈的樟脑油气息，把几个人刺激得兴奋不已。只是，我和他都由于各自的某些原因没能读上中专中师。后来我才听母亲说起一件事，就在我在万古场参加考试那天，我的母亲其实是到街上来了的，她没有看到我，后来碰到了我的班主任，班主任把我头痛的事情告诉了她，母亲很着急，就去找我那同学的父亲借那个什么神奇的玻璃瓶，因为那个人算起来也是我远房的舅舅。那人并不告诉我母亲玻璃瓶已被他儿子带进了考场，只是轻蔑地丢了一句话——你要就自己去买嘛！母亲那时身上可能就真的连买一瓶风油精的钱都是没有的，于是我老师才悄悄去给我买了一瓶。

关于风油精的故事，其实本来已经是一件不值得一提的往事了，只是刚才我无意间往床头一瞥，一只精致的风油精玻璃小瓶突然唤起了我对这段往事的回忆，便想起了我的老师，我的同学，我的母亲，以及我的那一段少年时光。

难把他乡作吾乡

按理说，一个现代人，一个年龄还不算太大的人，一个长年在外念书，也算见过一些世面的人，本不应该与现在托身的这个大都市如此疏离甚至隔膜。我在几年以前，生活在离自己的老家只有几十里之遥的县城，就曾深深地感觉到一种难以融入的隔膜与孤独，每次行走在城里那些大街小巷，总觉得我是踏在别人的土地上，走在别人的家门口，那些倚门而望的城里人，都在好奇而轻蔑地窥望如我一般的乡巴佬，这时便有些虚弱飘浮的感觉，行走起路来也似老鼠一般，有着贴着墙根躲闪的惶恐。

其实，我心里明白，事实并非如此，我知道我这是一种病。这病只有我最明白，别人是无论如何也不会相信的。

是的，别人怎么会相信呢？我虽然出生于偏远的乡下，但是从读书以来就一直以优异的成绩闻名于乡里，几乎没有受到过什么大的挫折，如千军万马过独木桥般考上了大学，跳出了"农门"，接触到了气象万千的大城市。然后毕业，工作，成家，进城，辞职……一路就这样走下来，在别人眼里，我的人生也算"一路顺风"了。尤其让别人羡慕甚至佩服的就是我那种不计后果的倔强，丢掉令好多人羡慕的铁饭碗，挈妇将雏举家出走。像我这样的人，怎么会自卑呢？

"暖风熏得游人醉，直把杭州作汴州"，这是误把他乡作故乡。故乡不在，他乡仍有"暖风"吹拂出的温柔，这对于那些早已习惯于奢靡，麻木于伤痛的人来说，实属一种无奈。"无端更渡桑干水，却望并州是故乡"，这是真诚地把他乡当作了故乡。客居他乡十载，归心似箭，心里装着的还是血脉相连的咸阳，并州之视为故乡，那是在离开并州之后的回望。显然这个刘皂已经把自己的灵魂给弄得来有些"无措"，真有点不知"乡关在何处"的感觉了。另外，还有众多的名人大家如李白、杜甫等，在千百首动人诗章当中，也有着许多对故乡的深情的吟唱，他们深情地唱着，却又有家不想归，或者有家不能归，他们所显示的，大抵也就是古代文人通常意义下的"思乡情结"，那是为诗为文的一大主题。我自然不像第一种类型的人，我也不像李杜，因为我并没有强烈的"思乡情结"。也许我更类似于刘皂这样的情形——一个小文人，为生活所迫客居他乡，心中常装着故乡的影子，但是一旦真的要离开客居之地，又有着深深的不舍，所谓他乡，几乎就是自己的第二故乡了。但是，当一个人的心中装着两个"故乡"的时候，其实两个故乡的影子都模糊了，分量都轻了，心灵于是飘浮，这就是典型的"游子心理"。

不可否认，在我的灵魂里存在着古代文人的某些精神元素，但是我也相信我不是一个沉溺于古书的"古董"。细细算来，就我现在人生四十几载来说，真正在家乡那一小片土地上生活的时间大概只有十三四年，之后基本上就离开并渐行渐远，只有短暂的童年时光与自己的乡土亲密接触，也不太可能浸润出多么深厚的恋乡情绪的。除了自己的亲人常常会勾起一些牵挂，也绝没有什么"小芳"那样的村里姑娘让我频频回首。相反，我倒是从来没有间断过对远方的向往和进发，远方的一切未知于我都有着一种强烈的吸引力，即使我不能彻底了解它，至少我要去看看它。也许，正是这个"看看它"，才决定了我当下的心态。

看，也就是做一个旁观者而已，既缺乏参与进去的勇气，也缺乏参与进去的机会。大都市这一架一直开动着的庞大机器里，一切零件的运转似乎都与我没有关系，我只是看着它们在运转而已。我读过很多书，很多书读过就全忘了，但是有一篇文章，这篇文章当中有一句话，我却记得非常牢——别人的城市，我的家！是啊，我在这座像海洋一样宽广的大都市里的确占据了一个小小的巢穴，待在自己的巢穴里感到了自己有"家"，一旦踏出门槛，立即就像跌入了陌生的境地，行走了别人的土地上，似乎所有的行人都在展示着作为主人的自信，身边来来往往的豪华轿车以及摩登的女郎，闪烁着霓虹的无数招牌，它就近在咫尺，却又是无限的遥远，遥远到似乎是另一个完全不同的世界。那个世界，我永远无法进入，我永远无法参透。这座城市，它运转得那样高速，它的气势是那样恢宏，从它开始启动的那一刻就决定了永不停息，它卷起的无形的气浪是那样猛烈——这让我站在一边看看，都心惊胆战。

我忽然想起了几天前在公交车上听一个年轻人大声地打电话的事情来。那个小伙子，大概二十出头，穿了一件蓝色工作服，衣服上沾满了涂料的白色点子，头发蓬乱似乎好几天都没有洗过。他站在公交车过道上，左手吊着一个拉环，右手拿着手机在给一个朋友打着电话，他告诉朋友，他太喜欢这座城市了，这里有什么好玩的，有什么好吃的，有什么好看的，他都如数家珍向电话那头的人介绍着。他说他元宵节到大街上去放了烟花，他说他情人节给女朋友送了玫瑰……他兴奋地说着，脸色红润。最后大概电话那头问他春节回老家没有，我听他说：没有，回去有什么好耍的？乡坝头哪有城市好耍嘛？这是个来了就不想走的城市！他竟然用了那句著名的宣传语，车里的人开始都默默地听着他的大嗓门，直到听到这一句，好多人都突然笑了。

说实话，我很佩服这个小伙子。他显然不像我，把自己当成了这座城市的看客，他主动地把自己融入其中，不管自己在这架机器里是怎样一个卑微的存在，都那样轻松坦然地接受一切，并毫不顾忌地展示着自己的满足和快乐。到了一个新环境，不拘束，不胆怯，似乎他天生就是属于这个地方，似乎他本来就生长在这个地方，他已经是这个地方的主人。也许，他只是当前中国几千万农民工中的一员，残酷的现实已经练就了他们超强的承受力，即使年年春节都有气势空前的民工返乡潮，但是，这并不代表他们的恋家情结的增强，其实事实是相反的，农民工四海为家，老家房屋破毁、田土撂荒也无所谓，走到一个地方，只要能够活命，立即就可以生根发芽。哪像我这样的人，远远地奔来了，来了却把日子过得如此胆怯而惶遽，如此多疑而善感？

也许真是这样：只有对他乡无所眷恋才会有对故乡的真诚回望；只有对故乡无所眷恋才会对他乡真诚抵达。而我，竟然徘徊在他乡与故乡之间，既眼见着故乡渐行渐远，也难把他乡作吾乡！

我已经开始厌倦自己这种德行了！

飞扬的青春

春天刚过，夏日的风采就迅速布满了中学隔壁的那所大学校园。修长笔挺的香樟树早已褪完了旧年的枯叶，换上了翠绿的新装；黄葛树光着身子在春天里站立，进入夏季也早已浓绿掩映。整个校园荡漾着绿色的波浪，从春日的单纯迈进了盛夏的深沉。

这时节，又一轮喧嚣开始上演。季节的春走了，人生的青春蓬勃飞扬！又一届大学生即将毕业。

近一段时间，在荡漾着绿色波浪的校园里，随处随时都可以看到，成群结队的男男女女，身穿学士服，头戴学士帽，在各个他们认为有纪念意义的地方留影。哪怕热得汗流浃背，但是那些从头到脚包裹着黑色的身影，一个个喜气洋洋，青春逼人。

他们留影的方式，当然比我们毕业的那个时代丰富多了。我们那时只会老老实实一本正经地像根木桩一样站着，常常拘谨得手脚都不知道往哪里放。就是豪放一点的，也不过做一个双手叉腰或者抱在胸前，以显示自信或者不可战胜的样子。我记得我的一个同学照过一张大家公认最豪迈的毕业照，就是站在狮子山成昆铁路的边上，一列火车正从他身后很近的地方驰过，他做出双手要拽住火车的动作——大概象征着他有无穷的力量。可是，那张照片却分明可以看到他难以掩饰的紧张表情。女生的照片，则大多是手攀着一枝红花或者一片绿叶，或者在草地上铺开裙摆展示个孔雀开屏的意境。

而现在的学生，花样儿可多了。

网上曾流传某高校的一张学生毕业照，一大群女生站作一排，自然全都穿着那代表着荣耀的黑色袍子，戴着那象征着荣耀的黑色帽子，个个青春飞扬，全都从黑袍子的下端露出大白腿，最下边是高得吓死人的高跟鞋。还有一张，好像是某个院校体育专业的毕业照，清一色的壮实男人，清一色的半裸男人，照片正中，在那一大堆雄性肌肉的中间，是一个窈窕淑女的身影——据说那是他们的班主任老师。当然，还有数不清的穿着怪异、动作雷人的毕业照。这真让我等痛感流光抛人！

看看校园里的这些青春的身影，他们的花样也会让人叹为观止。前面那些流行的照法自然学得一样不会少，而且还有不少的创新。集体照，男男女女一大群，既有整齐排列庄重严肃的，也有互相勾肩搭背搂搂抱抱的，还有随着"一二三"的信号突然飞起来，在欢呼声中将那瓦片一样的学士帽抛向空中的。有几个女子各自把着前面一个的肩膀连成一长串，然后将一只脚向后勾起来照的；有让男生抱起来或者背起来照的；有同性之间做出热吻的动作照的；还有穿戴整齐却爬上高高的树杈上去照的……

这让那些带着幼儿在校园里玩耍的老人看得目瞪口呆。

这些青春飞扬的年轻人，在不久的将来就要离开这个他们生活学习了四年之久的校园，投入到那茫茫无际的生活大海里去。在这样的时刻，他们留恋过去，憧憬未来都是很自然的事情，作为一个教师，我太理解他们，因为我们也曾年轻。但是，我心中总有一团挥之不去的忧郁。我总是想起校园周边那些数不清的小旅店，那些多如牛毛的"钟点房"的招牌，那些门口放着"成人用品"广告牌的小药店。每到开学，那些出租房便会人满为患。每天上课放学，那些还满脸稚嫩的青春身影就在那些出租房里出双入对。校园里的草坪上，椅子上，一对对相拥相吻的男女无所顾忌，甚至大有招摇显摆的意味。当然，也还是有不少忙忙碌碌、孜孜求学的身影，他们与教学楼溢出的灯光共同构成了一派流光的图画。这是我在忧郁之中可稍获慰藉的美景。

一晃，一周年就过去了。又一晃，一周年又过去了！光阴似箭，日月如梭。我不知道那些已经走出校门的学子今天在怎么生活；我也不知道今天这些正在欢呼着扔学士帽的年轻人，你们的明天将如何安放！我倒是亲眼见得，有多少人在四年的时光里是怎样挥霍自己的生命和父母的血汗的；我也是听说过，有多少人走出了校门而后就"啃老"至今的。就业本身就很难，一个虚掷多年光阴的青年，你还有多少本钱去赢得你未来的生活？当一种生活的潮流汹涌而来的时候，有多少青春的生命能够把握好自己的航向？而我，说实话，只能带着绝望的心情为他们祝福！

校园里那些正飞扬着的青春的生命，我真希望你们在未来的时光里永远青春飞扬！

树木的命运

在虽显局促但幽静美丽的高三校区随意走走，也是一件很惬意的事情。校园里花草繁茂，树木成荫，曲径通幽，草木间时时听得昆虫矜持的鸣唱。课余，我喜欢独自拿一本书，坐于花园之间的水泥凳上，两耳倾听天籁，一只眼睛看书，另一只眼睛看景。

看景，却突然看到了那个让我难过的镜头——那些已经栽下并成活了好几年的树们，紫荆、香樟、刺槐、樱花，虽是活泼地绿着，欢快地长着，个个的身上却都有着扎眼的创伤。那是移栽时捆绑支撑柱的铁丝和钉子。钉子深深地扎进了树干，露出的钉头早已锈成黑色；铁丝勒进逐渐长粗的树干的树皮，只露出打结的疙瘩。

这时，我的心感觉到了一种刺痛！

树木早已扎根成活，连支撑的木头都撤掉了好几年，为什么人们要留下那些钉子那些铁丝，这样残忍地伤害着这些树木呢？难道在撤走支撑木头的时候，顺便取走这些伤害着树木的金属是一件非常困难的事情吗？甚至，难道在移栽时非要用钉子铁丝这些东西不可吗？

其实，只要我们稍微回想一下就可以知道，在我们走过的那些城市和乡镇，哪里新栽的树木又不是这样的呢？栽一棵树，要砍三棵小树来支撑。刚栽的树木，连生命的元气都还没恢复，就先让好多尖锐无比的铁钉扎进柔弱的躯体。我们不是在保护它们吗？我们怎么可以这样残忍而无动于衷呢？

我家后面不远处，是一条刚翻修完工的交通干道。傍晚我喜欢顺着漂亮的人行道去散步。在人行道边上，新栽下了许多高达好几米的行道树，几乎所有的树木都是奄奄一息的样子。工人们在每一棵树上都挂上了营养液，我感动于人们对这些树的爱。然而，同样如此，每棵树都用三根木桩支撑，每棵树都被铁丝五花大绑，每棵树都被残忍地钉上了好多钉子。看到那些扎进树干的钉子，我就感觉像扎在了自己身上一样疼痛。于是，我不愿意再去那边散步了。

我想起了曾经看到的另一种情景。我从美国的东海岸到西海岸，从北美大陆到夏威夷群岛，一路的蓝天白云不用说了，那些盈目的绿色不用说了。美国自然也要种树，然而美国人的种法与我们不同。我没有看见过一棵树被铁丝捆绑，更没有看见过一棵树扎过一颗钉子。一棵新栽的幼树，旁边必定有三根支撑杆，它不是像我们那样斜着靠在新栽的树子上，且用铁丝铁钉强行固定，而是垂直地插在幼树周围的泥土里，然后用布绳将幼树固定在三根支撑杆的中间，况且，那支撑杆也是竹子或者钢条而并非木棍。这细微之处让我的内心深受震动。我认真地观察过工人们修剪树枝的情形，所有被剔下的树枝，立即就被一个机器打碎成小指头大小的颗粒，然后用汽车拉走，集中起来进行发酵，并染成不同的颜色，再将这些成为肥料的树枝颗粒铺在花园里或者树木的根部周围，这不仅增加了泥土的养分，还对环境起到美化的作用。我不知道我们那些被砍下的树枝是怎么处置的！大概两种命运：一是堆在那里长期没人过问，自然腐烂，污染环境；一是被人拖走，晒干烧火做饭！中国树与美国树的命运，差距咋就这么大呢？

做这些事需要什么高科技吗？或者这样做更麻烦吗？当然不是。

表面上看来，也许是责任心的问题，其实深层的东西恐怕是对待生命的态度问题了！

神仙树

神仙树不是树，而是个地名。

不过，我猜想这个地方，以前肯定是有过一棵什么树，而且还显过什么灵，被人们敬奉和崇拜，便得了这样一个本不是树名的名称。世事变迁，沧海桑田，树早已不在，只留下个以树为名的地名了。神仙树这个地方，在这座有着两千多万常住人口的大城市很有名，据说是全市富人区之一。二十多年前，我在这个城市里求学的时候，没有听说过神仙树，那时它的确不出名，估计还是乡村。几年前，我在这里买下了一个小小的窝，也没有听说这里很有名，那时其实是我孤陋寡闻了。

神仙树，在这座城市的正南边，二环路和三环路之间，既没有中心区域的拥塞嘈杂，也不乏城市生活所必需的各种条件。往南两公里是火车南站；驱车几分钟可以上机场高速，到达机场也不过二十分钟；周边四方都有各种大型超市。因为是后期规划的区域，所以显得比较疏朗开阔。肖家河从神仙树区域穿过逶迤南去，它虽不是一条汤汤之水，但它从那条人工整修过后的深壕里淌过去，也有一番别样的风情；如果是涨水时节，巨浪翻滚的景象，同样让站在街边看稀奇的人感觉惊心动魄。小河两岸是婆娑的垂柳，自然春夏时节是最好看的，然而，大多柳树到深冬也没有让叶片凋零，就这样一直挂到来年的春天，直接被新叶给替换下去。柳树之间还间植了一些梅花和贴梗海棠，所以，春天是这一带最热闹的季节，那些红红白白的花，像云像火，那些翠绿的新叶似雾似梦，即使没有人造的喧嚣，也会感觉到一种非凡的热闹氛围。

神仙树南路，小河的对岸是神仙树公园，那是个狭长的地带，顺着河岸从北到南，大约有500米长，100米宽。公园里有树有竹，花树则以贴梗海棠和玉兰居多。当这些花盛放的时候，赏花的人便如潮如海。靠南边有一个较为开阔的广场，那里还建有供表演的舞台之类设施，那里是人们一年四季放风筝的地方。这是我开始颇感惊奇的事情——我们乡下的孩子都知道春天才是放风筝的季节，这里怎么随时都可以放呢？我们乡下放风筝完全是孩子的游戏，而这里竟然清一色是成年人。我们乡下孩子都是在白天放风筝，而这里很多人是在晚上才放。我们乡下孩子的风筝，不是"白裤衩"就是"和尚头"，一个简单的纸片片而已，这里的风筝竟然形状巨大而奇特；更为奇特的还是，它可以在夜空中发光。在我知道这些之前，我曾站在我家小阳台上，看见满夜空游动着的萤火，困惑了好久，硬是没有搞懂那是什么东西，被老婆笑为乡巴佬！

在公园的西边和东边各有一个巨大而著名的高档社区。如何巨大而著名，我只是听闻没有进去看过，便至今不知其究竟如何，只是平时看见那里进出的车辆的确大多很豪华。花枝招展或者富贵逼人的女子，牵一条狗出来溜达，狗的打扮通常不输于主人。进出的人们，在小区门口总是会享受到门卫标标准准的敬礼。从小区大门望进去，总让人想起"庭院深深深几许"那句老词。神仙树，有看的有玩的，自然也有吃的，那条步行街而今已是远近闻名的高档消费区，随时进出的大多是香车宝马神气十足的阔人。

而我，竟然也住在这个地方。当初是迫于某些没有选择的原因，也是由于不知道这个地方早已闻名，所谓"无知者无畏"吧，就决定在此安家。后来与别人说起此地，才发现许多人竟对此艳羡不已，这便使我有些惶然，仿佛贸然踏入了一片神秘的禁地。再想想那要背负十五年之久的月供，惶然就变成了黯然——人生有多少个十五年啊！在我本该知天命之年还在拱起脊背还债，岂不是玷辱了这个"富人区"的美名？所以，曾经很久，我在这里出入，总有好几分的不自信！

两年前的深秋，我由于要去双流考驾照起了个大早，凌晨四点钟立在小区大门外路边等教练的车。我瑟缩着走出小区的时候，才感觉到外面大街上其实早已市声嘈杂了。出租车有的风驰电掣而过，有的慢慢悠悠寻生意；三轮车，叮当叮当，摩托车，霍霍霍霍，都是载着各样蔬菜往农贸市场而去；街道上，几个清洁工的身影在机械地晃动，唰唰唰的扫地声从渐起的雾气中传过来，单调而寂寞；一辆洒水车缓缓开过，街面由灰白色变成了黑色。还不时有骑着自行车或者电瓶车的人，从眼前晃过去，谁也不知道他们在赶什么！我要等的车来了，教练打着呵欠和我打招呼，嚷嚷着没有睡醒，埋怨着每天如此的辛苦……

我敷衍了他几句，没有再出声。其实，在我刚才看见如此多的人早起求生活的同时，我也看到为数不少的豪车从那豪华的小区开出来，向街道的各个方向绝尘而去。我脑子里突然冒出了那句歌词——为了生活，人们四处奔波。是啊，四处奔波的岂止普通人，是人都如此吧！不是每个富人都是暴夺横财而富的，大多数富人也是靠辛苦付出才成为富人的。富人们花天酒地的背后同样也少不了起早贪黑，劳神费力。豪华，只是表象；生活，原本有着另一个层面的公平。神仙似的生活固然需要普通人的辛勤劳动来支撑，而富人们也未必就注定是不劳而获的寄生虫。

神仙树这个名字被人们喜欢推崇，大概缘于神仙的自由与潇洒。其实，神仙即使享受也是要与时俱进的。记得小时候看《红灯记》，李玉和讽刺鸠山说："听听收音机，喝喝美酒，这真是神仙过的日子！"现在想来，美酒之说大概未为过时，而听收音机却无疑太过落后。照这样说来，我们普通人即使没有美酒可喝，也至少有彩电可看，总可以算半个神仙了吧！其实，神仙谁也没有见过，神仙不过是一种想象和向往的情感而已，神仙有神仙的潇洒，神仙也有神仙的苦恼……

坐在车里，我脑子里这样乱七八糟地想着，竟觉得自己似乎有些释然！大概也是从那个大清早之后，我在这个地方的生活，才终于坦然了！

念取昌州旧海棠

北宋沈立在其《海棠记》中，对我老家大足有过如此描述："海棠有色而无香，唯昌州色香俱胜。"大足治内，旧有香霏阁，号称"海棠香国"。自宋起，今天的龙岗镇便有"棠城""香城"之称。北山多宝塔下石崖上有"海棠香国"四字摩崖石刻。据资料记载，大足县城在历史上曾广植海棠树，每到盛春时节，满城海棠花开，粉艳如霞，蔚为壮观。有人还附会苏东坡的《海棠》诗"东风袅袅泛崇光，香雾空蒙月转廊。只恐夜深花睡去，故烧高烛照红妆"便是吟此。据考，东坡一生未到过敝邑，故该附会之说不过是一厢情愿之闲条而已，自不必信。

自唐乾元元年置大足县始，历代史料可以查证涉及大足风物的诗章逾三百，其中咏及最多的就是海棠。早在唐朝中期丞相贾耽的《百花谱》中，便有关于大足海棠"西蜀昌州产者，有香有实"的记载。昌州知州于倞在《太守咏海棠》一诗中夸赞昌州（大足）海棠"和风春满园，草木皆芳薰"。说海棠有浓郁的香气，不知是不是文人的想象，我倒没有什么印象，我只感觉到了一种铺天盖地的热烈。至宋代，进士刘望之有《观海棠》诗："平山堂下花无数，看到海棠春好处。东君用意恼风光，迟日放开阴勒住。"这是对昌州海棠浓墨重彩的描绘。到了明代，公安派领袖之一袁宏道在《送从军罗山人还大足》中，写下"青袍白马翻然去，念取昌州旧海棠"的诗句，说叛乱已定，前来从军的大足罗山人终于可以返乡欣赏年年盛开的海棠花。这首诗，称为咏大足海棠的压卷之作毫不为过。袁宏道虽未来过大足，但听闻海棠大名，成就一首赠别诗，我的家乡竟因为海棠沾了大文豪的光。到了清代，大足知县李德写下《海棠香国》诗，"召公芳树千年馥，苟公奇香尽日留"形容大足海棠的香气持久不散；大理寺少卿、中宪大夫刘天成《棠城古风》诗，用"奇花乱舞迎西湖，娇艳浓开香北阙"表达自己人生的追求。这些关于海棠的诗句，为大足的人文历史积淀了深厚而美好的底蕴，让后人享受无穷。

这些见诸文献的"繁盛"，却反衬了实际境况的"凋零"。我无法查证大足海棠是从何时开始退出历史的舞台，只知道而今那座夹于南北两山之间的小城还自称"棠城"，早已名不副实了。何况，紧临着的另两座县城永川和荣昌也一直紧咬着，自称"棠城"，绝不松口，大有不争个你死我活誓不罢休之状。想想，便颇觉无趣。

我的高中母校，也就是县内的那所省重点中学，校园里曾经是有两株垂丝海棠的，在北楼前面的花园里，并不高大，清清瘦瘦的样子，静静地立于那个圆形的中间有一座假山的水池旁。从我念高中到我在此工作九年多，我的记忆中这两株海棠似乎都没有多大变化：春来时，先长一树稀稀拉拉的嫩绿细叶，紧跟着便是一树粉色花苞，接着便是盖住绿叶的粉色海棠花的盛放。只两树，也看不出热烈的气氛来。而且那两树海棠，竟然就承担起了维持"棠城"美名的重任，实在让人觉得有些尴尬而寒碜。现在，老家县城也早已遍植海棠，春来的确也有"粉艳照全城"的气势，不过脚步走得远了，才发现其实天下的城市只要种得活海棠的，几乎都广种了海棠，天下何处不"棠城"？所以再要争抢那啥"棠城"的专有权便更没意义了。

不过，我所见到过的任何地方，海棠的妖娆之美并不因物多为贱而逊色！而且，开始我是只见花开，未曾见过海棠结果的；后来见到结果的，也是小得如筷子头般。谁想到，还有长得像山楂一样大小，累累挂满绿色枝头的海棠果！后来一个朋友告诉我，海棠其实有四种，曰贴梗海棠、山楂海棠、西府海棠和垂丝海棠，并且还告诉了我区别的方法。我因此既为自己的见识浅陋而惭愧，也为获得了新知而高兴。以此来检验所见过的各种海棠，方知我老家县城的海棠应是最为婉约的垂丝海棠了。

昨天，出高三校区，从蜀汉西路何家桥的金牛支渠水闸旁走过，看见绿地中那几株春天里很是热闹了一番的海棠，竟然结出了一挂一挂的青涩果实，很是吃惊，便毅然跨过作围栏的灌丛，近前用手机照了几张以作纪念，也因此勾起了我对故乡一番悠远的怀想。

字书缘

　　为了准备7号的高考，学生们在4号中午就被放回家去了。离校的时候，他们很多人除了会把近两天复习需要的东西带走之外，其余的书本基本上都要扔掉。扔掉那些从此再也用不上的书籍，既是为了回家手边轻便，也是一种对几年来巨大压力的释放。扔书，扔得教室满地堆积，扔得教学楼过道一片狼藉。那些画得字迹满满的书，那些边都未卷的崭新的书，那些曾经在课堂上被眼睛千万遍地过滤了的书，那些印着自己无数或明或暗的指纹，浸着自己淡淡的体味的书，就在这仿佛溃逃一般的忙乱之中，被哗哗哗地扔掉了……

　　收废品的来，要忙半个下午，拉满满几大车走。

　　此时，我独自坐在办公室里。我在电脑上敲下了这样几个字——"学生走了，校园空了，我的心也空了！陪伴了三年的这些可爱的面孔就要远走高飞……"然后，我内心那点隐隐的感伤便逐渐转移到我桌上那一堆书本上来。

　　早前的乡村虽是文化的僻壤，但人们对文化的敬畏却是深刻的。凡是有字的纸张，一些年纪大的人就会把它捡起来叠好塞进墙缝。有人用报纸当手纸，会被那些略通文墨的老人责骂为"有辱圣贤"。小时候家里基本上没有可读之书，我人生中最早记得的一本虽不完整却是最厚的书，是母亲用来盖米坛子的那本"毛选"。小学三年级的时候，连环画开始在乡间流行，我也只能想尽一切办法向别人借来看，而且，那时的农村，即使连环画也不是随处都有的。然而，只是偶尔的几次翻看，却从此种下了我对连环画的痴迷，以至于后来我到万古街去上学的时候，母亲给我每个中午五分钱的饭钱，我都会用其中两分钱跑到菜市街冯跛子的书摊去看一本连环画。我读到初中毕业的时候，床头就已经有了几十本乱七八糟的连环画。那时，我们称连环画为"小人儿书"或者"娃娃儿书"。那些小人儿书被我当成了宝贝，几乎每一本的来处我都记得。现在可以坦白地说，我曾在冯跛子的书摊偷过好多次小人儿书。那些小人儿书，几乎每一处破烂的地方我都用米汤粘好，还用报纸做好封面，规规矩矩地题上书名。那一摞小人儿书，一直被我保存到大学即将毕业的时候。而我毕业出来工作后，回家寻找，却不见了，母亲也说不清楚书的去向。大概是被母亲当废纸给卖了，我遗憾了很久。

大学毕业的时候，我托运了四个纸箱，那里面全是书，是我大学四年的全部课本和平时购买的读物，大概五六百册。回到老家几天后，我到邮亭火车站存货的库房去取我的纸箱，竟然看见有两个纸箱已经破掉，书散得满地都是，当时我就和那里的人吵了起来。有个络腮胡子蹲在石门槛上抽着叶子烟，看了我几眼，狠狠地吐了一泡口水说：几本破书当个卵啊？你以为你是个书生就不得了？我一看他那鼓得像牛眼睛一样大的双眼，加上那一脸乱糟糟的络腮胡子，便胆怯了，赶紧收拾了散落在地上的书本，找了辆板车拉到汽车站去。后来这些书就一直跟着我，开始是几十里距离的转移，后来是几百里距离的转移，但是无论转移到哪里，我都没有舍得让这些书丢掉一本。现在我书桌后面那个大大的书柜里面一排排的书，正默默地看着我回忆那些与它们相关的遥远的往事。

出来工作的开始几年，生活是很拮据的。我在一个偏远的乡村中学任教，那时一年到头难得有几次进县城的机会，但是只要进县城，无论时间多紧我都会去逛十字口的新华书店。在那些书架下转来转去，把一些书在手里翻了又翻，最后还是只好轻轻地把它插回原来的位置。

一直想拥有一本《现代汉语词典》，有一次我在书店里犹豫了很久，然后一扭头走出了书店，一直走到南门桥，又返回去取下词典来，然后又放回去，走到大街上，又返回去——如此三番，最后还是一咬牙把词典买下了。这番犹豫当然是缘于囊中羞涩，虽然只是不到十块钱，但于那时的月收入不过百元的我而言竟是一笔不小的支出。因此，那本词典，我一直把它带着，即使版本早已更新了多次，词典已经残破了多处，我仍然修修补补，爱不释手。因为，这样的书已经带上了我生命旅途的诸多信息。

后来，当买书渐渐不再成为我深感痛苦的事情的时候，我却迷上了买地摊书、降价书。无事的时候，到大街小巷去瞎转，偶尔会碰上一两本别人可能翻都懒得翻，而我却如获至宝的旧书。就这样慢慢地积累，我的书架便越来越充实。到现在，书架上堆得满满的，床头柜堆得满满的，有时连洗手间也放着书，真有点"书满为患"的感觉了。有人问我，这些书你都读过吗？我摇摇头。那么，你买来堆着就是为了好看吗？我点点头又摇摇头。我点头是因为我承认有些书我是没有看的，我真的就是觉得那书摆在那里就是一种味道，你看那些老板的身后不都装模作样地有一架摆满精装书的书柜吗？而我摇头的原因是，我真正喜欢的书我是一定读了的，而且是反反复复地读的。比如李劼人先生的《死水微澜》就是我的枕边之书，我从头到尾读过不止二十遍。那本书就是我在多年前去宜宾出差，在地摊上买的，记得同时还买到一本我非常喜欢的《金圣叹批十才子书》。

说起《死水微澜》，我又想起了一段不悦的往事。《李劼人选集》一共六本，是我还在上大学的时候，由四川文艺出版社首次结集出版的。当时新华书店到学校来搞书展，我作为一个穷学生，当时是狠下了一番决心才买下的。毕业分配到万古中学任教，认识了一个文友，他见我书多，便借了文集的第一册《死水微澜》去看，然而这一借就不知所终，弄得一套我非常珍爱的文集竟不完整，虽然后来在地摊买了一册拼上，可惜版本不一致，至今都觉遗憾。

我的书到处堆放，自然是缘于我的不会整理，同时也的确是书太多；还有个自己原谅自己的原因，就是取读方便！我不是专家，所以乱读书；我不想也不可能成为专家，所以读乱书。读书全凭兴致，所获多少不计。一书捧在手，便感觉书长出了眼睛，它在默默地望着我的眼睛。书的灵性便瞬间融入了我的情怀，就立即觉得那书无限的可爱。有人曾劝我把那些没用的书丢掉，我不舍得。我问，天下有没用之书吗？想想这些书曾经是以一种怎样的机缘来到了我的手上，排上了我的书柜，这就已经足以让我对它们充满感激和爱意。人的一生会与万物结缘，有些缘分散了，我们无法阻止，便随缘；有些缘分已经固着在了我们时光的脚印里，又何必非要抹掉它们不可呢？

昨天晚上的最后一次夜自习课上，我告诉学生们：这些你们现在厌恶甚至痛恨的书本，其实满含着你们奋斗的汗水和欢乐的歌声，请别轻易地抛弃。当未来的某个时刻你们再次捧着它的时候，它会让你对过去的时光充满感慨和温暖。它们是陪伴你们搏击人生的伙伴，从此它们将目送你们远去，然后静静地为你们的未来酝酿悠远而美好的回忆。我还说：别轻易丢弃书本，陪伴过你的人生的那些书本，既是你的缘分，也是一种需要我们敬畏的文化符号。

大概学生是真的听进了我的话，我看到我班上的很多学生都仔细整理了自己的书本，教室里丢弃的书籍比别的班少多了。对此，我甚感欣慰！

一　故园亲情　一

母亲的端午节

看见市场上到处都在卖粽子，突然想起明天就是端午节了。

端午节，算是中国民间传统三大节日之一了。尤其在乡下，这个节日是一定要正正经经地过的，它是一个小孩子常系在心头，时时盼望着的美好的日子。现在已经对童年时那种隆重的气氛记忆不深了，但端午节到来时，刚好是乡下辣椒和茄子初长成熟的时候，红苋菜也正好可以吃了，田里的稻子即将抽穗，一片碧绿，充满了无限生机——就这一些印象也足以勾起我对这个传统节日全部美好的回忆。

过年时熏下的腊肉，在母亲的严格控制下，到这时一定还有一两块，一想到乡下正宗烟熏腊肉那味道，天下所有美味都会黯然失色，特别是存放到端午节的腊肉。为什么对辣椒、茄子和苋菜的记忆也如此之深呢？是由于在那肉食缺乏的年代，这三样刚可食用的菜蔬实在不亚于肉食的美味，它们同样给我们的童年增添了节日的喜庆气氛。母亲会带着我们，提着篮子去地里摘菜，将那些还带着露水的鲜嫩欲滴的菜蔬精心地排列在篮子里，竟有一种幸福盈盈的仪式感。

不过，粽子无论如何都是端午节的主题。

每年端午节的头天下午，各家各户就已经泡好了糯米，准备好了笋壳、竹叶和粽叶。当温热水把糯米泡得刚好发软的时候，就用筲箕滤起来，盛在簸箕里，根据各家各户的口味加入各种辅料，比如花椒、绿豆、花绿豆、腊肉丁等，一家人围坐着就开始包粽子，白色的糯米泛起微微的酒香。大凡农村妇女，恐怕没几个不会包粽子的。把楠竹笋壳用温水泡软后，先把小的一头卷成一个圆锥形，然后把米装进去，用筷子把米插紧实，然后把大的一头压下来，从两边折下去，合拢，再往一边折过去，就成了一个一端是三角形另一端是锥形的粽子，用韧性极好的粽叶把它缠紧，将多余的叶子剪掉——乡下人称这种粽子叫尖角粽。还有就是用簑竹叶（一种叶片很宽大的竹叶）或者芭蕉叶把糯米包成圆柱体形状的粽子——乡下人称其为"马脚杆"。母亲是很会包粽子的，她包的粽子样子很美观，又不会被煮破，院子里好多姑娘媳妇都来跟她学。

粽子包好之后，就等着煮了，煮粽子通常是在晚饭后。母亲叫我们到屋后去搬树疙蔸、竹疙蔸，那些柴都是好柴，平时是舍不得烧的，这时候就派上大用场了。柴搬过来，我们兄妹几个就七手八脚地把柴劈开，放到灶边去。眼巴巴地看着母亲把粽子一个一个地放进锅里，再掺上水，用大斗笠将锅盖好，看着母亲点燃了灶里的柴火。

我们围在灶旁，关注着锅里的响动，叽叽喳喳地讨论着粽子是如何如何的好吃。母亲不说话，专心地烧火，火光跳动着照着她的脸，其实她一定是在仔细听着我们的议论，她的脸上洋溢着温馨祥和的笑容。等了一阵子，我们便开始瞌睡，打着长长的呵欠要多次地问："煮熟了没有啊？""还早呢！"母亲说。就催我们先去睡觉，说等煮熟了再叫我们。于是我们就很不情愿地爬上床睡去了。睡得迷迷糊糊的时候，便被母亲推醒。醒来却张眉狂眼不知何事。母亲便说："粽子煮熟了，起来吃！"于是我们便一骨碌梭下床来，四个小人像四个饿鬼一样捧着盛粽子的碗，母亲给每人的碗里撒一些白糖，我们便吃，都不说话，其实这时候人还是迷迷糊糊的，像在做梦一般。有时第二天起来后还拼死抵赖说昨晚上没吃过粽子，埋怨母亲和兄妹们没叫醒我。现在想起来，真是既觉得好笑，又觉得有愧于母亲的一片慈爱之心。

端午节的早晨自然是以粽子为早饭了。早早地起来，在父母的指点下烧钱化纸祭祀神灵祖先，然后就是我们的狼吞虎咽。老家没有大河，从没见过赛龙舟的盛况，而门上挂陈艾和菖蒲的习俗倒很熟悉。记忆中端午节那一天都在上学。上学时母亲便拣最大的粽子四五个，用棕叶拴好，叫给老师送去。这是我巴不得的事情，小时候老想在老师面前表现自己，以为送粽子给老师也像做好事一样，会得到老师表扬的。在路上就和别的同学比：你的没我的大；你的虽比我的大，但没我的好看没我的好吃……这样一路争论就到了学校。把粽子送进老师的厨房去，那里已经有了不少的粽子了。上午上课便不得安心——老师怎么还不谈粽子的事呢？老师会表扬哪个同学的粽子最好呢？结果老师只字不提，心里便有些失望。照例这一天都要提前放学，中午家里一定有好吃的东西在等着我。一想到那油亮亮的老腊肉便满嘴的口水，于是拖了书包飞也似的回家去了。

这便是我记忆中童年时的端午节。

我想，母亲此时大概已经坐到了灶前，正点火开始煮粽子了吧？往年母亲总会让进城的熟人给我们带来她煮熟的粽子，现在远离家乡，就只能去想象母亲粽子的滋味了。粽子还是记忆中的形状，然而，父亲早已不在，母亲的身边已没有了那一群叽叽喳喳的"饿鬼"，灶前的母亲已经是满头白发，粽子的味道就和童年时有了不同。端午节，年年都会来；可我们的童年不会再来，母亲的青春不会再来了。

——今天再来看这多年前的文字，更让我感伤不已：因为不仅我们的童年不会再来，而且我们的母亲也已经不在，兄妹星散，已经历了太多的世事沧桑；只有那悠悠的粽子香还萦绕在记忆的深处，这是否可以在感伤之余得到些许温馨的慰藉？

老屋的故事

哥哥家的新居终于落成了。一座很秀美的两层楼房，加之外贴淡红色墙砖，看起来确实很漂亮。

新居固然漂亮，但我还是忍不住转到几十米外的老屋去看了一看。

眼前的老屋可实在是老了。我也不清楚我们家在这里住了多长时间，反正是好多代人了吧。据说老屋已有一两百年的历史，穿斗木架已从南向北倾斜了恐怕有20度，有些用竹块做成的夹壁早已掉落，显出一些并不方正的黑洞洞的框，没有掉落的也早被柴烟熏得漆黑，闪着油腻腻的光泽。由于修新房材料不够，又拆掉了两堵砖墙，老屋就显得八面漏风，更加破烂不堪。原来的堂屋灶屋都成了堆放杂物的场所，这样，站在原来的大门口往里一望，就是一种一塌糊涂的感觉。听得到柴草堆中老鼠使劲地钻动发出的窸窸窣窣的声响。

老屋在新居建成之后，一下就破落成这个样子，实在有些出乎我的意料，而这破落的老屋却是我出生成长并跨出第一步走向外面世界的地方——我突然感到黯然神伤，以前与老屋有关的一些往事便慢慢从心底浮了起来。

童年时期的老屋在我的心中从来没有觉得它破烂过，虽然它确实很破烂。我的父亲是一个非常善良的人，也是一个很聪明很爱亲自动手的人，在我的记忆之中，父亲曾多次改装过老屋的内部结构，每一次改装我们都会觉得像住上了新房子那样兴奋不已——其实那改造不过就是把原来的夹壁拆了做成过道或门，然后把原来的门用夹壁隔开。但真正造一座新房的想法，我不知道父亲当时是否有过。后来父亲下定决心要把老屋大修一次，想来恐怕是迫不得已的，因为在这之前，家里发生了两次非常可怕的事情。

说来老屋也只有正屋那一部分最老，老屋的南边那一段两三间房是后来才接上去的，可能时间也是有先有后，因为有些是装板有些是夹壁，而那一截土墙的产生我是有着清晰的记忆的。这后来才接上去的一段，屋顶比正屋要低将近一米，于是就将房屋的檩子的一端搭在了正屋的柱子上。这正是后来两次可怕事情的根源。

正屋早就出现了严重的倾斜，而后来接上的那一截房子并没有跟着倾斜，这就必然导致那搭在正屋柱子上的檩子迟早会滑脱。记得那是一个夏天的早晨，父母早就起了床在正屋那边忙活，哥哥也起了床，我多睡了一会儿懒觉，正打着呵欠揉着眼睛从里屋穿过卧室门往正屋房子里走，而我的两个妹妹还在床上睡得正香。就在我刚刚跨出门的一瞬间，里屋的整个屋顶就塌了下来，巨大的响声夹杂着浓浓的烟尘震惊了整个湾，我和我的父母、哥哥几乎就在这同时魂飞魄散地哭喊着扑向两个妹妹熟睡的地方，那儿已经没有了屋顶，煞白的天光将整个空间照得白亮亮的。透过渐渐沉落的烟尘，只见整个屋顶几乎将那一张床埋得不见踪影。我们完全像失去了理智一般，疯狂地用手扒开碎瓦片和断木条，绝望地寻找那两条不知道是否还存在的幼小的生命……

真是幸运至极——除了大妹的额头被什么东西碰了一个小包之外，她们两个居然安然无恙！

房子垮了一大截，虽然未伤着人命，到底还是一件伤心的事情。父亲虽然没有流一滴眼泪，但那种木然的表情还是在脸上保持了很久。很久之后我才能理解那种表情的含意，那是惊骇、惭愧与无奈综合而成的一种痛苦。父亲默默地砍来一些竹子，将那垮掉部分的屋顶重新搭好，用稻草勉强将房子盖了起来。一家的日子又渐渐恢复了平静。

然而，不到两个月又出事了。

　　是一个初秋的早晨吧，一切都很平静，家家户户都在做着自己的事情，院坝上的人也各自低头在干着自己的活。父亲从井里挑了一挑水回来，刚走到院坝中间，只听得一声闷响，便见一条弧线猛地划过来；还未回过神来，又听得一声巨响，堂屋的前墙又塌了下来，父亲挑着的水桶破了一只，另一只也跌落在地，两桶水泼了一地，将父亲的双腿双脚淋了个透湿。原来还是那个原因，房屋的倾斜使正屋的柱子吃不住贴地的做门槛的横木的榫头，突然一头脱出，受着某种力的支持，于是那一根横木就以惊人的速度往院坝方向划着弧线弹了出来。真是谢天谢地，除了父亲的膝盖被横木的顶端蹭脱了一点皮之外，其余的人没有受到任何伤害。

　　这次事情发生之后，父亲却表现出了一种反常的兴奋。他多次给我们讲，你们看，这就是做善良人的好处，这应了古人一句话，叫作"吉人自有天相"啊！同时，这接连而来的灾难也使得父母没有了退路，老屋已垮掉了将近一半，别说一家人住着成了困难，就是一家人勉强住在里面，这在很爱面子的父亲母亲看来都成了一种无法承受的羞耻。总之，这老屋是无论如何也得翻修了。

　　命运再一次照顾了我们家。恰好那一年母亲很顺利地养了一头大肥猪，而且当年猪肉的卖价高达每斤二块四五。悄悄地把猪杀了（因为如果明宰就得缴四十多块钱的屠宰税），在本队就把两百多斤肉卖完了。说实在的，现在回想起来，我还是要再次感叹父亲母亲善良为人的天性。要不是他们这种天性，只要有人告发，杀"黑猪"就是一个捆绑挂牌游村的下场，即使没人告发，那猪肉恐怕也是卖不出去的。我还要感谢的就是本队社员友善的支持，其实有好多家是根本买不起肉的，但还是买了并且不赊账。这样，我们家终于靠着一只肥猪卖出去的四百多块钱和大伙真诚的帮助，对老屋进行了一次较大规模的翻修，将正屋的前墙和上次垮掉的部分换成了青砖墙，我们家的老屋也是第一次在墙上有了硬硬的青砖。

这些事情都是发生在二十世纪的七十年代，那个穷困的年代。之后我们家终于在这房子里过上了一段平静生活。到了一九八一年底，父亲那伴了他一生的胃肠道疾病夺去了他才四十三岁的生命；不过，我想，父亲躺在床上闭上眼睛的那一瞬间，应该是稍感欣慰的吧？因为他毕竟是躺在自己亲手建造的砖墙屋里离开这个世界的，而在那个年代有几家人能修上几间青砖房呢？后来，我也离开了老屋到外面读书工作，家也安在了外面。哥哥成家，两个妹妹也先后出嫁，只剩下母亲和哥哥一家继续住在老屋里。从那以来的十多年，我每年也回家一两次，看到的是漂亮的楼房越来越多，而我家的老屋却越来越破。老屋的确老了，于是哥哥的新居出现了。

现在我就站在老屋的门前，屋后的竹林在冬风的吹动下发出簌簌的响声，这种响声又让我想起了童年时躺在床上聆听房顶的风声那种奇妙的感觉。透过窗户的破洞，看到一张不知是哪一年的年历画，画已不完整，但能看到那个胖得出奇、怀抱一条大鲤鱼的孩子正张着大嘴对着我笑。我茫然地望了好一会儿，心里渐渐浮起一种莫名其妙的情绪——有些忧郁又有些喜悦！我并不留恋老屋，老屋已老得不宜居住，阴暗、潮湿、霉臭和始终未彻底消除的安全隐患，这些都是我为新居感到由衷的喜悦的原因；而我们过去的家、我们兄妹的童年、我们的父亲、我们一切与老屋有关的故事，都将随着我们向新居的迁移而渐渐永远地离我们而去，我因此而感到了一种深深的怅惘。

蜿蜒在童年记忆中的那条马路

小村偏僻，周围并没有崇山峻岭，而是那种说高又不高说大又不大的丘陵山包，既无巍峨的气势可以让人心生壮美之感，也无万里平畴使人感觉心旷神怡。川中丘陵，给人的感觉就是气短——崎岖不平绊住了人们出行远方的脚步，绵延不绝遮断了人们眺望远方的视线。

我的童年，就是在这样的环境里度过的。

离我家一公里远处有一条非常简易的乡村公路，在摆布得乱七八糟的丘陵之间曲曲折折，由南向北蜿蜒而去，它给我的童年制造了很多奇妙的梦想。那时我们对公路（其实直到现在我都更习惯称公路为马路）怀着怎样一种神秘的感觉啊——不知它的起点在哪里，也不知它的终点在何方，只要走在了那条大约只有五米宽的用粗细不匀的砂石铺就的路上，就相信可以去到想象中的任何遥远的地方。

童年时最快乐的消遣，便是在割草放牛的时候坐在古家岭岗或者高峰寺顶上"看马路"。这"看马路"成了我们童年时的一个专用语，由此就可以想见那条"马路"在我们童年心灵中的地位。常常是几个小伙伴并排地坐在一起，带着一种神秘而崇敬的心情眺望那蜿蜒如草蛇的灰白色的带子。汽车是很少的，即使偶尔有一台手扶式拖拉机跌跌撞撞地从那山包后面冒出来，也会令我们兴奋不已，我们总会大声地齐唱那首很粗俗的儿歌——拖拉机，红脑壳，拖起我儿到安岳（为什么是到安岳而不是其他地方？后来才知道那是我们相邻的一个县，而且那个"岳"字的川话发音是和"壳"的川话发音押韵）。歌声很响亮，响亮得以致每次吼唱之后我们的嗓子都会沙哑。我们之所以这样卖力地吼唱，似乎是想让那开拖拉机的司机听到，至于听到后又希望他怎么样却没有想过——也许仅仅是一种兴奋劲儿的发泄吧。其实手扶式拖拉机的响声很大，司机哪里听得见？充其量也就是让他看到了几个小人儿在山坡上手舞足蹈罢了。

"看马路"看到汽车是一件很幸运的事情。主要是因为那时汽车实在太少，其次是因为它的快。一辆汽车从遥远的马路的尽头缓缓而来，偶尔可以听到隐隐的喇叭声，你看它走得多慢啦，简直就像一只蹒跚而行的蚂蚁；蚂蚁突然不见了，我们眼睛都不敢眨，紧紧地盯着，生怕它从视野中消失，于是又看到它从另一座山包后绕了过来；越来越近，越来越大，可以看到它屁股后面还拖着一股黄烟，那是干燥的路面腾起的尘土。当它从离我们最近的地方驶过去的时候，我们会觉得它简直就像一道闪电，声音突然变大又突然变小，然后看到一股黄烟追着车尾远去，越来越远越来越小，在丘陵的山包下时而出现时而消失，汽车变成一个小黑点，从远在天边的金银坳翻过去，最终在我们极力延伸的视线中消失。看汽车，我们不敢像看到拖拉机那样放肆地吼唱，当然也有儿歌——山城牌，架子高，司机伯伯把手招；来来来，坐司机台，拉到重庆去发财。——很文雅！不敢也不忍心冒犯汽车，因为它显然比起拖拉机要高级多了。因此，汽车司机在我们童年的心目中是很不得了的人，全公社在外面开车的有几个人，我们一个也不认识，但我们全知道他们叫什么名字，在哪里开车，开的什么牌子的车。

那时候对远方的想象全是缘于这条马路而生发的，想象着那些汽车从怎样热闹的城镇驶出来，怎样与那个城镇的街道楼房和行人越来越远，怎样完全离开城镇的范围进入了乡村的路上；然后也很完整地想象这个完全相反的过程，让这辆汽车进入另一座城镇——起点和终点都是车水马龙灯火辉煌，神秘遥远得不可企及。只有这汽车，在这条乡村马路上疾驰而过的汽车，它能够完全享受这美妙无比的一切——这怎不让我们羡慕而崇敬啊！试想一想：一群连离家几里路远的乡场都没有去过几次的少年，他们心中的城市又该是什么样子呢？最大限度就是自己所看到过的乡场的样子——狭窄的街道、磨损得坑坑洼洼的青石板、街两边扯起的又破又脏的篾篷、摩肩接踵的赶场人、鼎沸的人声、电灯、破旧的电影院、简陋的新华书店、脏乱不堪的猪市、遍地躺着差不多要累死过去即将被卖到屠宰场的生猪、场口马路边一排排的用一小片破篾席象征性地围住的供人们小便的尿桶，当然还有很多平时难得一见的汽车——这些可都是我们那偏远的乡下所没有的啊！没有一样不觉得新鲜而羡慕，而这一切似乎都跟那条马路有关，是那条马路的联系，我们才看到了这一切。当然，也不能说我们没有真正大城市的印象，但唯一的印象就是小学课本扉页上那张北京天安门广场的图片，至于真正的北京是什么样子，那也实在太为难我们无知少年的想象力了。但是，我们却没有谁不坚信，我们眼前这条马路是一定可以通到北京的——这是一条什么样的马路啊，居然可以通到北京，那是多么奇妙的事情！

童年时要赶一次场是非常不容易的事情，似乎乡下的父母们都不大愿意让自己的孩子去赶场，即使离场镇并不远。大人们可能是要让孩子在家里力所能及地干一些农活，也可能是担心孩子跟着去不懂事要闹着吃"香香"费钱，也有可能怕本来没见过世面的孩子走丢（我曾经就跟父亲赶场走丢过），反正，我们一年到头都去不了两次。赶不了场，就只好到土坡上去"看马路"，让想象顺着马路翻山越岭去"赶场"。记得有一次我和哥哥终于得到父亲的允许，让我俩跟他一路去赶场，任务就是抬一筐积累了近两个月一个都没舍得吃的鸭蛋到街上去卖。我俩当时的心情几乎可以用欣喜若狂来形容了。本来我们赶场走土路更近一些，但我俩却悄悄商量走马路。于是我们抬着鸭蛋在马路上飞跑，吸引了马路上很多赶场的人奇怪的眼光，幸好没有把鸭蛋碰破。走在这马路上，心里的感觉就是在往"大地方"去，这是一种几乎凝固在我们童年岁月中的想象，这叫我们如何不兴奋呢？到了街上，刚好碰上走土路来的父亲，父亲要去办事，让我俩在场口马路边守住鸭蛋等他，结果那天我俩犯了一个不可饶恕的错误——我们被来往的汽车彻底吸引住了，当父亲回来叫我们的时候，回头一看，一筐鸭蛋早已不知去向……心痛不已是少不了的，挨两巴掌也是顺理成章的事情，但这丝毫没有影响童年的我对马路的崇敬和向往。

我已记不得我是什么时候第一次坐汽车了，不过，在童年时"看马路"看到汽车飞驰而过的时候，是极其羡慕那坐在车上的人的。车上的人，即使坐在车厢里那堆积如山的货堆上"岌岌可危"，我们也分明可以看到他们向路边的我们投来的那短暂的得意神情。所以，我们就想方设法要过过"车瘾"。有一次去拦一辆拖拉机，拖拉机驾驶员不但没停，反而还对我们破口大骂，我们便强行追上去扒车，结果那可恶的家伙猛轰油门，把我们几个小东西全丢翻在凹凸不平的马路上，虽然翻身就爬了起来，但个个都头破血流，惨不忍睹，拖拉机早跑得没影了。回家撒个谎说走路跌了，然后自己悄悄忍受了好多天的疼痛。但是，即便如此，我们还是没有对那条马路产生过仇恨。只是对那司机产生过仇恨——总有一天，我会坐比你那拖拉机高级得多的小汽车在这条马路上飞驰！

飞驰的汽车会去到非常遥远的地方——于是我逐渐对并不了解的远方越来越充满了热切的向往。我的童年就这样在"看马路"的日子里一步步走过来了。

第一次出远门是到县城读书，是从这条马路走到镇上去搭的车；后来到省城上大学，也是从这条马路出发到火车站；再后来一直到现在，我或近或远的脚步，也总是由这条马路连接着我的老家，连接着母亲的梦，连接着我那渐行渐远的童年！

那些栖息在我们心灵最柔软处的精灵

善良，其实是人心灵被触碰时候的一种和谐的颤动，是心灵被激荡时候的一种轻盈的飞翔，是心灵被刺痛时候的一种低沉的呻吟；善良，其实是人心灵深处的一种柔软。善良是水，它持续的抚摸可以融化一切坚硬，温暖所有寒凉。善良是人性中至高无上的神，它在抚慰这个世界的时候，往往也被这个世界碰伤；它被这个世界碰伤的时候，却又总是忘我地抚慰着别人的伤口。

我童年的玩伴中，有几个在很小的时候就表现出了对生命残忍的本性。他们爬上高树从鸟窝里掏出还未长毛的雏鸟，握在手心，肉肉的感觉，当我还没有来得及满足好奇心的时候，已经被他们死劲一捏，像气球一样破裂了。抓住青蛙，用细绳子套住一只后脚，放地上做驱赶猪狗一样的游戏，最后必定有把麦秆插入青蛙的屁眼，把青蛙当作气球一样吹得鼓胀的玩法。再大一点，就有了一把拧下鸡的脖子这样骇人的动作，一脚踹死一只从他们身边悠然而过的黑猫的举动。再后来，他们大多以屠夫做了自己终生的职业，在农贸市场挥刀砍肉，也经常看到他们提着刀追得别人满街跑，回家把老婆当成仇人往死里揍也是家常便饭。他们断不会像我这样见了血就发晕，在人格的刚性方面，我似乎从小在别人眼中就属于软弱一类，因此，童年时不多的几次与别人打架，我竟从来没有胜过。其实我知道，我不是因为力气不够，只是缺乏好战的勇气。母亲曾经常常说"从小看大"，我是绝对相信的，我的童年伙伴的人生经历无一不在验证这样的道理。

父母天性的善良深刻地影响着我们一家人。体弱多病的父亲，即使他只有四十三年的人生时光，却在我们乡下赢得了"善人"的名号。在他不长的人生时光里，我不记得他与谁吵过架、闹过矛盾，也不记得他什么时候对别人大声粗暴地说过话。我倒是深深地记得，在我家生活都异常拮据的时候，他把从舅舅家借来的一袋白米藏在柜子底，每见一个乞丐来到门前他就给一小碗，而我们四兄妹却只能顿顿吃红苕哽得眼睛发直。父亲对我们家里养的所有的家畜家禽，无不像对待自己的孩子一样温和慈祥，我从来没有见过父亲像别的男人那样把圈里的猪打得来越墙而跑，把犁田的牛打得来犟性大发，即使是杀年猪，我的父亲也往往是站在一边看着，不会上前去揪尾按脚的。母亲虽然性子很急，却也是个心地柔软的人。我们家曾经养了好几年的兔子，最多的时候有几十只。白色的，黑色的，黄色的，灰色的，杂交过后还有些奇怪的杂色的，在家里到处跑，甚至在床下的地上掏了深不可及的洞子，在里面产下幼崽，突然有一天看见一只大兔子带着一群小兔子跑了出来，会给全家人带来巨大的惊喜。就是在这样的情况下，可能没有人相信，我们家竟从来没有吃过兔子肉，更没有杀死过一只兔子。母亲说，看到好乖嘛，哪里舍得杀呢？我们家餐桌上也曾出现过兔子，那是母亲为一个即将回重庆的女知青送行，因为拿不出别的好吃的东西，就只好用一只兔子来招待。我记得那只大白兔是被那女知青紧紧地摁在水里活活淹死的，之前还看见她用那白嫩的手猛扇了兔子的耳朵，兔子却昂着头不死。母亲见状就转身默默地走开了，我清楚记得母亲眼中是含着泪水的。中午，母亲自然是借口不会烧兔子，就让女知青亲自显了手艺。饭桌上，我们当然不能抢着吃，我们也不忍心动筷子。而母亲，几乎没有拿正眼看过那一只瓷钵。从此以后，我们家就再也没有养过兔子。

然而，人世间一直流传着的那一句"善恶有报"的箴言，却似乎并未在我的父母身上得到印证。父亲的英年早逝不用说了，就是母亲，也在六十三岁的时候，突然离世，也未真正享受到人生多少幸福。所以，我倒是常常想起了民间流传着的另一句话："好人命不长！"不过，我想我的父母，他们秉持善良的性格，绝不是为了有所回报的。父母都不信佛，甚至基本不迷信。他们的善良只是一种最世俗的人性，也是一种最本真的人性。

还记得我们曾经养过的一条狗与一只猫。在那无数的快乐之后，也给我留下了无尽的忧伤和惆怅。

一条毛色黑白相间的土狗，长得很秀气。是相邻院子的一条灰色母狗一次产下的三只中的一只。乡下土狗，命贱如草。生下的小狗崽，有人要就随便拿去，没有人要有时还要被主人活活扔水田里淹死。我和哥哥跑去要来一只，母亲本来是要反对的，但是一看到小狗那可怜巴巴的样子，也就再没有说什么。后来的日子，当然是小狗随着我们的童年一起成长，长成了一只很漂亮的大花狗。每天跟着我们玩耍，我们也教会了它不少本事，比如纵身跃起在空中接住抛投的东西，比如帮我们衔来远处的拖鞋等。我去上学，它常常要送我几里路才回去。

那年父亲病危住进了县医院，母亲跟着去了，家中就剩下我们兄妹四人，凄惨地排坐在门口一言不发。花狗此时只做两件事——有时默默陪坐在我们的身边，眼巴巴地一会儿望着我们，一会儿望着远处的垭口；有时就跑到屋侧边的坡上去在土里刨坑，狂吠，叫得人撕心裂肺，叫得人魂飞魄散。三天后父亲只剩下最后一口气，被救护车送回家。在回家的路上，距离家很远的地方，居然出现了花狗的身影，它追赶着车子狂叫。我们的车回家不到半个小时，它就跑回来了。父亲去世不久，花狗的身体就渐渐衰弱了，经常生病，好几天躺在灶前柴堆里不吃不喝，这样拖了两年多时间，就死去了。

花狗被我们葬在了一棵核桃树下。在我对童年无数黯淡往事的回顾中，它的身影同许多难以忘怀的感伤一样，总是清晰地浮现在我的记忆里。

还有一只猫，也一直在我的记忆里轻爪蹑脚地走着。那是一只被称为"松鼠猫"的大白猫，全身白毛细长浓密，尾巴上的毛尤其蓬松。女儿特别喜欢它，给它取名绒绒。我当然也很喜欢，只是后来这家伙逐渐不安分了，常常来劲地乱抓，把木门框抓得稀烂，把沙发垫子抓得千疮百孔，还把细白毛沾得到处都是。在养了大概三年之后，由于女儿读书时间紧了，我们也无暇很好地照顾它，只好想办法送人。说要送人，女儿是伤心地哭了好几场的。最后我们还是一狠心把它送了出去。又过了大概一年多时间，我在妹妹家看到了绒绒，全身的白毛几乎都变成了灰色，一副猥琐不堪的样子。它看到了我，明显还认得我，眼里似乎储满了忧伤。它小心翼翼地从窗口上跳了下来，慢慢地靠近我的脚边，然后在我的脚背上躺了下来。我想，它要是个人的话，一定是会放声大哭的吧。后来听妹妹说了它的曲折的经历——我们送养的第一家人，在喂养了它半年后，就把它送到了乡下老家；乡下老家见它并没有捉老鼠的特长，便不再养它，它就成了一只流浪猫；妹妹意外地碰上了它，就把它带回家，但是它流浪的习惯已经养成，常常越窗而出，在外面晃荡好几天才回来。可是，即便这样，它见了我还认得我，这让我既感动也很惭愧。几年后，听说它还活着，只是已经老态龙钟，成了个偎灶猫了。想必现在那只猫早已老死，但是，我总时不时想起它那忧伤的眼神。

　　大概可以这样说吧，能够对小动物充满善意的人，都不可能是恶人。人的善良，别人不一定感受得到，而动物是一定感受得到的。我常常这样想，如果一个人没有接触过这样的生灵，也就不会产生与之相关的一系列故事，滋生与之相关的一系列情感。但是，一旦它不论以何种原因出现在我们的生活中，它就成了我们生活的一个组成部分，成了你永远无法删除的生命信息。但是，这需要有一个前提——你，须是善良的，因为动物是栖息在我们的心灵最柔软处的精灵！

端坐在古典里的乡村

乡村，作为一种传统的吟咏对象，早就被我们的古人用精妙空灵的文字描绘成了一个具有特别意味的古典意象。从陶渊明到谢灵运，从王维到孟浩然，再到后来不少或显或隐的文人，他们的足迹一直徜徉在山水田园之间，他们的灵魂一直飞翔在乡村那片高远广阔的天空。他们为我们于贫瘠偏僻的乡土之上营造了一层梦幻般的美，灌注了一种从容温婉洒脱明丽的情怀。从此，我们在面对"谁知盘中餐，粒粒皆辛苦"的沉重与"绿树村边合，青山郭外斜"的清朗的时候，在面对"朱门酒肉臭，路有冻死骨"的惨象和"明月松间照，清泉石上流"的幽闲的时候，总会不自觉地偏爱于后者。自然，我们不会被指责为漠视苦难，贪图逸乐。因为，美谁都向往，而苦难恐怕没人偏爱。在传统的文学中四季轮回的乡村，是被夹在书页中的古典乡村。

我并不漠视乡村亘古以来那些沉重的苦难，但是我更喜欢飘飞在乡村上空的炊烟，更喜欢流淌在乡村小溪里的清泉，更喜欢那盈耳的蛙声、牛栏里的轻哞、鸡舍中的啼鸣，以及傍晚母亲在田野中对儿女的呼唤……现在，我要走进现实中的乡村。

长久远行后的回归，一瞬间感受到的是蜂拥而至的新鲜的视听信息。或远或近的院落里流淌着时尚的音乐，山间地旁点缀着或雅或素的小洋楼，以前的泥泞土路已经被水泥硬化，只有在城市里才可以看到的来往的车流突然漫到了这样偏远的乡村，树林里穿梭着打扮入时的女子。以前那样偏僻贫瘠的乡村——生我养我的土地，似乎完全呈现出了一派现代时尚的气象。然而，这一切时尚都无法遮挡住弥漫于乡村的古典意味。

在乡村，很多人尤其是年龄稍长的人，对古代流传下来的传统故事和传说具有极其浓厚的兴趣，以至于他们不但记得清楚而且记得很多。那些数量众多的素材，就成了他们"摆龙门阵"必不可少的元素，甚至是他们在别人面前炫耀的本钱。神灵鬼怪的故事表达了他们对世界神秘感的推崇，忠奸贤愚的故事表达了他们对传统道德的认可，文臣武将以身殉国的故事表达了他们对生命价值取向的判断和崇尚，男女相爱相弃的故事表达了他们对和谐的家庭生活的追求和对背叛者的批判。而花木兰的故事、杨门女将的故事等，则体现出他们对某种匪夷所思的情节和结局的近乎偏执的追求。那些神秘的善恶果报的故事，则更是被他们作为对现实生活进行判断和评价的标准。

要是有哪两口子因为生活困难闹矛盾了，则必定有人会说人家王宝钏苦守寒窑十八年如何如何；要是因为情感不忠闹分手，则会有人抬出陈世美与秦香莲的故事来……如此种种，生活中的每一种现象发生，我们乡下的人们都可以毫不费劲地从那些久远的故事中找到对症的药引，让其发生教化的功能。我的大舅就是承载着这些众多古典信息的乡村老人之一。平日里，几个年龄差不多的老哥们坐在一起，自然就是用这些内容作为"打话平伙"的材料。就算是与比较年轻的人在一起，只要话题有机会牵连得上，他们也会立即眉飞色舞地开讲，那神采那口才绝不亚于"百家讲坛"那些专家。他们要是开讲了，就不会管你知道不知道，爱听不爱听，他们自己是一定会借此过足"嘴瘾"的。那些所有的或真实或虚构或人事或鬼神或天上或人间的故事，在他们的口中无一不是绝对真实的。更让我惊奇的是，他们对这些故事的叙述，每个人有每个人的独特风格，从措辞到情节的强调都带着明显的个性特点。我这下才恍然明白，为什么同一个似乎早已被人嚼烂了的故事，通过另一个人嘴里讲出来又有了别样的新鲜感。原来这些看似定型了的传统的东西，在他们不断的传播过程中，其实是在不断经历着更新和丰富。

浸泡在古典故事中的乡村，这些故事所传递的精神内涵则必然渗透进乡村人们的精神世界，产生出相应的古典乡土情怀。乡村的淳朴和善良，乡村的隐忍和坚持，乡村的粗犷和豪爽，乡村的简单和随性，无不照应着那些离去久远而又近在眼前的古典话题。乡村的闲静与舒缓，任由着这些故事悠悠地流淌，遇水石而为声，遇草木而成色，进而附着在这一片泥土之上，从此不可分割。这就是乡村与城市存在本质不同的原因所在。

眼下的乡村，也许我们以为除了老人之外，年轻人早已没有"古典"的影子。其实不然。不可否认，当下的乡村，平日里剩下的基本上都是些老人和小孩，其他的人都满世界飞去了。不管在外面干什么事情，见多自然识广，年轻人又特别喜欢接受更新鲜更时尚的东西，这样的话，就可能让心底里那些曾经沉淀下来的东西慢慢淡化以至消失。但是，我们仔细想想，每一年春节的返乡狂潮，不正是那种"古典"情怀的集中体现吗？再回到乡村去看一看，那就更明显不过了。堂屋里的香火，门楣上的对联；祖坟前的祭奠，大红大绿的婚礼；走人户送礼的提篮，篮子里礼物的包扎；熟人见面时的问候，再次远行时对乡土虔诚的祈祷……这些无不浸透着有别于城市的乡村气息，追索这种气息的源头，对它冠之以"古典"确乎一点也不为过了。特别典型的就是那些在外面被人们认为"找了大钱"的人，返回家乡，通常要做的就是两件事——翻修旧屋，重垒祖坟。垒祖坟自然表达了对祖宗的感激和缅怀，而那些修得很漂亮又基本上不再回来居住的房子，我们在为他不必要的浪费感到费解的时候，也会忽然明白"富贵还乡"的传统意识有着多么深厚的根底。

我是一个喜欢怀旧的人，但不是一个恋旧的人。我在喧嚣无际的人海里奔走，我并不排斥眼前这个现代都市。只不过，在忙碌的间隙，脑子里偶尔会闪现出遥远故乡那种被定义为"田园牧歌"的优雅平和的画面，它会让我在这样的回忆里得到一会儿惬意的憩息，获得一种精神的平复。我也绝不是要掩饰乡村的苦难而矫情地吟唱虚伪的颂歌，这只是如同一张黑白两面的纸，我只是暂时描述了它"白"的一面而已，并不等于我没有看到另一面。端坐在古典里的乡村，不管它变得怎样，都将是收留我流浪灵魂的唯一所在，也是寄托我悠远情怀的唯一所在。

遥远的升斗坡

屈指算来，已经离开那儿二十八年了。升斗坡，一个距离我的家大概有着四公里远的一个葱茏的土山坡，是我度过了三年初中时光的母校。

学校就在这个土山坡上，所以我们称呼学校的名字基本上都不用"高峰一小"而是直接称呼"升斗坡"。"升斗坡"三个字肯定没错，但是它最初的含义是什么呢？是这个坡有着称量粮食的器皿"升"或者"斗"一样的形状呢，还是说这个坡是北斗星升起的地方呢？似乎没有人探讨过这个问题，我自然就不得而知。但是，依我个人的看法，我没有看出这个坡像"升"或者"斗"的形状，所以我宁愿相信它得意于后者，"北斗星升起的山坡"，多么具有诗意！在这个偏远乡村的一个角落，有这样一个诗意的地方，它留给在那里度过了人生的童年和少年时光的孩子们无数悠远的怀想！

校园实际上由两部分组成。在山坡的高处，接近坡顶的地方有一片房屋，那是初中部的教室；在山坡北侧的山洼里有一所老旧的穿斗木结构的房子，那是小学部。小学部院子呈直尺形，只有三间教室，转角处是食堂，靠东边的末端是一个姓王的老师的老婆开的小商店，我们偶尔会去那里买一分钱的豆瓣酱做下饭菜。院坝是厚实的三合土，记忆最为深刻的是我还未发蒙的时候随哥哥来学校玩耍看到的情形——那些初中生让地主成分的老师们脱了鞋子，把他们赶到被太阳晒得滚烫的三合土地面上去"烙麦粑"，那些老师在地坝上不停地换着脚，如金鸡独立。院坝边有两株高大的银杏树，两棵树相距不过三米，每当春夏时节，浓荫罩住几乎整个院子，使院子无比清凉。盛夏时节，白果成熟，风吹过，拇指大的果实常常像下雨一般从树荫里掉落，争抢白果成了我们课余最有趣的运动。一旦到了秋天，那两株巨大的树木仿佛一夜之间就变成了金黄，然后就是很长一段时间，看到那些树叶像蝴蝶一样翩翩飞翔从枝头飘落，在树下斜斜的土坎上铺出一片壮丽的金黄。那大概是我从植物的季节变化中感受到了些微的关于生命的感伤情调的开始。

　　站在小学部的院坝上抬头向南仰望，可以看见初中部的一小段灰色的断砖围墙，以及一部分教室的檐角，以及那两棵高耸入云的黄连树。有两条石板路可以上去，顺着下边一条弯弯曲曲的石板路走去，中途就是公厕，再上去几十级台阶，就是初中部校园的大门。大门外是一个半月形的土坝子，是每天放学时集合的场所，左右各有一棵高大的黄葛树。坝子的边沿是一个几米高的土坎，下面是学校的操场，也是土坝子，下雨就成烂泥塘，天晴时尘土飞扬。好在那时全校只有两个补了好几个疤的篮球，几乎没有到操场去运动的可能，也就没有感觉到操场的不方便。我们上体育课最常见的活动，就是站在高坎上拿着拳头大的小皮球往操场上扔，比赛谁扔得最远。

　　初中部校园像"凸"字的形状，上边是两间教室和几间老师的宿舍，要下好几级石台阶才可以走到下边的小坝子上，下边宽的部分就全是教室。初中三年，我就是在进大门左边的那间教室里度过的。

　　其实，这个地方以前并不是学校，它是新中国成立前当地著名的大地主王公甫的庄园。我还很小的时候就常常跟着上学的哥哥到这里来玩，那时这儿整个山坡到处都是高大茂盛的柏树和黄葛树，山顶上是一座西式带天井的两层洋楼，朝东的一楼左右两边做了教室，别的房间大多做了老师们的寝室。在洋楼的东南角有一个水池，大概有十多平方米，水池里的水长年不涸，水面上大部分地方漂浮着红色或者绿色的浮萍，暗绿色的水面常常可以见到一种我们叫作"板凳虫"的虫子在跳跃着奔跑。水池边有一棵非常茂盛的大黄葛树，黄葛树下水池边上，有一个西式的凉亭，从后来破烂的洞口我看到是内外都用木片钉起来外面糊了白石灰的结构。凉亭的房顶有很漂亮的雕花和用石灰（也许是石膏）做的看不懂的图案。据说那是王公甫生前休闲纳凉的地方，那时已经成了学校的音乐房。往西再上去点，还有一棵每年都要开成堆的花蕊、结成堆的子实的桂花树。那棵桂花树给我造成了一定的恐怖感觉，那树上吊死过人，那是王公甫的妹妹，据说因为她不守妇道被王公甫逼去上吊的。每次我从那树下走过总会不自觉地小跑而过，恍惚间总觉得那根侧出去很远的丫枝上吊着一个黑乎乎的什么东西。桂花树下又是一个长方形的水池，不知深浅，池中的水同样暗绿，波澜不惊，水面漂着一些水白菜。水池就紧靠在洋楼的南侧大厅的高大的木格玻璃窗户外边。这个大厅，那时就是全校老师的办公室。

而我到这里读书的时候，学校已经完全不是这个样子了。这个面貌的改变发生在 1977 至 1978 年那仅仅一年多时间里。突然间，满坡的柏树被砍光了。差不多有两个多月的时间，我在读书的村小的门口，每天都看到很多光着膀子的男人抬着粗大无比的木头往万古镇上去。当我升入初中来到这里就读的时候，除了那棵桂花树、几棵黄葛树和两棵银杏树之外，整个升斗坡几乎变成了"濯濯童山"，那个我以前非常熟悉的天井洋楼也不见了，变成了一排青砖瓦房。凉亭还在，已经四面破洞，废弃不用，成了我们课余钻进钻出玩耍的场所。

1978 年 9 月至 1981 年 6 月，我在升斗坡度过了我的三年初中时光。

升斗坡是一个偏远的所在，距离穿越公社的那一条公路的直线距离大约也有十多里路，距离万古镇大约有十五里路。每个学期开学我们都要背着背篼到万古镇去背课本和作业本，每个学期至少有两次我们要挑着箩筐到万古镇去为食堂挑煤炭。想想那时候的我，身高不足一米二，手无缚鸡之力，还要从那遥远的地方像驮马一样往学校运东西，该有多么的艰难，但是，那时我们是绝没有觉得艰难的，充满了脑子的全是自由的快乐。我们就像蚂蚁搬家一样，将那么多东西从那条逶迤在丘陵之间的小路运回了学校。

在学校的课余活动，做得最多、坚持时间最长的莫过于"斗鸡"了。由于许多同学的家离学校都很远，我们中午都不回家，而且都很少带饭来，也就是空着肚子度过中午。中午这个漫长的时间我们就饿着肚子"斗鸡"。这个"斗鸡"不是用鸡来斗，而是用人来斗。就是把人分为两派，每个人都将一只脚用双手提起来弯到膝盖以上，用另一只脚独自支撑跳着，用弯着的膝头去撞对方，谁先被撞倒撒手谁就输。像我这样的小不点，哪里敢与别人正面斗争，一般都是提着腿躲在一边，趁对方不注意猛然冲出去把对方撞倒，或者与对方"同归于尽"。有一次我被一个又瘦又高的欧姓同学撞了一腿子，鼻子都撞得凹陷下去，好一阵才恢复，痛得脸都发紫了。有个姓季的同学，很老实本分，但是他斗鸡却是一员猛将。每次与别人相斗，大家都在一旁夸赞他勇敢，他一听到别人的夸赞就找不着北，直至被别人撞倒在地也不撒手。这样别人也就不断地对他实施进攻，甚至成堆的人倒下去压在他的身上。有一次他这样被压了之后就再也没有站起来，后来听说是斗鸡时被撞坏了坐骨神经。我记得我是在十多年前看到过他，那时他是被他年迈的父亲背着在街上看医生。

我们还与我们的一个老师在深夜里比赛过斗鸡。那是我们在初三的时候了，有一段时间我与几个同学住在一个老师的宿舍里，晚上闲得无聊就跑出去到小学部的院坝上去耍，遇到了那个住在小学部、给我们上地理课的姓孙的代课老师，一个才高中毕业的单身汉。他提议我们与他比赛斗鸡，他一人对我们全部。结果我们立即就在夜色里摆开了战场，瞬间就厮杀得人吼马嘶。正斗得起兴，突然听得一声大吼："有你妈点毛病！"原来是没有回家的校长听到了我们的闹声，披着衣服起来干涉。地理老师一听，几乎在同时放下了提起来的腿子，一本正经地开始训斥：我说是哪些东西在外面打闹，弄得我觉都睡不着，原来是你们啊！校长又骂了几句就住声了，我们回头一看，地理老师早销声匿迹了。

　　还有一个与这个地理老师有关的关于我的故事。我的同桌的父亲是个铁路工人，我的同桌就常常会捧着比如《十万个为什么》这样的书阅读。这着实让我羡慕不已，因为我的父母是绝对没有一分钱会花在为我买这样的书的用途上的，也因此我对同桌的那些书真是充满了难以形容的强烈渴望。记得那一节课上，我们对地理老师把"降（jiàng）水量"读成"降（xiáng）水量"窃窃嗤笑，地理老师的脸立即绯红起来。他突然看到我的同桌在看一本《十万个为什么》的课外书，就恼羞成怒地冲过来一把抓过书本，嗖的一声扔到墙角去了。他继续讲他的"降水量"，我的同桌却悄悄对我说，你要是敢把那书捡起来，我就借给你看。我听了他的话，简直激动得昏了头，就假借中途上厕所回来的机会，顺势一把将那书捡了起来。哪知地理老师早看出了我的意图，一个箭步就冲过来，揪住我的衣领，一个扫堂腿就把我踢得坐在了地上。全班同学开始是一声惊呼，接着是一阵哄笑。而我翻身从地上爬了起来，竟然倔强地紧拽着那本书不放，眼里储满了委屈、羞辱和愤怒混合而成的复杂眼光，大概把地理老师也给吓着了，他就挥手让我"滚下去"。

　　在升斗坡的三年，我也遇到了一生求学过程中最好最值得敬重的老师。我的数学老师刘书池，一个知识丰富、教艺精湛而又非常温和的人。我的班主任覃亮老师，他教我们的语文、物理和化学三门课，而且物理和化学还是他边自学边教，毕业的时候，我们班三门课的成绩在全万古区都名列前茅。那之后，覃老师就成了我们万古片区最知名的初中物理和化学老师了。他们都是地主出身，被多次批斗过，家境也很贫寒，但是他们从没有对自己的教学懈怠过，即使是在那特殊的年代。这些老师的才华人品让我佩服敬仰，我后来走上了从教之路，也与他们的影响有着一定的关系。

在升斗坡的三年，是我从懵懂走向成熟的开始，是我从闭塞的乡村走向广阔的外面世界的开始。在那里我第一次对一位秀气的女同学产生了朦胧的好感，也是在那里第一次开启了升学的理想追求之门。留下了一些感伤的记忆，也留下了无数温暖的回想。然而，自从初中毕业之后到如今，我记得只回去过一次，那时我好像还在读大三，陪一个读专科的同学回去讲课。那时，那些老师我基本都不认识了。同学去讲课了，我在校园里逛了逛，满脑子是物是人非之感，觉得寂寞无聊，就独自先回了家，那之后就再也没有回去过。后来，我的脚步距离家乡越来越远，也就更没有机会回去看看了。在遥远的他乡，却总是时不时在脑海里闪出那一面山坡，那一面山坡上的那几株高大的树木，以及那些灰色的教室……

二十八年了，我不知道升斗坡——我的母校，现在是个什么样子了！

梦萦乡野黄葛树

我的足迹没有太多的机会涉及更为广阔的世界，因此我只能这样主观地臆断，黄葛树大概主要生长于中国的南方，尤其是西南地区，尤其是川渝地区。查查相关资料，大致可以获得关于黄葛树的以下信息：

黄葛树生长速度快，渗透力强。很多生长在岩石上的黄葛树，根系比树干要发达2—3倍。黄葛树根还具有变异性。为了适应自然环境的变化，有时它就将自己的根从圆形长成扁平形。自然地形的空隙是什么形状，它就会变化成什么形状。除此之外，当两棵黄葛树的树根相碰时，它们就会合长成一根较粗的根。当无数的根连在一起时，它们就会长成一个"大树干"。黄葛树的根像藤蔓一样能够适应很多环境，它具有寄生在其他树上和孤立岩石上的特殊本领。黄葛树虽有很强的寄生能力，但却不可能用根来繁殖后代。黄葛树最喜欢岩石，生长在岩石边比生长在土壤中的长得快一些。

其实我比较讨厌这些生硬而没有感情的"说明文"式的表述，黄葛树摇曳在我的梦中，完全是活泼生动的形象。

南方的树木品种之多自不待言，但是黄葛树应该是在众多的树木中最容易见到的一种。就我个人而言，固然有无数树木葱茏的身影一直在记忆中伫立，但是黄葛树却是立得最高最美的一个身影。

在老家的大院子生活了十多年，有一棵大黄葛树至少在我的生活中站立了十年。它在伯父家的东窗外，我们叫作"山当头"的地方，属于他们家的财产。我不知道它到底生长了多少年，但是从至少需要四五个人才能合围的树干看起来，年龄也必定不小。粗大的树干离地三四米高处就分化出好几根横斜的大枝丫，整棵树就像一把巨大的绿伞罩住了一大片屋顶和长满了臭牡丹的潮湿地面。树干上有好些粗糙的疙瘩和凹坑，正好便于我们顽皮地攀爬，于是黄葛树那些粗大的枝丫便成了我们儿时的游乐场。母亲总怕我们不小心掉下来摔坏，常常站在树下大声呵斥要我们下来，我们却待在树上嘻嘻地笑不理睬她。母亲生气了，拿来竹竿驱赶，又害怕吓着我们反而会掉下来，于是就用竹竿在大树干上使劲地拍打，还是没有吓着我们，却把旁边猪圈里的猪儿吓得惊抓抓地叫。

记得有一天突然就来了好多拿着斧头锯子的人，这些人像蚂蚁一样爬上了大黄葛树，不到半天工夫就把如此葱茏的一棵大树剃成了光头。接下来几天，先是小的枝干被锯下来，后来是再粗一点的枝干被锯下来，后来剩下了那一个巨大的树桩也被锯掉了，最后连埋在地下的树根也给刨了出来。然后就是接连两三天，那些人把肢解了的黄葛树抬走了。那时我大概十岁，自然不知道伯父为什么要卖掉这样一棵好端端生长在那里的大树，更不知道他到底卖给了什么人，卖了多少钱。只隐约听说被别人买去做包装箱。大黄葛树彻底消失了，那里突然露出了一大片白煞煞的天光，仿佛整个院子的房子都少了一大片，我幼稚的心灵竟然很久都不适应。"山当头"的浓绿猛然间飞走，清晨起来开门一睁眼望过去，就直直地望到了田冲对面院子的群姑在院坝上翘起屁股淘红苕的身影，觉得很怪异。"山当头"的大黄葛树，我童年的一抹美丽的记忆就这样消失了。

广阔的乡村，被纵横的土路或者石板路连接。一路上都有黄葛树的身影，它是人们记忆途程的标志，特别是在岔路口或者山坳口，十之八九都会站立着一棵或者两棵黄葛树。它就好比古代五里十里的短亭长亭一样，是行人歇脚和乘凉的地方，是亲人朋友洒泪送别的所在。常常说起某个地名人们未必知道，而说起"老长坡黄葛树"，"张家牌坊黄葛树"，"石灰坝儿黄葛树"，就连孩童也是知道的。在乡村里，桉树柏树黄连树，桑树槐树苦楝树，多得数不清，而人们似乎更愿意记住黄葛树。

　　黄葛树一般不成片生长，它其实是一种孤独的树，因为孤独所以引人注目，成为人们最敬重的一种树。这些蔚然成荫的黄葛树基本上没有人说得出是由谁人所植，也许是偶然的落脚，也许是时代久远已不为人所知。因此，在这些黄葛树上便常常会附会出许多神奇的故事来。十多年前，院子上一个长辈在院子旁的堰坎路边种下了一棵黄葛树，他说，要不了几年就会长成大树，就会让人们记住"胡家作坊黄葛树"。然而，这么多年过去了，似乎并未见它长了多少，那设想中的名字也还没有被人们流传。也许真的要再过若干年之后，人们已经不知道这树是由谁所种的时候，那"胡家作坊黄葛树"的名字便会四方流传了。

　　乡人一般又认为黄葛树是一种比较贱的树。说它贱并不是鄙视它，而是说它易于栽种成活，的确如此。黄葛树生长不择环境，不论土地肥瘠，田边地头，檐前屋后，石滩沟畔都能够活泼地生长，而且它更喜欢贫瘠的石滩石缝。种植的时候，就到大树上去砍下一根手臂粗的枝丫，剔去细小的枝叶留下一根孤独的枝干，在底端将枝干对半破开，夹上一块石头，地上挖坑，坑底还要放几块石头，然后将其种下，培上不多的新土，从此可以不再管它。不久就可以看到它慢慢地抽出了新芽，长出了新枝，渐渐地便造出一片如盖的浓荫。

　　而且，我认为黄葛树是最散漫无拘的一种树。它的枝干最不定型，什么形状都可以长出来，没有哪一种树木在这个方面可以与它相比。它的季节转换也最没有规矩，有的还在冬天就已经开始抽出苞芽，有的进入盛夏才掉光陈叶更换新装。有的边掉陈叶边长新叶。有的这个枝条陈叶覆盖，另一枝条却新绿抢眼。我高中母校有这样一棵黄葛树，在春天刚刚换上一身翠绿嫩叶的时候，突然遭遇了一场虫害，数不清的毛毛虫几天便把满树的叶子吃光，变成了一树光光的枝丫。然而，在进入盛夏没有多久就发现它像刚刚开春的时候一样，又开始抽芽泛绿，仅仅过了一个月时间它又长出了一树浓荫。第二年，它抽芽长叶的时间便改成了夏天了。这情形让我感觉神奇不已！

　　而今，在大城市的各个角落都可以看到黄葛树的身影。它们其实大多来自遥远的乡野。曾几何时，形成了这样一种风潮，成群结队的人深入偏远的乡村，寻觅那些生长在乡野的古树，用极低廉的价格买下，运进城里转手赚钱。于是无数安安静静地生长在乡野的树们就这样被迫"农转非"，被安置在了车水马龙、人流汹涌的城市的空隙里。而遭遇这样命运最多的就要数黄葛树了。我每当看到这些站立在街边的黄葛树，它们要么成堆要么成排地被强行站位，总会感觉到它们有着浓浓的被拐卖后的尴尬与忧伤。

　　黄葛树是孤独的树，黄葛树是属于乡野的树。看到城里的黄葛树，我更怀念遥远的乡下那些点缀着我悠远记忆的婆娑的身影！

母亲是棵乡下的树

才六十出头的母亲身体瘦削，白发满头，看起来比同年龄的其他人要苍老得多。多年来就一直被头痛、甲亢、高血压、痔疮等疾病折磨，可她却总是硬撑着，从未停止过劳作。前不久听哥哥说母亲挑猪食去喂猪，突发头痛病而摔倒在猪圈旁。这消息着实让我惶恐且自责——母亲确实已经老了，老得让我们做子女的不能放心了。

父亲去世之前，一直是病魔缠身，因此母亲自然就承受了更多的生活重担。父亲四十三岁时病逝，从此失去丈夫的痛苦和抚养四个子女的重担就全部加在母亲的身上了。后来随着我们兄妹四人一天天长大，成家立业，当我们突然意识到要对母亲尽孝的时候，才猛然间发现母亲已经白发苍苍，垂垂老矣。

村人基本上都很羡慕我的母亲，说她有一个在城里工作的儿子，说她随时都可以到城里去享清福，说她"一根田坎三节烂"，现在终于苦尽甘来了——我知道，母亲确实是以我为骄傲的，但母亲她就不愿意到城里来"享清福"——这又让村人很为她惋惜。

老家距我工作的县城也就不过五十里地。这么多年来，母亲进城来的次数屈指可数，一般就是在我女儿的生日那一天来。虽然来了，但能住上一夜两夜的次数很少。她怕坐车，因为每次晕车都晕得她死去活来，到了我家中她基本上就像大病了一场，要半天才能缓过劲儿来；即便如此，只要一吃了午饭，她多半就要坚持回乡下了。在女儿还很小的时候，她曾到城里来住了一个星期；当女儿开学上幼儿园后，母亲就说要回家去看看她的猪，走了便不再回来——这是她在城里待得最长的一次。

她对老家院子里的人说——城里住不惯！院子里的人都觉得不可思议。

母亲说，城里有啥好？每天出门关门，进门也关门，好久了，连对门家住些什么人都不知道，更别说串门摆龙门阵了。有时在楼下碰到一个两个有点面熟的人，最多简单打个招呼，人家不摆我们乡下那些龙门阵。一早起来，三两下就把一家人的衣服洗了，守着三顿饭煮，剩下的时间就难熬，电视看久了也没意思。一家人上班的上班，上学的上学，要做事没事做，要说话没话说，这不难受吗？

我虽然并不想母亲回乡下去，但我理解她的这种心情。

由于工作的关系，我们回家的次数也很少，一般也就在寒暑假的时候。即使回家，住的时间也很短。母亲总是要挽留，她知道挽留不住，就只好把早就准备好的各种东西诸如苕粉、绿豆、花生、土鸡蛋、腊肉等给你装上。我知道这不能拒绝，就背着上路。一路上我都会被一种复杂的情绪纠缠——我都三十好几，早已成家立业，母亲没有享受到我们做子女的创造的幸福，我还常常这样去拿走母亲辛勤劳动的成果——愧疚与自责如一条鞭子抽打着我的心。

由于各种原因，我从生活了多年的小县城来到成都，一下子离家有了几百里之遥。在这里我有了一套不小的居室，也有了不错的收入，我想，是该我真正报答母亲的时候了。于是打电话叫母亲来。母亲在电话那头总是说怕我们工作忙，她来也生活不惯，不愿意来。我以为她是一般的推托，只是怕增添我的麻烦，于是让回老家的本家兄弟接她来，结果她还是不愿意。有一次，她头天晚上都收拾好了衣物，第二天早晨她又改变了主意，于是我在茫然中感到有些失望了。而且我一想到母亲那杂病缠身的身体，就更加有些担惊受怕。无论如何我得把她接到省城来生活，除了生活方便好照顾她而外，至少也让她看一看真正的大城市是什么样子。

于是，学校一放暑假，我便赶回了老家。

这时正是重庆夏天最热的时候，我是走了四五里土路热得晕头转向回到家的，时间是上午十一点钟。我以为母亲会站在门口惊喜地看到我的归来，结果家里只有十三岁的侄儿在做作业，他说婆婆一大早就到坡上去割苦蒿去了。于是侄儿飞跑了去叫她，不久，侄儿一个人回来了，说她还有一会儿才回来。过了一个小时左右，侄儿又去叫她，结果还是一个人回来了。直到午后一点多钟，她背了山一样高的一背篼苦蒿回来了。一见到我，她兴奋地说，街上有人收购干苦蒿，三块钱一斤，她已经卖了几十斤了。

看到母亲热得汗流浃背的样子，我的心情由回家时的兴奋一下子变成了一种苦涩，一种难言的痛在心中涌动。母亲满头白发蓬乱，面色黄瘦，抓了一把蒲扇哗哗地扇，还一个劲儿地说别看太阳大，坡上的风也大，很凉快的。

我说："妈妈，跟我到成都去吧！"

母亲有些为难的样子。沉默了好一会儿才说：

"不是我不领你做儿子的情，其实你两个妹妹也劝了我多次。我去了肯定是不习惯的，你们也忙，上班的上班，读书的读书，我去了还会给你们添麻烦。"

"就算是麻烦，难道我们做子女的不应该吗？"我说，"你这样在家里劳累，万一出了什么大事怎么得了？"

"会出什么大事嘛？我一辈子劳累惯了，你让我停下来说不定还要出大事。"母亲固执地回答我。

我沉默了，不知如何劝她。过了一会儿，母亲突然又说：

"乡下人啊，就像我们乡下这些树，你看，在这里长得好好的，你硬要把它搬进城里去，说不定还要栽死呢！"

不善言辞的母亲的这个比喻让我很震惊。

是啊，城里的树是城里的树，它们一排排规则地站立着，备受呵护，习惯了城市的天空和空气，习惯了喧嚣和动感，把它移到乡下可能也会死去。乡下那些树，或独自一棵，或几棵成堆，或大片成林；或田埂，或悬崖，或石滩，无拘无束地生长着；默默地承受着自然界无数次风霜雨雪的袭击，还是顽强地站立着，生长着；它们的一切形状都是自然的，没有半点人工施加的痕迹；它们也不寻求任何庇护，仅仅靠着脚下那一片并不肥沃的泥土无欲地活着；它们生长繁衍，绿荫如盖而不招摇，任人砍伐而无怨言；它们并不向往城市的天空和空气，并不羡慕城市的喧嚣和动感；踏着一个脚印，就可以固守终身。

我知道我无法说动母亲了。因为——母亲她的确只是一棵乡下的树！

弥漫着忧郁的童年

大概在六七岁的时候，我一度沉溺于对死亡的恐惧中。

生产队修小水库，在我家屋侧边大竹林旁挖山取土，挖出来好几个古墓，那些早已腐朽的棺材板和如竹荪菌般空洞腐朽的白骨散落在润湿的泥土中，被大人们随意地踢来丢去，我目睹了这样的场景之后，那一晚上竟然做了噩梦。当我惊叫着在睡梦中被母亲叫醒的时候，面对母亲茫然的眼神，我其实也是满脑子的茫然。我已经记不得那次噩梦的内容，母亲也没有问我，然而接下来我的脑子却逐渐被无法遏制的对死亡的联翩想象占领了。

每当我躺在床上，思维就开始飞翔。那是一种无法控制的满含恐惧的联想，我的脑子里会像放幻灯片一样出现我所记得的所有的山坡上的坟墓，那些坟墓上的荒草，坟墓旁的树木，树子上的乌鸦和斑鸠诡异的叫声，坟头上的老鼠洞……接着我的想象就被一个无法摆脱的魔爪抓着，顺着老鼠洞钻进了坟墓的内部。漆黑的墓穴内部，一片死寂；里面的人，在狭窄的空间里，直挺挺地躺着，翻不了身，喘不了气，叫不出声，然后慢慢腐烂，最后变成一副骷髅……接着，我的想象就将我自己置换，把我自己安置在了那黑暗的深渊。我躺在那里面，动不了，叫不出……分明就看见母亲在旁边竹林里捞柴，但是却只能定定地看着；分明看见妹妹一双小脚噼噼啪啪地从坟旁的小路跑过去，却叫不出声；分明看见傍晚暮色氤氲的灶屋里，父母和哥哥妹妹们围在灶前煮着晚饭，烟雾从夹壁的缝隙冒出来，弥漫了我的坟墓的上空，而我却只能孤独地待在里面，无法与家人们亲近……永远就这样困在

102

里面，再也不能与院子上的伙伴玩耍，再也不能跟父亲一起去赶场，再也不能跟哥哥一起到外婆家去，再也不能在卖杂货的贾二娃挑着担子来到院子上的时候，吃上一颗驱蛔糖，人们都在温暖的屋子里熟睡了，我却只能躺在这冰冷的黑暗里，待在冷寂的荒坡上。总之，生活的一切乐趣一切意义都全部无可奈何地失去了。这种怪异而病态的想象曾经很长时间困扰着我，我常常会不经意地紧紧贴在母亲的身上，其实那是我内心正感孤独和恐惧而欲摆脱的一种下意识的反应。母亲常常会觉得奇怪，这个自从会走路开始就并不依恋她的怀抱的家伙怎么变得这样黏糊呢？其实，我那时并不成熟的心灵，在对死亡发生恐惧的时候，已经深深地感觉到了亲情对于我无可取代的某种意义。

还记得少年时期，我的大妹对我描述过的关于死亡的想象和感受，那简直就与我前面所描述的情形惊人一致。十岁的大妹，用了一种异乎寻常的沉重口气幽幽地叙说着，她完全就是在说着我的内心里从来不曾告诉过别人的东西，把我的心也揪得发紧。我清楚地记得大妹说话时颤抖的声音和眼里噙着的泪花。那是对死亡的最幼稚的感受，更是幼小生命对亲情血脉的最刻骨铭心的依恋。因为对每个死亡的细节的恐怖想象，都是与亲人联系在一起的。换言之，如果不在乎亲情，其实死亡就并不可怕，即使是幼稚心灵的感受。

而让我真正体会到死亡的恐惧，是由于我十多岁时面对常常卧病在床的父亲而产生的。父亲是个遗腹子，是在祖父去世三个月之后才出世的；祖母由于内心伤痛，便给未出世的父亲留下了病根。父亲从小就体弱多病，成年后也常常被严重的肠胃疾病折磨。记得曾经好多年，父亲有很多时候都卧病在床。每次我放学回家，书包都来不及放下，第一件事就是直接跑到父亲的床前去看，看床下有没有鞋子。如果床下有鞋子，就说明父亲又病了。这时，我的心里就会无端地发慌，我就会试着叫两声。如果父亲听到了我的叫声回答了我，我的心便立即放了下来；如果那时父亲刚好睡着了没有听到我的叫声，当我接连叫了几声他不回应的时候，我立即便有了魂飞魄散的恐惧——父亲死了！我们的少年时期就是在这样一种氛围中度过的。我那敏感的心里，总忍不住要去想象父亲死去的情形。我走在放学回家的路上想，我在放牛的荒坟包上想，我在半夜躺的被窝里想。我怕父亲死去，我又怕去想象父亲死去，可是我从来没有克制住过这样的想象。我想象父亲在落气的时候怎样叹着气，怎样呼唤着母亲和我们四兄妹的名字，怎样被人们放上门板，怎样被人们装进棺材抬上山坡埋进墓穴……然后又是抑郁不堪地对地下黑暗世界的无尽想象。我爱父亲，我怕父亲死去，我常常恨自己生出这样可恶的想象，我觉得也许我的这样的想象会让父亲病得更重，于是我就有了深深的负罪感。父亲四十三岁那一年去世了，而我刚好走出了少年时光，在悲伤的号哭之后，倒也没有太多地去想象父亲死后埋于地下的情形。而对父亲这样的感情体验，我的两个妹妹与我有着惊人的相似。她们也在父亲的床前无数次地惊魂，她们也在父亲还活着的时候忍不住无数次地想象过父亲死的情形。其实我明白，这恰恰是我们对父亲的爱的一种反应，只不过是一种忧郁得让人落泪的情怀。

乡下孩子，会在很多时候联想到死亡。在夏天漫山遍野青草葱绿的时候，会开放一种美得令人心颤的野花——老鸹蒜花（后来知道了它的洋名叫作曼珠沙华，也叫彼岸花），我们都认为它是从死人的鼻子里长出来的，因为它常常生长在坟包上。于是我们便对这样一种花敬而远之，远而恶之。夏天的暴雨之后，干涸的土地得到了润泽，房屋后的石缝里流出了清凉的泉水，我们不敢把它接到水缸里去，因为孩子们都说那是"尸水"，是从后山坡上那些坟包里流出来的，手脚沾上了都会腐烂。我便又忍不住去想象那些腐烂的尸体，那些瘆人的白骨。路边明明是一块狗啃剩下的猪骨头，放学回家时有人会突然说那是一块死人的骨头，于是头皮一阵发麻，便会双脚虚飘飘地跑，仿佛那骨头会追上来……而这些感觉，只有当我们回到家，与家人待在一起的时候才会慢慢消失。

现在想来，我的童年乡下的生活，有着不少魔幻的意味，在无数童年少不了的欢乐的时光中，夹杂了太多的感伤的忧郁。也许是少年太耽于幻想，也许是那个时代让人生发忧伤情怀的事情实在太多。"怕死"其实正是对"生"的依恋，而"生"的具体形式并不只有自己的生命，更主要的是围绕在你生命周围的亲情。亲情滋养着你，让你感受到了自身的存在，你会为亲人的幸福而幸福，为亲人的逝去而悲伤。死亡，是亲情的割裂，所以我们害怕死亡；亲情，会抚平死亡的伤痛，所以我们希望有着亲情的阳光雨露永恒相伴。我写下这个不合时宜的话题，其实是想提醒那些对亲情冷漠，或者蔑视别人的亲情的灵魂，让他们知道：每个人的心底都有一根亲情的弦在颤动。死亡可怕，所以更应该美好地活着！

悠悠岁月谁与伴

突然接到一个电话，刚一按下接听键，电话又突然断了。看号码，来自老家。再拨过去，原来是三姨父打来的。姨父在电话里说，今天是我外公的九十岁生日，几家亲戚在舅舅家聚会为外公祝寿。挂了电话，我突然有些黯然，更觉得惭愧，作为一个外孙，我竟然不记得外公的生日，也没有机会参加为外公祝寿的聚会。外公已经九十岁了，这在别人家，该是一件多么喜庆的事情，可是我的外公，这个长寿的老者，他的晚年其实并不幸福。

母亲兄妹一共六人，母亲排行第二，上面有大舅，下面有二姨、二舅、三姨和幺舅。我的家和外公的家只隔着两条田坎，站在院坝边都能叫得应。从我会走路开始，我和哥哥就几乎天天黏在外公家。那时，我们家是非常贫困的，父母每天出工很忙，外公家条件稍好点，外公也就把我们兄弟俩当成了他的孙子一样，从来不说二话，我俩也就天天待在外公家吃喝，晚上常常与外公或者外婆挤在一张床上睡觉。大舅妈似乎从来对我们俩没有过好脸色，有时还要说几句难听的话，外公总是装作没有听见。后来外婆看不下去了，就对我们俩下了逐客令，不许我们再这样赖着不走。外公就说，回去吧回去吧，又不是隔了好远，过两天又来就是嘛。把我俩送到院坝边，顺手在自留地里摘一把豇豆让我们带回去。

推算起来，那时的外公应该是接近五十岁了。记忆特别深刻的是外公双腿上像蚯蚓一样密布的青筋，后来我知道那叫静脉曲张，是长期过度劳累形成的。他一坐下来就要挽起他的裤腿，那双腿就异常显眼地展示在人们面前。我常常要伸手去抚摸，感觉那些鼓凸的血管软软的滑滑的，外公也总是带着并不明显的笑意看着我。外公一般不管家务，只做地里的活，家务基本上都是外婆操持。外婆在五十多岁的时候身体就极糟糕了，在她六十岁去世的前几年大多时间是卧病在床，所以外婆就把家务交给了大舅妈管理。外公每天收工回家，就到外婆的床前去默默地站一会儿，然后到门口去呆坐。外公是个老实人，话很少，少得来几近于沉默。这时大舅妈已经表现出了她的刁钻性格，常常在外公外婆面前发脾气，外公总是沉默以对，实在逼急了，就支支吾吾地在喉咙里发出点莫名其妙的声音表示不满，然后转身走开。外公是党员，我实在想象不出他是怎么入党的，每年要到公社去开几次党员会。大队支书来通知他，他就去，回来从来不像别人那样到处宣扬如同喇叭，他一如既往的沉默。母亲曾经说过，外公一辈子从来没有和别人闹过矛盾吵过架，在我看来应该一点也不夸张。

其实，外公的这种沉默寡言，主要的原因还在于我二舅的死。那时我大概不到两岁吧，只依稀留得一点印象。"文革"开始后，全国到处开始由文斗转为武斗，我们县是武斗的重灾区。那时我二舅还是一个高中生，在县中学读书，据说成绩是非常优异的，但是他也不可避免地卷入了派性斗争。有一天，他所在的叫作"六幺七"的一派得到消息，说是他们的电话线被人破坏，于是二十几个学生乘了一辆货车往三驱区方向一路去查巡，结果在那个叫作大湾的山坳上中了叫作"六幺五"的另一派的埋伏，一挺机枪朝着汽车扫射，当场就打死二十几个学生，我的二舅就在其中。消息传回家，外婆哭得昏死过去，外公木然呆坐了很久，然后就带着大舅和我母亲去了县城，在后来我就读和工作过的那所中学的老校门处，被人带着在一长排裹着白色被单的尸体中找到了二舅，外公为二舅擦干净了脸上的血迹，不断地流泪，却没有哭出声音。后来二舅就随另外那二十几个年轻的冤魂一起被埋在了县城附近的一个山坳里。从此以后，本来话就少得可怜的外公就愈加沉默寡言了。当然这些情景都是母亲后来告诉我的。好在他还有五个子女，外公在后来的日子里几乎就没有再提起过他这个短命的儿子。但是我知道，他这绝对不是彻底的忘却，而是将伤痛深深地埋进了心底。

1981年，又是一个悲伤的年份。刚满六十的外婆在病床上躺了几年之后，终于支撑不住而离开了人世。外公还是那样，只是默默地流泪，从来没有听到他哭出过一声。而刚过了一个月，我的父亲也因为一场并不严重的疾病在四十三岁的时候永远地走了。这接连而来的打击似乎把外公打蒙了，外公还是那样呆呆地坐着，一副茫然无措的样子。我的父亲生前对外公就像对自己的亲生父亲一样孝敬，所以，父亲去世后，偶尔会听到外公念叨这样一句话："坤孝是个好人！"坤孝是我父亲的名字。外公在念叨这句话的时候眼里常常噙着泪水。再后来的日子似乎就开始了漫长的平静，外公在我们的眼里慢慢地开始衰老。在外公逐渐衰老的日子里，大舅一家的子女慢慢长大了，大舅的两个儿子娶了媳妇了，大舅的女儿出嫁了。二姨家的子女、三姨家的儿子、幺舅家的儿子都娶妻的娶妻、出嫁的出嫁。我们家的兄弟姊妹也是一样。接着，外公做了曾祖父、曾外祖父。外人眼里，外公就是名副其实的四世同堂，该是多么幸福啊！

然而，事实却不是这样。当我的两个舅舅做了祖父之后，眼里就只有自己的儿孙了，心里哪里还有自己父亲的位置？表弟们外出做生意，春节回家也只记得自己的父母，最大方的就是给自己的祖父买上两斤杂糖，算是孝敬。而后来连两斤杂糖这样的敬奉也渐渐免了。外公在两个舅舅家吃"零供"，一家一个月，结果常常在交接的日子里两家都吃不了饭，遭两个舅妈的白眼和抢白。二姨家在外县，三姨家在县城，外公偶尔会去耍两天。好在我们家就在近处，母亲对外公非常关心，外公就常常到我们家来闲坐，吃饭。外公坐在那里从不与人说话，只要找到一张报纸或者一本闲书，他就可以看上半天，他吃力地阅读，常常会发出低低的声音来，他认识的字不是很多，却读得很认真。母亲虽然个字不识，也会尽量给他找来报纸之类的东西，放在他的旁边让他消遣。所以，好多年来，我们家几乎成了外公的主要落脚处。舅舅舅妈见有人帮他们照顾老人，自然也没有什么意见，落得清闲。

可是这样的情形在 2006 年的 8 月却戛然而止。母亲因脑溢血突然病故，外公虽然还是一如既往以沉默显示悲伤，呆滞的双眼中分明有无法掩饰的茫然。他知道，他的大女儿的这个家虽然照样还会接纳他，但是已经不可能再有人会像他的大女儿那样体贴他照顾他了，他将要长期地待在那个让他窒闷的将他边缘化了的他自己的家里。外公迅速地衰老了，走路开始颤巍巍，思维也有些不清晰了，有时嘴角会不知不觉地流出一线口水来。这时的外公已经八十七岁了。

去年春节我回老家，已是老人的大舅在街上办七十大寿的酒宴。几十桌客人，热闹非凡，据说是大舅的两个在外做生意的儿子特意为自己的父亲置办的，很是排场。按我们当地风俗，满十的寿宴应该提前一年办，那么，现在正应该是他们给外公办寿宴的时候，然而宴会上我没有看见外公。我问大舅的儿子——我的一个表弟，他竟然支支吾吾不说。饭后到安家在镇上的幺舅家里去，见很多人在热闹地逗着幺舅那个才两岁的孙女玩耍，一派其乐融融的景象，也没有人问起外公。我就和三姨的儿子——我的另一个表弟到处打听，结果才知道外公就租住在镇子外边一家农村的平房里。我们找了过去一看，大门是锁着的，叫了几声，屋子里有了响动，接着就看见里面有人拿着一把钥匙抖抖颤颤地从门缝里伸出来开锁。门打开一看，正是外公，全身上下胡乱地不知道穿了一些什么东西，简直跟一个要饭的叫花子没有二样。我和表弟一下子惊呆了，我俩几乎同时流下了眼泪，带着哭腔叫了一声"外公"。外公退回到床边，缩到床上去。我伸手一摸，一床被子硬得像铁板。床边的小桌子上放了一只碗和一双筷子。我问他吃饭了没有，他说，今天他们忙，还没有送来。眼前的外公已经老得来我几乎不认得了。我们买了一些牛奶之类的东西放在他的床边，又放了几百块钱在他的枕头下，同外公一起互相沉默对坐了很久才离开。

这几年当中，自我母亲去世之后，三姨父也双肾衰竭，病入膏肓，几个月前又听说对外公一直还比较尽孝道的幺舅也突发心肌梗死，病情危重。这些事情无疑也会让年老的外公伤心不已。现在，亲戚们终于在为我的九十高龄的外公祝寿了。相隔几百里，我无法回去参加，而我竟然也不知道外公的生日。我怀着深深的愧疚写下这篇文字，只希望我的外公——无论您的将来的日子过得如何，您都尽量活得更长久一些！

敬爱的外公，祝您长寿！

听蚂蚁唱歌

"听蚂蚁唱歌"是我们少年时代搞恶作剧的一个经典节目！

小时候的我虽然算不上一个调皮捣蛋的孩子，但也是一个不太安分的人。好动，好奇，好玩，爱搞恶作剧，也被别人捉弄，常常引得脾气暴躁的母亲暴打。

有一天，院子上的一个二十多岁的年轻人喊住我说：

"你娃娃读书那么在行，但是有一个简单的事情你肯定做不到！"

"狗才信你！"我知道他是个搞恶作剧的高手，我们经常上他的当，于是根本就不打算理睬他。

"真的吧，"他抓住我的肩膀不放，很固执地说，"你的舌头伸得出嘴巴来吧。可是只要我轻轻捏住你的鼻尖，你就伸不出来了，信不信？"

我那可悲的好奇心立即就占了上风，虽然我明白十之八九又要被他捉弄，但就是想看看他葫芦里到底卖的什么药。

我于是倔强地回敬他说："我不相信，你怕有魔法了？"马上用自己的手捏住自己的鼻尖让舌头试着往外伸了伸，证明一切正常。

他马上就伸出一只手，用拇指和食指把我的鼻尖捏住，急切地说："伸啊，伸啊！"

我真害怕这时舌头伸不出来，让他的想法得逞，于是把舌头努力地从嘴里往外伸——突然，我感觉到舌头上沾上了什么东西，并且马上就感到了一种又酸又苦的味道。我哇哇大叫，狂吐不止，那人就尽情地狂笑起来，笑得差点跌到旁边的阳沟里去了——原来他的手心里早握了一些不知从哪里弄来的"头痛粉"，当我将舌头往外伸的时候，他就将手心一松，那些粉末就掉到了我的舌头上，我又上他的当了。

我还是无法容忍他对我的欺负，就大哭起来。那人害怕我的哭声让我母亲听到惹出麻烦来，就安慰我说："别哭别哭，我再教你一个绝招好不好？"

"啥子绝招？不准哄我哈！"我居然立即就止住了哭声，横抹着眼泪说，又是那强烈的好奇心的魔力。

于是，他教了我"听蚂蚁唱歌"的恶作剧。

"大三儿，你想不想听蚂蚁唱歌？"我对院子上朝我走过来的一个跟我年龄差不多的孩子说。

"狗才想听蚂蚁唱歌！"他表现出既不屑又愤恨的样子说，"你想听吗？我让它唱给你听。"

我估计他已经上过当了，而这已经不是我一个人知道的秘密了，于是有些扫兴。

"阳二哥，你想听蚂蚁唱歌吗？"看到堂哥走了过来，我又问。

大我两三岁的堂哥眼睛一愣，像要吃掉我："我看你娃娃是吃了红苕不消化，找打！"

我知道我又失败了，非常失望。但是，我愈加强烈地希望找到一个还不知道的人，好让我来实施一下那精彩的计谋。虽然那年轻人把这个秘密不止告诉过我一个人，但这并不削弱这个计谋的精彩，我于是完全消除了对他的讨厌，甚至对他崇拜起来——他真的好聪明啊！

漫长而炎热的夏天，孩子们上坡放牛割草一般都在下午五点钟以后，大家都有成群结队的习惯，一个生产队往往几十个孩子都会往一面坡或者一个湾里去，与其说是在一起劳动不如说是聚集在一起玩耍。这是童年时很快乐的时光。

那天，我们聚集在王家垭口。我决定要实现自己的计划——一定要找一个人来"听蚂蚁唱歌"!

我突然大声地问，有哪个想听蚂蚁唱歌？好多孩子都突然呵呵地笑了起来，但没有人把秘密说破——这是在我预料之中的。

笑声之后没有人说话，大家面面相觑。我明白，知道秘密的人是想看别人上当，而不知道秘密的人被我的提议和大家的神情给吸引住了。

几分钟之后，人堆里突然有一个怯怯的声音发出——"我，我，我要，要，要听!"

一听就是我那个老实而又严重口吃的表妹的声音。

是不是啊？我不置可否地问她，其实是内心的一种不忍，我那表妹真的太善良了，从小我们就亲密无间，我从来没有欺负过她，她对我也是绝对信任的。

"啊真，啊真，真的。"——她艰难而又无限诚恳地对我说。

我当时一定是昏了头了，居然按部就班地开始实施这场"阴谋"了。

我首先用镰刀在地上挖了拳头大的一个坑；然后就抓了好几只蚂蚁来放在土坑中，为了防止它们逃跑，就抓了一撮泥沙将它们压住；接着在土坑上面支了两根筷子大小的小树棍儿，在树棍儿上面铺上一张大大的桑叶，再在桑叶的上面撒了一把泥沙。一切准备就绪，我就开始"作法"——双手合十，嘴里念念有词（实际上什么也没有念，只是嘴在动而已）。

我说，蚂蚁已经听到了我的咒语，你只要照我的要求做，就能够听到蚂蚁唱歌了。

"啥啥啥……啥子要……要求嘛?"表妹急切地问，脖子上的青筋都鼓出来了。

"你只要往这个叶子上的泥沙吐上一泡口水，然后再对着泥沙哈三口气，然后把你的耳朵靠上去，就能听到那些蚂蚁在唱歌，它们唱的还是哭嫁歌呢。"我胡乱编了一些说辞，我的镇静连我自己都感到吃惊，周围的孩子们鸦雀无声。

表妹自然是完全按照我说的要求去做了，就在她张着嘴往泥沙上哈气的时候，我那"罪恶"的双手就将那两根树棍儿往上一挑，那一大把泥沙连同她自己吐的口水全都飞进了她的嘴里……

在孩子们哄堂大笑的同时，表妹连吐带呕地趴在地上，痛苦异常，吐了好一会儿，她似乎才缓过气来，惊恐地望着我说：

"你整人！"

她说这句话时居然一点不口吃，但脸色发青，接着哇的一声大哭起来。

我此时才真的被吓住了，随一大群孩子一哄而散，一溜烟儿跑到坡那边去了。这之前被这个"计谋"挑起的兴奋突然间消失殆尽，而实现了这个"计谋"后不但没有获得丝毫的快感，反而被一种强烈的内疚甚至恐惧所替代。

后来的结果自然是平安无事——我的姑妈比我表妹还要善良，要么就是表妹没给姑妈讲，要么就是表妹讲了姑妈也没计较。

这就是我少年时期搞过的最过分的恶作剧。这事情虽然已经过去了近三十年了，但我还经常会回想起。每当回想起这事，心里就会生起一种隐隐的歉疚——虽说人小不懂事，毕竟也是顽劣过度，伤人过狠啊，更何况伤害的是我那善良本分的表妹。

"听蚂蚁唱歌"，多有诗意的一个说法啊，然而顽劣的少年无法体悟出其中的诗意，却用丑陋的行为做出了荒唐的错误表达，在一种好奇心的驱使下竟然伤害别人的善良和对自己的信任。如果少年时期是充满了诗意的时光的话，我的这件不光彩的事情就该是其中的杂质。

我宁愿相信蚂蚁是会唱歌的。当然蚂蚁的歌声是天籁，这是需要用善良正直的灵魂去倾听才会听到的。少年时的我即使念了"咒语"也无法听到，因为我心存邪恶，而我的表妹如果不是因为我的恶作剧使她伤心而作罢，我相信，她是一定会听到蚂蚁们美妙的歌声的，一定会！已经人到中年的表妹还是那样的善良，我还相信，她一定能感受到有一颗心在遥远的他乡做幽幽的忏悔！

　　我真的好想听听蚂蚁唱歌！

穷过节

读到好友良骅兄赠书上写的一篇题为《穷过年》的散文，一下子勾起了我对自己童年生活的一段记忆。

正如良骅所写到的那样，二十世纪七十年代的农村，生产队每年在端午、中秋和大年时都要宰两三头猪来分给各家各户过节。说实话，童年时对节日的体会那才算是真正的快乐体验，在热切的期盼中真的好像空气中都弥漫着节日的气氛。而把这种气氛推到高潮的就是生产队里杀猪。这种事一般都是在下午进行，全队两三百人，不管男女老少，只要有空的都聚集到了养猪场，人们脸上洋溢着兴奋，这是平时很少看到的轻松情景。大家随意地聚集成堆，在房前屋后要么席地而坐，要么抓一把干草垫在屁股下面，不停地抽着叶子烟，放肆地吐着大泡大泡的口水，扯一些乱七八糟的闲话。偶尔会有人把颈子一伸——张蒿子，刀磨好了没有啊？这更激发了人们期盼的情绪。于是就有人自告奋勇地说——张蒿子，把刀拿来我帮你磨。便真的站起来去翻张蒿子的背篓。屠夫张蒿子就大声地吼——要你多事，我昨天就磨好了的！于是大家一阵哄笑。

张蒿子是队上的屠夫，由于当时农村普遍贫穷，他的杀猪刀一年到头也开不了几次荤。他一点也没有小说电影中经常刻画的屠夫肥胖粗鲁的样子，相反，他是一个看起来比较委琐而又瘦小的中年人，平常少言寡语，还常常被一些无聊的人捉弄。但是今天的张蒿子却俨然一位英雄，一位指挥若定的大将军，让人们倍增了敬意。

终于听到了猪儿的嚎叫，那是性急的人打开了猪圈门正在把猪儿往外拖，于是吹闲牛的人们便空前兴奋起来，全都跑过去凑热闹，把个养猪场屋子挤得水泄不通，猪儿也赶不出来。这时，张蒿子就大声地吼——让开噻让开噻，格老子些屁眼儿沙沙的！他骂人，人们并不恼，笑嘻嘻地退出来，让出一条路。张蒿子走过去照着猪儿的屁股一巴掌，那刚才还赖着不走的猪儿一个箭步就射到了院坝上。人们于是对张蒿子更加佩服，都说，屠夫天生就是猪儿的克星，屠夫要猪儿去死猪儿就会乖乖听话的——人们这样说的时候是真的相信每个屠夫都有着控制牲畜的道法的。

开始杀猪了。男人们自觉地站过去帮着把猪按倒在高板凳上，还有一些男人想帮忙已经没有机会，便在一边嘿嘿地吼着帮"干忙"，一头被按倒的猪，它的尾巴常常都是被好几个人揪着，更不用说其他部位了。一阵嚎叫之后，那声音渐渐弱了下来，最后是咝咝的声音，然后砰的一声，绝命的猪儿从高板凳上翻到地上，声音沉闷。张蒿子把杀猪刀在猪儿的身上反复地拭了几遍，点燃了一根叶子烟，一副踌躇满志的样子。接下来是吹气烫毛开膛破肚，翻肠子，这些都是人们百看不厌的情节，不仅仅是小孩子，大人也是如此，充满了新奇和兴奋。

良骅在他的文章中所谈到的分肉的办法，估计在当时的农村各地大同小异，也就是把猪内脏、猪带头和猪的躯干各自按照以前的惯例折算好，然后再根据全队人口算出平均值（这里自然还要考虑到小孩减半的因素），再计算出每一户该分的分量。这些数据看起来很复杂，其实会计是很能干的，用不了多久就完成了。社员们在会计还没有算出来之前，通过心算就已经知道了自己家可以分到的分量。

接下来是抓阄，确定分肉的顺序。这是最让每户人家紧张的时候。在当时农村人一年到头开不了几次荤，肚肠早被粗粝的食物搅得来没有了一滴油水。良骅在文章中说，这时的人们的味觉已经很迟钝，我认为恰恰相反，由于长期的饥饿，人们对美味的感觉到了难以想象的敏感程度，看到案板上的肥腻的猪肉，真的像俗话所说的那样——喉咙里都伸出爪子来了。人们最想分到的是最肥的部位，最怕分到的是最瘦的部位。当然也有例外，那些人口比较多的人家，担心即使分到最肥的部位也不够吃，于是便主动提出要猪头或者猪下水，因为那些东西折算过后分量较多。这样的要求一般都不会有人反对，这种图数量不图质量的要求也只有少数的家庭会提出来，是一种明显吃亏而不得已的要求，谁还会反对呢？

开始分肉了。分到瘦肉的，叹息一声提着肉走了；分到肥肉的，在人们羡慕的目光中笑嘻嘻地离开了。肉越来越少，人也越来越少。田野里晃动着星星火把，弥漫起浓烈的炊烟的气息。最后一个人点着火把离开后，张蒿子开始收拾自己的家什，这时会计过来说，走，喝酒去。张蒿子也不说话，他知道这其实是一个惯例了，每次杀猪，都会留下那么一点肉，几块猪血，一截粉肠，队上的干部——队长、保管、会计和贫协队长几个人，找一户人家煮好，与屠户一起干一顿苔干酒。

大人的故事讲到这里就完了，我还要讲一个小孩儿与分肉的故事。小孩儿是我一个院子里的堂兄弟，年龄与我差不多。好像是在某一年的中秋节的头天晚上，我的父亲刚刚提回分到的肉不久，我突然听到了我那堂兄弟在大声号啕，并且还在奔跑，接着又听到了他父亲的追赶和咒骂，又听到了他母亲在院坝上呜呜的哭声。很快我们就知道了，原来是生产队分肉时，他们家排到了最后，可能是由于计算失误或者是称量失准，分到他家时只剩下一根猪尾巴了。他父亲不得已只好把一根猪尾巴提了回去，在家里苦苦等待的他看见父亲只提了一根猪尾巴回来，急得来放声大哭，哭得本来就赌着气的他父亲火起，伸手就是一巴掌扇了过去，他于是捂着脸跑出了家门……后来我记得是我的父母商量，母亲把我们家分得的肉切了一半给他们家送了过去。第二天的中午，我看到了我那堂兄弟端着碗，坐在他家门槛上笑眯眯地吃着饭。

　　这就是我对童年时穷过节的一段记忆——快乐中夹杂着些许忧伤。

草长莺飞的乡村

"乡村"，在我的意识中基本上就与"故乡"同义——因为，在说到"乡村"的时候，其实我脑子里想到的一直就是我的故乡。而"故乡"其实也就基本上等于老家所在的那一个以前叫作"生产队"的范围，即便越过这个范围，也大不了哪里去。

对我来说，"乡村"这个词语一直是一个诗意的意象——她是一幅遥远的图画，是一首缥缈的山歌，是一缕袅袅的炊烟，是一脉潺潺的溪水，是母亲唤儿的悠长，是牛栏水牛的轻哞，是鸡鸣，是犬吠。春日清晨，村道两旁，浅草尖上晶莹剔透的露珠在晨曦的照耀下闪烁不定；夏日午后，烈日下葱绿的山野沸腾着蝉的歌唱；秋日的傍晚，农家院落里炊烟四起，在田野里弥漫起让人迷醉的温馨；而冬日的夜晚，雪落无声，房前屋后偶尔折断的竹枝常常进入我年少的梦境——这其实是古人的诗句植入了我的大脑之后我对于乡村的印象。

但是，我少年时期的乡村，记忆中的乡村，那个诗意的乡村，其实是很单调甚至有些荒凉的。除了那些种着各种作物的土地，真正长野草开野花的空地是极少的。人多，产量低下，人们只好把能够利用的土地都利用了，"草长莺飞"的意境自然就难以见到。放牛，这种在文学作品中常常被美化的乡村生活，其实并不是那样的美好，所谓"短笛无腔信口吹"的田园牧歌情调，至少于我这个曾经的放牛郎来说是从来没有体会过的。童年的乡村，几乎没有空置的土地，放牛就成了一件非常麻烦的事情，紧紧地牵着牛鼻绳，随时警惕着那狡猾的牛儿偷吃地里的作物。而牛多地少的矛盾，又让那些乡野阡陌两侧的野草，被耕牛们不断地啃食，如乡下人那露出青皮的平头，头发永远长不长。放牛的差事，总是交给那时如我这样的非劳动力的小孩子来做，那种高度警惕的紧张感，实在不会觉得美好。其他割柴打猪草的孩子可以满坡疯跑，而我牵着一头犟牛却不能跟着他们撒欢，所以，在我的记忆中，童年时将近十年的放牛经历都伴着一缕忧郁的感伤。好几次因为疏忽，牛儿偷吃了生产队或者私人的麦苗和红苕什么的，被别人撵到家门口来责骂，结果总免不了被性格暴躁的母亲狠狠地收拾一顿。所以，"诗意"的乡村，只存在于后来远离了家乡的我的想象中。

这样写下来，岂不有些偏题了？什么"草长莺飞"？既然草都没有生长的地方，又何来"莺飞"呢？的确是这样。不过，当我再把记忆往前推一推，回到几岁时的童年，那时确乎有过这样的景象。那些不高不低的丘陵土坡，土地只利用了平整而大块的地方，几乎每个坡都有成片的空地长满青草供水牛啃食。高峰寺，老家附近一带最高的一个山坡，好多年都封山育林，只在深秋农闲时节，全队的社员才一起上山"割柴"。"割柴"之前的高峰寺，是我童年的原始森林，那个大概几百亩的山坡，茅草比人高，红棘、马桑、黄荆、檀毛（也是一种枝干纤细韧性极好的灌木，做篼篼圈最好），在茅草丛中或成群或分散地立着，那景象常常被我想象成秧田里直起腰来歇气的农人的身影。那时，要钻进那茂密的草山里去是需要巨大的勇气的，除了怕迷路，怕蛇，怕黏黏虫（一种软体的，爬过了会留下白亮的黏液的虫子，我们觉得那是有毒的），怕花蜘蛛，还更怕那些隐藏在茂密的草丛中被我们互相传说了无数遍充满了恐怖气氛的大坟包。夏天里，薅秧泡（覆盆子）和地瓜（一种匍匐地面的藤生植物结的果实）是最吸引我们的野果。成串的马桑子挂在枝头，清甜的汁液引诱我们忘记了母亲的警告，曾因贪婪的嚼食而差点丢了小命。草山上灰褐色的野兔是最常见的野物，有时一只突然冲出来的野兔会让满坡的人大呼小叫，野兔在草丛中飞奔如一抹闪电，我总是感觉那奔跑的兔子一定会魂飞魄散，可是却从来没有捡到过一只吓死了的兔子。

那时的乡村，飞鸟也很多。麻雀，是最常见的。画眉，黄豆儿，唧唧雀，白头翁，斑鸠，白鹡鸰，老鸹，甚至老鹰，都是随时可以在乡野见到的。野鸭，白鹤也常常在山冲僻静的水田或者池塘里成群地觅食。而野鸡，这种在古书中被称为"雉"的绚丽野鸟，竟也在山野里随处可见。有一次跟母亲一起上山割柴，在楠竹田湾一个悬崖的石缝中，一只野鸡竟然眼睁睁看到柴刀割到了窝边也不愿意离开，母亲伸手去捉它，它才奋力飞扑而去，母亲手中只留下了两片色彩绚烂的尾羽。飞去的野鸡，留下了几颗可爱的蓝灰色的卵。母亲不愿意伤害它，便用茅草掩饰了石缝，叫我赶快离开这里。母亲说，你看，它还在对面那根桐子树上看着我们呢！

光秃秃的山坡的确是没有什么诗意的，而被齐腰深的茅草覆盖的山就平添了许多神秘，一些上辈流传下来的民间故事总被我们加上了草山的背景，故事情节于是精彩，而那些故事也常常成为我们自己吓唬自己的恐怖材料。只有跟随母亲上坡去才能感受到草山坡纯粹的神秘和美丽。母亲会告诉我山坡上任何一种植物和动物的名字，给我讲她所知道的一切草山上的故事。母亲其实并不擅长讲故事，但是她的片言只语进入我的心中，我就会为它编织出无数精彩的情节，让自己长久地沉迷在自己秘密创造的境界中。母亲曾经听过我为草山坡杜撰的故事，也只是笑着骂我：痴儿！这些情节我从来不向别人说，我的童年就是让这些自己悄悄编织的情节陪伴着与那满坡的野草一同成长。

少年时期的乡村便是做放牛郎时期的乡村，也就是山坡被疯狂地开垦而失去了满坡野草的乡村。失去了野草的乡村，也就失去了飞鸟和走兽，也就让我的少年时期失去了许多美好的回忆。这样的情形一直持续到我最后离开乡村。

后来，我就每年像候鸟一样，定时地返回乡村，然后又匆匆飞走。再后来，乡村光秃秃的山野景象渐渐发生了改变，疯长的野草再次占领了岭岗沟畔，坡坎石滩。退耕还林，人们把曾经强占来的土地还给了自然，却并不意味着觉悟，而是因群体外出打工而撂荒。各种野物子渐渐又多起来。当我在老家门前的水塘里看见了那久违的雪样的白鹤举起纤细的双腿优雅地行走觅食的时候，我毕竟还是感到了一丝欣喜——人外出觅食，动物才能回家吃饭！

前不久，与回过老家的一个兄弟相聚吃饭，其间他不知怎么就说起了老家的野物子来，他说他回家，他的堂弟就是用从山坡上捕来的野鸟肉招待他的。他还说，老家那些没有外出打工的男人，还有一些城里人，闲来无事，捕鸟就成了他们的一种业余爱好，甚至有从业余向专业转化的趋势。那些人都拥有多张捕鸟的网，还有录有各种鸟叫声的光盘，他们在山野里播放这些鸟叫声，引诱那些野鸟自投罗网。好多农家的柴灶上都熏着成串的鸟肉，笼子里都养着大群的野鸟。镇上的餐馆在明目张胆地收购野生动物，食客盈门。……听到这里，我的头皮都发麻了！

乡村，故乡——我的老家，那些草长莺飞的乡野，不知还留下了多少诗意？

一块压缩饼干

那年我大概十岁，读小学三年级。

我的同桌给了我一块看起来很粗糙的饼干，他说是压缩饼干，是他当兵的舅舅带回来的，他舅舅在云南当兵。他还给了我一只子弹壳。

那个时候，别说什么压缩饼干，就是普通的饼干我也很少吃到过，所以就把那一块硬邦邦灰糊糊的饼干视为罕物。一下课，立即跑出教室，躲到学校后边的小树林里，生怕别人看见，找了一段坍圮的土墙把自己遮挡起来。先是一小点一小点地抠下来，将那面粉放在舌头上，仔细品尝，觉得什么味道也没有。一想到老师手中那招呼上课的铃铛马上又要摇响，实在控制不住诱惑，就干脆一下塞进嘴里，狠狠地嚼碎，混着满口的唾沫吞下去了，然后若无其事地回到教室。

同桌问我，你就吃了？

我不好意思坦白，怕他说我是个"饿痨子"，就支吾着说，还没有，放衣兜里回家慢慢吃呢。

同桌又说，这个压缩饼干一次只能吃豌豆那么大一小颗，吃进肚子里就可以变成三大碗饭。不能吃多了，吃多了要遭胀死的。

我一听，大惊失色。虽然极力控制住自己，不让同桌看出来，可是那一节课我可是受了洋罪。只觉得我的肚子在慢慢地鼓起来，越来越大，越挺越高……一颗豌豆大的就可以变成三碗饭，一块饼干有多少颗豌豆大？虽然凭我那时的算术知识是无法准确计算出来的，可我还是可以想象很多碗饭装在我肚子里的感觉！我开始觉得憋闷，鼻孔里开始喘粗气。

同桌诧异地看着我，没有说话。我觉得肚子里那些"豌豆"正在变戏法一样，噼啪——三碗饭，噼啪——又三碗饭，噼啪——又三碗饭……感觉那些东西渐渐地堆到了喉咙口。我的小小的身子开始摇晃起来，整个教室，教室的桌子板凳，老师和同学都开始摇晃起来。老师将一颗粉笔头不偏不倚地掷到我的额头上，骂道，胀多了就滚去厕所积肥！积肥——这是老师批准学生上厕所的常用语。

我一听，捂着肚子一溜烟跑出了教室。到了那个臭气熏天的露天厕所，捂着鼻子蹲了一阵，毫无"贡献"，只是觉得肚子胀，觉得喉咙堵塞，感觉肚子里叠着一大摞一大摞的碗。我在教室后面那块石板上趴了一会，正感觉稍稍好了一点，却看到学校旁边院子里的张裁缝挑着粪桶从那边过来。他看见我趴在石板上不去上课，就说：你娃娃是不是吃多了啊，又当躲学狗了？

那明明就是一句平常骂人的话，我一听"吃多了"，稍稍缓和的感觉立即又严重了。

我没有再回教室，而是真的当了"躲学狗"，捂着肚子回家去了。

我不敢给母亲说，不是怕丢人，而是怕挨打。

我跑到屋后边的田坎上寻了一大堆折耳根，在水田里胡乱洗一下，就开始大吃大嚼，拼命往肚子里吞。我知道那是可以消食的。腥而涩的味道让我不停地打着干呕，眼泪直流，可我还是拼命地吃。我想象着那一大堆食物在我肚子里不断地膨胀的样子，想象着到了极限时如何"砰"的一声把我像一个气球一样的胀爆。我又想象着，我吃下去的那些折耳根，像我派出去的士兵一样，如何将我肚子里那些食物像气泡一样一个一个灭掉。

我就这样拼命地吃着，直到实在塞不下一片叶子，才感觉好多了。回家去，晚饭吃不下，看着桌子上几碗红苕就害怕。母亲问我，我只说肚子不舒服。母亲也就没有劝也没有再问。

天黑了，我躺在床上，在难受和惊恐中慢慢睡去！

红苕记忆

在厨房里煮从超市里买回的紫薯时，突然想起了一些关于红苕的往事来——

深秋时节，天气已经很凉，阴雨绵绵，这是我对挖红苕的时光的深刻记忆。难得的晴日，农村人全体出动，去到坡上，先割掉红苕藤，将红苕藤切碎窖入地下作为储备的猪食，或者将红苕藤高挂于树枝屋梁或者竹丝之上，让冷风吹干，作为牲畜冬季的饲料。接下来就是挖红苕，将地下大大小小的红苕翻出来堆在土垄上，劳动力较弱的妇女小孩就将沾在红苕表面的泥土抹掉并将红苕集中堆起来。力气大的男人就负责将红苕挑到指定的地方，堆成巍峨的小山。接下来自然是分红苕，各家各户挑回家。这样，每年从生产队分得的红苕加上自家自留地所产，也还是一个不小的数量。

按说，在粮食缺乏的年代用红苕作为食物替代品是很不错的，可是红苕有个很不好的特点，就是不耐贮藏，气温过低或者过高它都会很快腐烂。一旦腐烂，苦臭味弥漫，就无法食用。节俭的农村人有舍不得丢掉的，勉强煮食或者切片晒成苕干食用，造成中毒者常常听闻。用烂苕干烤的酒，远远就能闻到一股苦臭气味，生产队"打平伙"时，乡村男人们每每不放过这样过酒瘾的机会，很多次看到有人颓然倒地，好几天才活过来，乡人都以为只是醉酒，却不知那是中毒。这些都成为我对童年时乡村生活挥之不去的忧郁记忆。

尽可能延长红苕的保存时间，让红苕支撑农家艰难挨过青黄不接的二三月，这几乎成了农村人绞尽脑汁的事情。晒苕干（我们叫作红苕片）虽然保存时间长，但是吃起来味道大变，很难下咽；煮熟后切成片或者丝，借冬阳晒干，可用河沙炒出可口的吃食，可那毕竟只是一种小吃，当不得顿头。当然，办法是人想出来的，尤其是在被穷困折磨着的乡村。

首先，当然是趁着收获季节，停止食用一切红苕之外的粮食，专吃红苕。一天三顿，全是红苕。煮整红苕，煮红苕汤是两种基本方法。吃饭时，一上桌子，骇然望见堆放在桌子中间的一大钵纺锤状的东西，便会情绪黯然。因为接连很多天不改口味的食物，早让我稚嫩的胃口难以接受，别说吃，就是看着也会反胃。可是母亲是不会容忍我这样挑食的，先是用凶狠的眼光威胁，接着就是筷子头落到脑壳上。被教训过后，咧着似哭不哭的嘴，眼角挂着两滴泪，像受刑一般强咽着那唯一的食物，常常被噎得翻白眼。趁母亲转身，便将整块红苕放在八仙桌下面的横杆上。有一次母亲打扫屋子，突然大呼小叫，吓了院子上的人们一大跳，原来母亲发现了我藏在桌子下面的红苕全部生了霉。而红苕汤呢，不过是吃红苕的一种稍微精致的吃法，就是把生红苕切成丝，下锅煮成像菜汤一样的东西。如果汤多点油水也许味道还不会太坏，可是那个年代，哪里会有那么多油呢，所以红苕汤就是寡汤。母亲常常会在汤里撒一点葱花，那的确会产生一种奇妙的清香味，可是，连吃几顿，也会让人只要闻到那淡淡的甜腻味与葱花香味混合的气味就会立即反胃。所以，关于红苕的食用，我记忆里最深的还是母亲对我满含幽怨的责打。而那时，唯一让我感觉美好一点的倒是烤红苕，也就是将红苕放进柴灶里烤熟来吃，因为那多少带着点零食或者小吃的意味吧，当然那种煳煳的香味也还诱人。

无论怎样抢吃红苕，还是不能解决问题。既不能吃完也吃不完，自然就要想办法贮藏。挖红苕坑是老家那时最常见的办法。有的在自己家里的床下挖坑，潮湿而阴暗，常常让我心生恐惧。幺外公家的床下就有一个红苕坑，大约两米多深，我有一次和玩伴躲迷藏，不小心滚了进去，我在里面哭喊了将近两个小时嗓子都哑了才被发现，至今还记得那里面一片漆黑，堆满了圆滚滚的红苕，弥漫着霉臭气息。父亲没有在家里挖红苕坑，而是在屋后竹林的崖坎上，花了将近一个月，凿了一个进深约两米的洞穴。在沙石上凿的洞穴，虽比家里地面上的土窖干燥些，却没过两年就风化垮塌了。有一次父亲到坑里去收拾红苕种，就被顶上掉落的石块在脑袋砸了一个血口子。不过，即使利用地窖贮藏，还是有相当比例的红苕陆陆续续地烂掉。这样的情况在当时的农村人看来，实在是一种心痛不已又无可奈何的事情。

最好的办法莫过于用红苕提取淀粉。这样的活计，我们叫作打粉。打粉当然不是打粉儿，也就是说，不是往脸上抹粉儿。就是将红苕磨碎，加水搅拌过滤，沉淀得到淀粉。记得最早的时候农村还没有打红苕的粉碎机，几乎每家每户都有一个用钉子扎满了眼子的像搓衣板一样的铁板，将铁板斜放在脚盆的沿上，一只手抓住一个红苕在铁板上来回磨，磨成的细浆漏下去，然后再过滤。但这样的办法效率极低。后来有了粉碎机，人们便将洗好的红苕挑到公社或者村上的加工坊去加工。将打成细浆的红苕挑回来，倒入大瓦缸，加水搅拌。在大木桶上方挂上十字形的滤架，把一张叫作滤帕的方形纱布的四个角挂在滤架上形成一个兜，就开始滤粉。一个人将拌了水的苕粉不停地舀进滤帕，另一个人就把着滤架的两个角不停地做上下旋转式的摇动，乳白色的液体便哗哗哗地流到了大木桶中。过滤后的渣叫作粉渣，是喂猪的上好饲料，而那时，也是人常常要食用的东西。晒干，磨细，加水揉成团，蒸成黑黢黢的硬邦邦的像馒头状的东西，味同嚼蜡，讲究一点的，会加入糖精增加甜味，那也是我至今想起都还有些害怕的吃食。

大木桶里的水静置到第二天早晨，就可以看见乳白色的水已经变得清澈。于是放掉上面的水，就露出了沉淀在底部的白得如玉石般的淀粉。湿淀粉有着奇妙的特征，刚摸上去硬硬的，立即便感觉它在融化，那种水一般的感觉出现了，手再动，它又变硬。这是我童年时最感神奇的事情之一。接下来就是晒粉，先大块大块地晒，接着把大块分成小块晒，直到晒干水分可以贮藏或者拿到市场上去出售。苕粉我们称作豆粉，那是我们童年时最最向往的食物。可以拿来制作凉粉，制作粉条，可以用来煮滑肉，炸酥肉。冬天里，一根细若麻线的干粉条，悄悄放进烘笼的热灰中，两三秒钟就会爆成筷子粗，一股隐隐的清香飘出来，让寒冷的冬季弥漫起难得的快乐气息。

打粉，是我童年时乐于看到也乐于参与的事情，家里打粉的日子，我们就像过节一般，那会暂时忘却红苕带给我的不好感觉。滤过苕粉的水被直接放进了院子外的水田里，很快水田便泛起白沫，恶臭渐起。这个今天看来纯粹是污染事件的情形，那时我们也觉得是一种有着隐隐快乐的景象。

关于红苕的为数不多的快乐记忆，自然还少不了"蔫红苕"。所谓蔫红苕，就是将红苕用稻草拴起挂到屋梁上，让寒风尽量吹干其中的水分，这样红苕里的糖分就会升高，切开来吃，又脆又甜。

红苕，一种在农村极其普通甚至滥贱的食物，在艰苦的岁月里却是救命的神仙。又因为它滥贱，似乎只有农村人才吃它，所以它就被一些城里人作为农村人的象征，叫农村人"苕杆儿"，说农村人有"苕味"，说一个人"土俗"叫作"苕"。

然而，现在世道却发生了天翻地覆的变化！现在城市的街巷里到处可以看到推着小车卖烤红薯的人，不少人喜欢买烤红薯来食用，当成一种并不价廉的美食。超市里，各种色彩的红薯也摆满了货架。城里人把吃红薯当成了一种健康的饮食方式。

可是，在我的记忆里，红薯，永远是那样的朴素，沉重，再夹杂着些许的快乐，因此我还是固执地叫它——红苕！

梦回长生桥

万古场往东边去，有两个出街的场口。一个是连接兴隆场的公路的口子，在五金社的围墙外面，供电所的旁边，那里叫作杨家湾。公路一出场口立即就是一个斜坡，似乎一眨眼就掉进了一个两面高山的峡谷。另一个是一条通到场外的石板路的口子，在屠宰场的围墙外，距精神病医院的后侧门不远，那里叫作黎家崖。黎家崖的"崖"字不读"yá"而读作"ái"；其实读作"ái"也不对，川话的零声母都要带声母"ng"。我之所以要啰啰唆唆地解说这个读音，是因为我觉得，只有这样读才能把黎家崖那个高达十多丈的悬崖的气势表达出来。公路和石板路在万古场外面大约一公里的地方殊途同归，合二为一，顺着公路再往东不到两百米，就是长生桥。

长生桥是架在怀远河上的一座石拱桥，两个桥洞，桥面距离枯水季的河面大约五六米，桥的两边有简易的石栏杆，石栏杆外面有伸出去的龙头状的石雕各二，四个龙头石雕的石缝里不知何时，都长出了黄葛树，虽然无法长成像模像样的树形，春夏时节也还是葱葱茏茏地在那里罩了一大堆枝叶，也算是给单调寒碜的石桥一点装饰。长生桥的两个桥头，大概和天下所有桥一样，自然无例外地长着几棵浓荫参天的大黄葛树，树下自然无例外地有着简陋的售卖小杂货的店子。下雨天，去来车辆呼啸而过，溅起地面的泥浆，喷射在公路的两旁，于是那树下的杂货店的门板和墙面就几乎永远糊满了干透了的灰白色泥浆。当那个常年头上包着白布帕子的驼背老头打开墙上装板，坐等买卖的时候，从桥头望过去，就全像一面石壁上开凿了一龛佛像的洞窟——反正我是永远摆脱不了这样的古怪印象。

不过，在长生桥的旁边倒真有一个大佛崖。从桥头顺着河边向北往下游而去，不到两百米，怀远河在一面垂直的石崖下转了一个九十度的大弯，这个地方就叫作大佛崖。大佛崖是真有大佛的，那是唐宋时就刻下的佛教摩崖造像，是闻名遐迩的世界文化遗产"大足石刻"的组成部分——当然，这是我后来才知道的事情，而最早知道大佛崖是在我开始读小学的时候。

我的家距离长生桥大约有七八里地。记得那是一个深秋的傍晚，母亲挖红苕收工回家，一丢下锄头，就叫我跟她去烧香。母亲本是个不信迷信的人，她要去烧香倒让我感到意外。于是母亲约了院子上的几个女人一起出发了，我兴奋地跟着她们一路小跑。到了长生桥旁的大佛崖天已黑尽，但是，大佛崖下人山人海，火把晃动，很多人在河边那个斜坡上磕头作揖，烧香拜佛。大佛崖的石壁上的确有好几十龛大大小小的菩萨，在火光的照耀下，我觉得那些菩萨都青面獠牙狰狞可怖。我更不知道这么多人怎么就发疯一样跑来烧香磕头，便傻傻地到处乱钻，差点被一个胖妇人挤到河里去。母亲一把抓住我，顺手给了我一巴掌，把我按倒在她的身边，要我和她一起作揖。母亲的面前摆了几张从我的作业本上撕来的白纸，作揖完了，母亲麻利地把几张纸照着药店包药的方式折起来，揣进怀里。院子上另外几个女人也是一样，各自揣好了纸包挤出人群，神秘兮兮地跑到了长生桥头的马路上。到这时我才明白，原来这是在求仙药。从母亲她们断断续续的交谈中，我知道了——几天前，十里八乡突然流传开一个消息，长生桥大佛崖菩萨显灵，只要铺开一张白纸，磕头作揖，然后折好揣怀里，一个时辰后打开，纸包里便会出现药末，那药能治百病。不信迷信的母亲，是来给我长期生病的父亲求仙药的。回到家已经深夜，在煤油灯下，母亲小心翼翼地拿出纸包，轻轻打开，发现纸包里竟然真的有

131

一些黑色的细末，母亲很兴奋，叫醒已经睡着的父亲，让他就着半碗冷开水将那些仙药喝下去。

第二天，我听说大佛崖的菩萨被炸掉了，那是区上的那个叫杨公安的人用好几颗手榴弹绑在那上面，远远地拉弦炸掉的，理由当然是反对迷信，并且据说那里还布置了好几十个基干民兵把守，凡是去烧香磕头求仙药的，就要被抓。自那之后人们就不再去那里了。至于我突然明白，那些所谓的"仙药"其实不过是漫天飘飞的香灰和纸钱灰的沉落，已经是在好几年之后了。但是那个傍晚的经历，倒让我第一次对长生桥这个地方有了深刻的记忆。

1989年，我大学毕业，被命运无情地扔到了这里，长生桥旁边，那个残破不堪的校园。从学校食堂后面垮掉的围墙的缺口出来，只有一百多米远便是长生桥。长生桥，我自然不陌生，但是站在河边一座破旧的小楼的窗口看长生桥却第一次感觉到了一种新鲜——怀远河在围墙外拐了一个大弯，穿过两个桥孔悠悠地淌过去；河并不宽，也就不足十米的样子，两边的河岸缓缓的，长满青草和一些杂树；上游不远处是"水碾"，一个几米高的石坝将河水拦断，旁边的一个屋子里有一台水轮发电机在日夜不停地嚯嚯地转动；而下游，就在长生桥的那一边了，我在窗口边是看不见的，那边不远处就是大佛崖。刚到这里不久，我散步过去看过，的确，大半的菩萨都被炸掉了，即使时间已经久远还是可以看得出当时被炸的痕迹。我感叹了一会儿，诅咒了几句"毁坏文物"的话就离开了，以后几年基本上没有再到那里去过——我既不信佛，也不想再看到那被毁的惨状，而且，郁闷的生活让我没有了关注它的心情。

苦行僧般的生活，将无聊的日子煎熬，熬成了浓稠的忧郁。我课余唯一的爱好便是搬一张凳子坐在窗前，静静地看长生桥。看桥上偶尔驰过的汽车，看桥上走过的行人，看涨水时桥下挟裹着水草的浑黄的激流，看桥头那几树黄葛树绿了又秃秃了又绿，时光便如桥下的流水一般，悄悄而寂寞地流淌。结婚了，生子了，灵魂发霉了……我还是习惯静坐窗前，看长生桥。

长生桥的另一端，那条公路直通到兴隆场，那是几公里远的大山里的一个很小的场镇。从过桥开始一直到几里外的龙洞槽，这一片土地，被在这里转弯的怀远河以一个半圆包围，是一片难得的平地，其实这就是一片冲积平原。这个小平原叫作叶家坝。小平原上，田畴规整，作物茂盛，尤其以出产一种特大的"砂罐萝卜"闻名远近。那里是我最早看见农村小洋楼接连拔地而起的地方。每当清晨或者傍晚，炊烟在小平原上渐渐铺开，田园笼罩在薄纱之中，树木竹林和小洋楼浮在烟霭之上，有如仙境；远处的巴岳山苍茫静穆，窗前的河水静静流淌——这番景象，是抚慰我当时寂寞心境的唯一良药，是使我在寂寞中坚持着读书和写字的一种力量。我把它视为世外桃源，我也在自己的心中开辟了一个世外桃源。

陪伴着长生桥度着我生命的青春时光，一晃就是六年。六年后，我离开了那里，以后的岁月，我越走越远了。但是，无论走到哪里，我还是常常在梦中回到长生桥去，回到那座破旧的小楼上去，站在那个破旧的窗口，一个人，久久地遥望那座石桥，那片宁静的小平原。还会想起大佛崖那些早就被炸毁的石头菩萨，想起那个遥远的傍晚，想起我的母亲！

覃家林的栀子花

春末夏初。清晨。

夜里那一场暴雨早已停息，空气清凉，山野绿得醉人。斑鸠在林间千遍万遍重复地歌唱，布谷鸟那空灵的啼鸣也在山野中或远或近地响起。各种晚放的花在薄薄的晨雾中开得疯狂。站在我家后坡上，可以望见对面古家岭岗那边覃家林露出来的隐约的树梢。

覃家林是覃家大院子后面的一片山洼，那里林木茂密，长着洋槐树、苦楝树、油桐树、桉树和好几笼野葡萄，一副密不透风的样子，那儿于我有一种深深的神秘感，虽然那神秘感大多来自我脑子里无人能知的想象而已。覃家大院子的确很大，住着几十户人家，解放前是一户大地主的庄园。从后坡树林的缝隙间望下去，庭院叠叠，天井排排，一派灰黑色的森严。从那些天井里常常传出沉闷的犬吠，有时会从院子的后阳沟里猛然冲出一条恶狗来。并且，覃家林已经不是我所在的生产队，那儿已经是我童年时自由活动的边疆，只要双脚跨过大坟包旁边那条石谷子小路，站在覃家林旁的沙土上，我那小小的心便开始感觉不安稳。

但是，覃家林竟是我童年时常去的地方。这是与我同龄的那些乡下孩子们大多不知道的事情，但是我的母亲知道。尤其是春末夏初，每天早晨起床后，我必做的一件事情，便是赤脚踩着黏稠的泥路，踏过两座草坡，到覃家林去摘栀子花。

栀子花是母亲最爱的一种花。

栀子是一种中药，开花之后，结出带四棱的纺锤状果实；成熟后，剥开外皮，里面有红黄色的紧实的籽粒，嗅着有微微的辛辣味。覃家林的栀子，是那边的生产队以前种植的经济作物，但看起来似乎量并不很大，也或许是没人管理而荒芜，便成为任其生长的野灌丛了。在覃家林边缘的那一片斜坡上，只在土块间的坎上稀稀拉拉立着几十株。开春后，栀子抽芽。叶子或圆或尖，光滑水润可返照晶莹的天光，嫩嫩的似乎吹弹即破。不高的灌丛，刚够站在地上的我矮小的身子的欣赏、审视和抚摸。

那时，栀子是乡下众多植物中我最感神奇的一种。它并不满枝满杈疯狂地开在树上，而是恰到好处地点缀在嫩叶间；它的香气馥郁而不让人迷醉，在晨风中像细雾一般缥缈地流淌。每次去，我只摘两朵。一朵盛开的，一朵含苞的。盛开的那一朵，我要插在母亲的发间，含苞的那一朵，便插进盛清水的墨水瓶，置于木窗台上，让母亲劳作时，时时可以闻到隐隐的幽香，抬头就可以见到那娇小洁白的身影。

与此同时，覃家林的桑树早已枝繁叶茂，正是桑葚成熟的时候。桑葚是文绉绉的书名，我们却叫它"桑泡儿"，那个"泡"调作阴平，儿化音满含着一种充满汁水的意味。爬上枝杈钻进桑叶的浓荫，寻找那些暗红或者紫黑的果实便是我摘栀子花时顺便必做的事情。做这些事跟摘栀子花一样让我那小小的心紧紧地悬着，因为可能会折坏桑枝引来那边农人的责骂和追撵。不过我从来没有遇到过。我将栀子花插在母亲的发际后，便从裤兜里掏出用桑叶包裹着的桑泡儿，将那一包晶莹如玉的美味呈献在母亲的面前。母亲乐意收下我送上的栀子花，却只吃我一包桑葚中的一颗。

栀子花，是间植在土垄间的陡坎上的。那时，土中的红苕已经爬藤，苞谷的苗子在清凉的晨风中摇着一行行醉人的绿色。白蝴蝶是最多的，一会儿停在苕藤上，一会儿停在苞谷叶上，一会儿停在桑树上，一会儿停在栀子树上。我搞不懂它到底喜欢什么。我想，我最喜欢的是栀子花，连让人垂涎的桑泡儿也比不上呢。我摘了栀子花，兜里揣着桑泡儿便开始往我的生产队的地面上跑。虽然那里跨过来不过几十米远，但是只要我的双脚没有踏在自己的地盘上就有点心惊胆战。有一个清晨，我摘了栀子花正要离开，突然听到了一个邪恶的声音，那是一个比我大一些的少年发出来的，他提着一只小巧的粪筐，后面跟着一只灰狗。他发现了我，然后就怪声怪气地喊："逮到起，逮到起，逮到那个偷花贼！"然后就听见他唆那只灰狗来追我。我开始不要命地在那些松软粘脚的沙土里狂奔，一口气便跑过了那两座草坡。那小子没有追来，那灰狗自然也没有追来，但是跑回家里我气喘吁吁，面如土色，把正在做饭的母亲吓了一大跳，我手里还紧拽着两朵栀子花。我把那支盛开的栀子花轻轻插在母亲的鬓际，一摸兜里的桑泡，没了。"妈妈，那个狗屎娃儿喊我偷花贼！"我对母亲说。母亲哈哈大笑，说："长大了别做偷花贼就行！"

其实，我是知道那边的人并不介意有人去摘栀子花的，只要不踩坏地里的庄稼。但是，我又分明很长时间相信那些栀子花是有守护神的，守护神便是那些白色的蝴蝶。那些蝴蝶在覃家林旁边那些地里飞来飞去，并不在意我小心翼翼地摘下栀子花，也不在意我爬上树去摘桑泡儿。但是，只要我拿着栀子花离开那块斜坡往回走，就必定有好几只蝴蝶飞过来，前前后后紧紧追随。我跑，蝴蝶就快飞；我走，蝴蝶就慢飞；我故意倒回去走，蝴蝶也往回飞。我驱赶它们，它们就飞远一点；我不理它们，它们就靠近我头顶飞。回到家，我对母亲说，那是覃家林的蝴蝶！母亲说，它们是送你回家的神仙！然后母亲从院坝边摘一朵盛开的蔷薇往水竹林一抛，说，送你们一朵玫瑰花！那些蝴蝶便慢慢地飞走了。我没有明白母亲为什么总是把蔷薇花叫作玫瑰花，或许母亲真的一直是把蔷薇认作玫瑰的。但是母亲从来不将蔷薇花插在头上，虽然它也香气浓郁。母亲只戴我摘给她的栀子花。

然而，这些已经是四十年前的记忆了。偶回老家，驱车经过那个山坳，似乎还可以望见覃家林那一片蓊郁的氛围，只是不知道那几十株散植于林边斜坡上的栀子树是否还在！而母亲的坟茔我是看得分明的，在老家屋后坡那一小片柏树林之下。那儿也可以望见对面岭岗上覃家林那边露出来的树梢的隐约的影子——我想，母亲应该会时时想起她的小儿子，每个春末夏初的清晨从那里给她摘回来戴在鬓际的栀子花的！

马灯、亮壶和火把

马 灯

一只碗状倒扣平底的铁盒子，那是装煤油的地方；盒子上方正中心位置，是一个开着扁口的灯芯孔，棉线做的灯芯缩成一团藏在油盒里，只在扁口里露出一小点；一根连在扁口下端的铁丝往外延伸，再绕成一个简单的环状，便是控制灯芯的旋钮。油盒子的旁边有一个凸起的小孔，那是往里加油的地方，有螺旋形的盖子盖住。两根稍往外弯曲的提梁从盒子的两边延伸上去，在顶端连接上一个周围有着细密小孔的烟囱盖般的小圆顶。在小圆顶之下，油盒子之上，两根提梁之间，有两根相互交错的盘旋状的钢丝。将钢丝压下，可以将一只上下有孔的玻璃罩放进去，置于小圆顶和油盒子之间；松开钢丝，玻璃罩便稳固地罩在灯芯的外边。弹簧钢丝下方还有个按钮，往下按住，可将玻璃罩顶起来，现出一个适当的空隙，便于点灯。两根提梁的中间稍靠上一点，各有一小孔，将一根弯曲的铁丝两端挂进小孔，形成一盏灯的提手。

这就是一盏马灯。

马灯，顾名思义，是骑马赶马人所用，具有不惧风雨的功能。我童年的时光里，马灯于我是神秘的，是高贵的。我家里没有马灯，我家只有两盏煤油灯——一盏是圆形药瓶做的，瓶盖早已烂掉，黑乎乎细如筷子的灯芯管便在瓶口里绕着圈儿晃荡；另一盏是红岩牌墨水的小方瓶所做，瓶盖上灯芯管旁似乎总有几只蚊子的尸体躺在油渍渣里。

外公家有一只马灯，外公家的马灯是外公从窑罐厂提回来的。而外公家的马灯，我只记得有几次过年的时候，一群年客在公共堂屋里铺谷草打地铺时，它是明晃晃地照在了神龛旁的木台子上的。平时，马灯总是挂在外公卧室的那个木楼板下的钉子上，陪伴着两三块经年的腊肉，蒙着厚厚的灰尘，在木窗射进来的亮光里铸成半透明的剪影。

队长红鼻子家里也有一盏，那是生产队的——我们小孩子没有谁不知道。生产队开会或者分粮食的时候，他就提出来挂在旁边的树枝上，引得成群的飞虫围绕着疯狂地舞蹈。抽叶子烟的男人们喜欢将玻璃罩顶起来，把烟杆伸进去接火。一旦不小心弄灭了，总会引来一阵劈头盖脸的臭骂。红鼻子家的马灯虽然都知道是生产队的马灯，但是谁都把它当作是红鼻子家的马灯。

外公家的马灯，红鼻子家的马灯，都常常被大队借去使用。开社员大会，斗地主，唱样板戏，气氛热烈。全大队的马灯集中挂在台子上，我觉得那景象无比辉煌。

不知为什么，我对神秘的马灯有一种近乎痴迷的喜欢。外公家的马灯总挂在楼板下的梁上，我只能站在地下长时间地呆看。生产队的马灯，我只要有机会就要去提在手里，比如给分粮食的人打亮照秤，比如给兽医站的那个姓曾的高度近视眼医生打亮，看他帮助难产的母牛生孩子。

没有马的马灯，还是马灯。而没有马灯的马似乎就有些遗憾。

那时，我们的乡下，连一根马鬃都没有见过；我的童年，马只是在坝坝电影中见过。电影《侦察兵》一开始便是影影绰绰的一匹快马踏出节奏紧促的蹄声。我每次看到都热血沸腾，每次我都想，要是把我外公那盏马灯借给那个马背上的英雄，让他提着骑马飞奔，那不知要威武多少倍啊！但是我又想，外公肯定是不情愿的，他一定怕给摔烂了！

然而，那马灯最终还是被我给摔烂了。

我搭着凳子取下了外公家的马灯，悄悄从牛圈里牵出外公家的大牯牛。我要学那个电影里的侦察兵。骑在牛背上，提着马灯，我给懒懒散散的大牯牛的屁股一棍子。

大牯牛奔跑起来……我掉进了冬水田里……

马灯撞在了田边的石头上！

亮　壶

如果马灯算是贵族的话，亮壶充其量就算个平民。

一只比拳头稍大一点的圆馒头状的陶壶，旁边伸出一只小嘴，那是灯芯。亮壶的顶端绕着圆口是一个紧箍的铁环，铁环上再挂上一根一尺多长的铁杆作为亮壶的提手。为了便于稳握，铁杆都是特别经过扭曲而有着螺旋状的纹路，而在铁杆的末端，还必有一个耳朵状的弯钩，那是便于在钉子或者树枝上悬挂的装置。

亮壶的顶端是盛油的口子，壶盖似乎没有什么专门的东西，记得我所见过的，都是早已浸透了煤油的半截玉米芯。

很多家里都有亮壶，但是我们家竟然还是没有。

亮壶可以当作普通的煤油灯使用，它可以随意地挂在墙壁上，我便觉得亮壶很神气，也总是产生出要提在手里往黑暗处去逡巡一番的冲动。大三儿家有一只，他爸爸总是将它挂在那面唯一有砖头的墙壁上，跳动的油烟将那一面墙壁熏出好大一片黑色。大三儿有时晚饭后来串门，便提着他家的亮壶，来了后他也学着他爸爸的样子将亮壶的挂钩钩在我家的破夹壁缝里。穿过后门进来的夜风，将灯火吹得东倒西歪的，长出的灯花，便在那豆灯火里一会儿发红，一会儿发黑。

"大三儿，回耗子洞了！"大三儿的爸爸隔着院坝喊他回家，我立即抢过去，取下墙壁上的亮壶，递给大三儿。

亮壶可以提在手上，也可以挂在墙上。但是亮壶不能走在风里和雨里。

大三儿喜欢打蛤蟆和夹火把黄鳝。但是大三儿胆儿小技术差，总会找我和哥哥一起去。于是我们可以尽情使用大三儿家的亮壶。天黑之前，准备好竹板子和笆笼。晚饭后，我们点亮亮壶，往田野里去，夏夜的田野，蛙声四起，大青蛙中气十足的鸣叫让我们兴奋不已。在田坎上，在小溪边，我们举着熹微的亮壶，寻找端坐如佛的田鸡，用手中的竹板准确无误地拍下去。半夜回家时，沉沉的笆笼里便是我们明日饭桌上让人垂涎的美食。或者，在仲春季春时节，凉意尚浓，秧苗未栽，泥鳅和黄鳝在白天兴奋地谈情说爱之后，便不想再钻进稀泥中去过夜，只在泥面上浅水中静静地伏着。我们打着亮壶，手里拿了尖端缠了麻线的剪刀，照着那一动不动的黄鳝泥鳅夹下去。水不深，却很冷；风不大，也很冷。亮壶的微光将我们的身影铺在田野里，弄得巨大无比。

不过亮壶给我的记忆却终归是温暖的。院子上，每家每户办酒席请客的时候，那些贫瘠时光里难得的喜悦，便总是在那摇摆不定的亮壶的光影里氤氲着暖暖的气息。即使是农忙时节，陪着大人们通夜地忙碌，那在并不亮的灯光里，父辈们的身影也让我们小小的心灵觉得幸福而温暖。

火　把

火把比亮壶更草根。火把其实就不属于"灯"。

火把是可以移动的火堆，火把是没有定型的灯盏。

生在乡下，便免不了要走夜路。尤其在我们老家那种丘陵地带，即使再熟悉路况的人也保不准会滚下崖坎或者滑下水塘。小时候走夜路，借着天上微弱的星光，跌跌撞撞如盲人。有年龄大的便教我"走大石板"，就是在微弱的星光下反射着微微亮光的地方，脚踏上去便是平顺的石板。我照着指点，结果踏上去的却是泥水坑。曾经跑十多里路远去看坝坝电影，回来的路上便滚进了冬水田。

像这样的地方，这样的夜晚，火把就成了必不可少之物。

火把并不常备，而是临时的获取。走夜路的人，实在看不清路了，就要搜寻路边，一座草树，或者一堆柴火，就是继续前行的希望。赶夜路的人，在路边人家的草树或者柴火堆上取了柴草，主人一般是不会介意的，这是我童年时朦朦胧胧中感悟到的乡村的一种约定俗成的淳朴规则。坐在灯火亮光下的人或者安睡在温暖被窝中的人，真的很容易体会到还在寒冷的暗夜里赶路的旅人的艰辛！

记得有一个冬夜，我们院子上的人聚集在我们家的火堆旁聊天，突然听到了狗的狂吠。我们出去看到了一个陌生人坐在水田里。大人们将他扶起来进屋换了衣服，才知道他是一个急着赶路回家的木匠，刚才走夜路栽进了水田，由于喝了点酒，便无力再爬上来。大人们给他准备了最熬火的葵花秆火把，点燃一把拿在手上，背上还背几捆——他可以赶十多里的夜路了。

在乡村，火把取材最方便的便是稻草麦草，但是这东西点燃就燃完，赶不了远路。插豇豆四季豆的竹竿，是方便获取也比较熬火的材料，却要损坏人家的菜苗，往往会挨骂。矮子家的草房顶上的茅草，曾经也被几个赶夜路的石匠薅来做火把，气得矮子提着柴刀追了几里路。

我几岁时，跟着一群民兵去"捉奸"，在五队那个单家独户的院子里，那些民兵破门而入，抓出来一男一女，五花大绑的，被他们扔在院坝边的烂泥中。那个男的是个富农，三十好几了，还是个单身汉；那个女的据说是从贵州来的。那个男人的老母亲跪在地上大哭，连声喊："她是跟我一起睡的！她是跟我一起睡的！……"民兵们在院子边的柴堆上每个人取一大捆干竹竿，火把点起来，整个院子突然在雪亮的火光中晃动摇摆！他们要押着那对男女到公社去！

火把，在深冬寒夜的田野上连成了一条游动的长龙！那个夜晚的火把，让我的童年记忆罩上了一层隐隐的忧郁！

在荒烟蔓草中寻找家园

盛夏七月，在蝉声如潮的晌午，我在荒草的森林里寻找着老家屋顶的炊烟。

不听得鸡鸣狗吠，也不听得牛儿的轻哞和叶笛在山野里鸣响。溪沟里，青蛙们的野唱在热烘烘的气息里回荡——咚咚，咣咣，空洞而悠扬。

老屋，檐墙如故。竹筐和锄犁靠在墙角打盹。院坝边，一蓬仙人掌炫耀着空前的繁荣。牵牛花在荒草中此起彼伏，点缀着数不清的紫红色的艳丽。

一只红蜻蜓站在月季枝头，久久地遥望远方。

屋后的小树早已蔚然成林。那些印满了童年脚步的小径隐入了我迷茫的梦境。恍如隔世的乡音，在这个熟悉而又陌生的土丘下，变成了雨后积水在荒草丛下的淙淙轻淌。爬山虎，在墙上制造纵向的草原；隐隐的木窗，在藤萝的身后怯怯地张望。

一把锈迹斑斑的铁锁把门——兄长一家已在他乡。从门缝望进去，父母一如既往地端坐在堂屋墙上的镜框中面无悲喜；代守家园的燕子从门上的小窗滑进滑出，然后站在檐下的晾衣杆上对着我叽叽喳喳，笑问客从何处来。

厨房里自然是没有锅碗瓢盆的碰响，那从没缺少过惊叫和哼哼的猪圈，此时只回荡着未知的昆虫们轻吟的合唱。院坝水泥地面的缝隙站成了狗尾草的队列；一棵指头粗的黄葛树看样子已打算永远占领门槛旁的石缝。

院坝边。水田旁。一排竹篱笆，稀疏地爬着豇豆藤，蔓尖超过了篱笆的顶端，便在热风中晃动，仿佛一个站在高处找不到抓拿的人。豆荚，有的老而烂掉，有的成熟干枯，有的正挂着各色的鲜艳轻轻地晃动，藤上还在继续开着粉色的花。篱笆外的水田里，一片蕹菜，蜂拥而长的架势，在正在抽穗的稻禾旁挤出一堆吓人的绿色。蚂蚱纷飞，咔嚓有声。跳上手臂，它再借此做个跳板飞走，你的皮肉便猛地觉得一疼。这时，便听得田角处已被菖蒲和芭蕉树遮掩了的水井旁，有窸窸窣窣的细声，或许是蛇，草丛里可见得褶皱成卷的蛇皮，当然，也许是青蛙，或者老鼠。

从脚边到房前屋后，从房前屋后到远处的山坡，野草疯长，林木荫翳。

老家，已经湮没在荒凉的绿海中。

老屋，就在眼前，可是我手中却没有打开自己家门的钥匙。

隔壁幺叔在家。

全湾上下八个院落，三百多人，在家的不到三五十人。除了年老的就是年幼的。

乡村，已被某种命运抽空。青壮年都飞向了远方，空出的家园被野草占领，各种多年未见甚至绝迹的野物子又回到了家园。

只有幺叔的院落还收拾得像模像样。阶沿上几张板凳，似乎那是刚才招呼了来人的凭证。水泥院坝上，一辆红色的三轮摩托标志着这个被野草湮没了的山村与外界的联系。院坝边的砖砌栏杆上，摆放了一长溜破盆烂桶做的花钵。仙人掌、紫罗兰、月季花、昙花，这些还算花；狗牙瓣、过路黄、鱼腥草、红苋菜，这些土生土长的植物也在花盆里学着花的模样疯长，有人打理的院落和荒败的院落就是不一样。房前屋后的桃子、李子、核桃、柚子、柿子、葡萄、银杏、石榴、无花果，果实累累，枝丫伏地。

童年时的乡村，是贫瘠的乡村。野草失去了生长的土地，果树也把地让给了粮食作物。偶有几棵桃李，往往果实还未成熟就被觊觎已久的村童偷摘殆尽。在我的记忆里，童年时我的乡村是没有柿子的，没有无花果的，也是没有石榴的。眼前这些硕果累累的果树，不知是人手所植还是被风吹来鸟衔来，落地生根，在野草遍地疯长的乡村的丘陵之间，蓊蓊郁郁，浓荫如盖，春华秋实，自由自在。四方远去的脚步，带走了那些对瓜果满含欲望的眼睛，让出了空旷的乡土，任自然万物随性生长。

但是，没有了人声的乡村，没有了炊烟的乡村，所有挂在枝头的果实难道不寂寞？

可巧，这一天，常年在外跑货运的两个堂弟也回来了。院落里便回荡起了久违的笑声。

从山坡上的草丛里寻来几只西瓜，横七叉八乱刀剖了，随手抓着啃食，倒也痛快淋漓。

于是说起了现在荒芜了的山坡，野鸡成群，白鹭成堆，野兔随处可见，甚至走在野草覆盖了的小路上，常常会被惊起狂奔的野兔撞痛脚杆。

堂弟说，我去搞两只野兔回来你们尝尝。我吃了一惊，问他，你是现在就去抓吗？堂弟说，不是的，三队杨毛子现在专门干这个买卖，在坡上张网，让猎犬到草丛中去驱赶，受惊的野兔就会自投罗网。杨毛子每天要抓好几只兔子，五十块钱一斤，杨毛子发了洋财了！我心情突然觉得有些黯然，便劝堂弟不要去买。堂弟还是骑着摩托走了。幺叔说，你不忍心吃野物子吗？现在抓野物子的人多得很，高峰寺坡上每天晚上都有来自城里的人张网放鸟鸣的录音捕鸟的。

一会儿，摩托回来了，堂弟手里提着两只鲜活的野兔。挂在屋后的核桃树枝上，很快就被剥掉了皮。午饭的餐桌上摆上了一大盆小煎兔肉，我始终不敢对此举箸。吃饭间，又说起现在还留在乡村的一些人的情形——王矮子，种了好几坡西瓜，年老力衰，卖不出去，烂在地里很多；季幺老者，每天上午去几里外的镇上喝茶打小麻将，傍晚时分回到他一个人的家，雷打不动的习惯，有一天下雨，滑进了堰塘差点淹死；张三老婆婆，独自带着三个几岁的孙儿孙女过日子，有一天晚上突发重病，三个小孩子不知所措，还是家里那只花狗在坡上窜来窜去地狂吠，才引起了另一个院子的人的注意而得救……

　　童年的乡村，在贫穷的空气里总还到处飘着朴素的炊烟，总还可以听到无数朴素的欢笑，还总是可以见到成堆的人影。我并不怀念那个穷困的时代，但那个时代的乡村人气十足。

　　眼前的乡村，在荒草丛中昏昏欲睡了。乡村的人们让出了土地，长久遁形的动植物返回家园。动植物的繁荣却反衬了乡村人烟的萧条。在荒草中萧条的乡村，繁荣了野物子的家园，又引来了别的逐利者冷酷的屠戮！

　　坐在幺叔家的院坝上，在热烘烘的空气里，我久久地凝望着眼前这一片绿海般的山野。

农事琐忆（三题）

靠桑树

深冬时节，大略也就是春节前后，天气阴冷干燥，正是靠桑树的时候。

我们喜欢把"嫁接"这个很专业的词儿叫作"靠"。在毛桃树上靠水蜜桃、白花桃或蟠桃，在毛桑上靠良种油桑。"嫁接"，大家都懂，"靠"也就是"挨上去"的意思，和"嫁接"也就差不多一个意思了，不过在我们乡下，都没人说"嫁接"这个学名。

生产队的田坎沟畔屋旁坡沿，有很多桑树，大多高大而芜杂，尽显衰颓之象，大概都是些种植了多年而疏于管理的老树。队长让队上的年轻人给老树翻新，重新靠上良种桑。我跟着去看稀奇。

他们先把桑树剪得光秃秃的，几乎只剩下一个树桩，那是我所感到不解甚至觉得可惜的。但是我只能看着，不敢问，那些比我大不了多少的年轻人一个二个傲慢得像将军一般，我只是他们眼中看稀奇的小屁孩儿。

他们骑在树杈上靠那些高大的树桩，坐在冰冷的地面上靠那些低矮的树桩，也趴在地上靠那些很小的树桩。每个人一把锯条折断后磨成的刀片，先在树桩上切出合适的口子，再从良种枝条上切下大小一致的芽苞，小心翼翼地将芽苞合到树桩那切开的口子上，再用塑料薄膜条儿缠上，就大功告成。

那些平时动作比语言还要粗野的年轻人，做这样的工作竟然出奇的细致，他们仿佛个个都变成了做手术的医生。乡野的生活赋予了他们并不特别讲究卫生的习惯，而在靠桑树的时候，大家都似乎患了洁癖一般，容不下一丁点污垢和尘土。冬日干冷的风从山坳沟畔吹过来，一个个挂着清鼻涕，却会轻轻地用舌头舔掉不小心沾在切口上的灰尘。这是我所看到过的乡下人做过的最细心最虔诚的农活。

这个程序把我看得眼花缭乱，吸引得神魂颠倒。曾提出要试一试的想法，被那些傲慢的"将军"们的白眼给吓回去了，我决心自己悄悄一试。也用锯条磨了一个刀片，从地里捡了他们丢弃的枝条，找了我家屋后自留地边的两棵桑树，按照早已铭记在心的技术要领细心操作，最后也仔仔细细地缠上从地里捡来的薄膜条儿。大功告成，那晚我兴奋得几乎彻夜难眠，几段恍恍惚惚的梦中，都尽是吱吱抽芽的桑枝，唰唰招风的桑叶。第二天，我就忍不住解开了一棵树上的薄膜条儿，查看是否成活。接下来的日子，总这样隔三岔五地查看，满心地期待着如那梦境般葳蕤的绿荫。

开春了。我一直没敢解开薄膜条儿的那棵，真的抽出了新芽；而另一棵，正如我的母亲给我警告般的预言，没活。而生产队的田边地头，坡坡坎坎，桑树的浓荫竟已蔚为壮观。那一年，采食桑葚和看大人养蚕成为一段美好的记忆。

然而，接下来的一年，生产队又突然不养蚕了，于是桑树又没人管了。桑树没人管了，很快也就荒芜老化了。而我家自留地里那几十棵桑树，经过了我和哥哥的技术更新，枝叶茂盛，母亲在猪圈屋的架子上年年都要养半张蚕，收获满满两挑洁白的蚕茧。

靠桑树成为我童年的一个充满了强烈好奇心的美好记忆。这个记忆一直埋在心底，直到现在，我都很喜欢看中央电视台第七套的《科技苑》节目。

杀土蚕

土蚕是农作物的大害，专门危害作物的幼苗。苞谷苗是被它危害最严重的作物之一。

初夏时节，苞谷苗刚出土，翠嫩如玉，卷芯里藏着一颗晶莹剔透的水珠。这样的幼芽，给予人无限的希望，人们自然也对它给予无限的爱意。父亲去地里巡视，回来说，该杀土蚕了！于是，从第二天早晨开始，我们就会连续很多天去苞谷地里杀土蚕。

筷子粗细的土蚕长在泥土里，它会趁早晨清凉湿润的时候钻出地面来，咬断植物的嫩茎，然后拖进地下的洞穴慢慢享用。我们早早起床去到地里，就是要赶在它刚好钻出地面还没有干坏事之前消灭它。如果去晚了，让它咬断了苞谷苗，就觉得非常可惜。

母亲常常带着我们一起杀土蚕。我们每个人手里都拿着一把竹刀，那既是掘土的铲子，也是杀敌的兵器。一旦发现了土蚕，就用竹刀将它拦腰戳断，看见那丑恶的虫子肚子里冒出的绿色液体沾湿了沙土，就会觉得快意无比。而母亲，总会捡起那被土蚕咬断的嫩苗凝视良久，面含悲戚。是的，母亲的情绪是真实的。你要是不能亲自播下那一粒种子，不能亲自呵护着它从泥土里醒来拱出地面，不能亲自看着它一点点一点点在晨风露水里成长，不能想象它们将给你的明天带来怎样的希望，你是无法理解一个农民面对一棵受损的禾苗的感情的。

我们老家在春节的祭祀活动中也有杀土蚕的仪式。正月十四过大年，叫作"火烧门前纸"，大人们总会念叨着那句谚语："火烧门前纸，大人做生意，小人捡狗屎。"这一天，小孩子们会在大人的安排下焚香烧纸，摇嫩竹求长高，喝"蛤蟆尿"求祛病，天黑后去祖坟上灯，回来的路上"偷青"。杀土蚕的仪式也是我们小孩子去完成，先在菜地里点上香烛烧上纸钱，然后拿一把菜刀在菜土里一阵胡乱地砍斫，象征着杀死了残害作物的害虫。

这样的仪式不过是一种娱乐的游戏而已，每年的初夏时节我们照样天天早起去苞谷地杀土蚕。我给母亲说，土蚕要是不杀死，过不了几天它就会变成一只大蝴蝶。母亲头也不抬地回我："那么丑那么坏的东西，它哪有资格变成蝴蝶？"

粪　毒

一说"粪毒"这两个字，我现在都会禁不住为之全身一颤，那真是一种穿肉蚀骨的记忆。

粪毒是一种病菌，而我们也用它来称呼染上了这种病菌的疾病，更通俗的称呼是"肥水疙瘩"，其实它的学名叫作"钩虫皮炎"。不过这个学名以及致病的原理也是我现在才通过网络查到的，而且还知道了那其实是一种叫作钩虫的寄生虫钻入了人的皮肤引起的一种皮肤损害的疾病。那时的农村，没人知道这些，只知道那是踩了粪水的缘故。

那时候，人畜肥是农村的主要肥料，人们不仅不厌恶，反而还倍觉珍贵。用打谷的方木斗给冬水田施肥，人们会毫不犹豫地赤脚站在齐大腿根的粪水里，用盆子或者粪瓢往水田里泼洒。下田栽秧割稻，下地挖土播种，做个庄稼人，没有谁不是打赤脚的，这自然就给染上粪毒提供了条件。不过，最容易感染的季节，一般是在气温较高的夏季，割麦之后开厢栽红苕的时节。

粪毒主要感染双脚。你会感到奇痒难忍，会不断地抓挠，甚至将双脚顶在地面上墙壁上树干上不停地蹭擦止痒。那种痒，像成群的小虫子在肉里来回穿梭，看不见抓不住，却分明感觉到它们在皮肉里血管里像波浪一样汹涌；又像无数的箭镞从四面八方射向你的心脏，让你片刻也不得安宁，无药可治，无法可想。凡乡下人，几乎没有人未经受过这种痛楚。

父亲也曾几乎年年遭此折磨。感染粪毒的初期，父亲会采用一种残忍的方式来解决——打瓦针。找一片玻璃来敲碎，挑选其中很锋利的碎片，去扎那感染的部位，直到扎出密密麻麻的针眼，冒出丝丝的鲜血时，再用手用力挤压，以排出更多的毒血来。我曾经也尝试过这样的方法，那锥心的刺痛居然可以忍受，可以想见那匪夷所思的奇痒该是一种怎样的折磨！但是，一旦严重了，瓦针也解决不了问题，父亲坐在那里，紧咬着牙的嘴里发出咝咝的声音，面部扭曲，身体摇晃，一副绝望的神情。脚上早被抓破了皮，有黄水不停地渗出；同时又长出一些小小的水泡来。他想稍稍控制一下自己的双脚，可双脚总是在不停地颤抖。到了晚上，几乎通夜无法入睡。感染此疾，虽不会致命，却可以让人绝望让人发狂。我亲见过队上的一个男人双脚痒得受不了，在保管室的晒坝上奔跑了整整一个下午，还边跑边哭！

你要问为什么明知要中毒还要打赤脚，那么我告诉你吧：生活习惯不是主要原因，主要原因是——穷，穷得几乎每户人家都买不起一双供雨天穿的水靴。

人物影像

王　老

"完了！完了！"

我正在办公室收拾桌子，突然听到外面过道里有人大叫，接着听到有人踢踢踏踏从过道的那一头跑了过来。猛然间，我吓了一大跳，一个箭步蹦了出去，想看看外面究竟出了什么事。结果发现外面一派平静，只见一个男生吊着一个五十多岁的男老师的臂膊，在涎皮吊脸地说着什么话。师生二人进了办公室，男老师望了我一眼，很客气地与我打招呼，并自我介绍说姓王。我也介绍了我自己，在椅子上一坐下来，想起了刚才那"完了！完了！"的叫喊，突然悟出了是怎么一回事。成都人喜欢省称"老师"为"老"，比如张老师就叫"张老"，李老师就叫"李老"，这王老师当然就叫"王老"了。这样称"老"，并不表示被称呼者德高望重年纪大，只是为了省事（有人说，这是成都人懒惰的极致表现，我并不赞同）。然而，那个学生大概来自有独特方言的州县，那里的人把"ang"音发为"an"音，于是这个"王老"也就成了"完了"了。想起刚才那似乎含着凄厉意味的叫喊原来却是这般亲热的称呼，我差点笑了出来。看那师生二人还在亲热地交谈，王老对待那个俨然有些"大不敬"的小子就像父亲对待儿子一样的宽和，我心里不禁渐渐升起了一股暖意来。

我是本学期才被安排到这个年级任课的，这个年级的老师我大多不认得。后来知道王老是教数学的。有一次听学生在过道里对话，是在评价全年级哪个数学老师水平最高。他们似乎有着一致的意见，就是王老最厉害。理由是王老做题"简直是不假思索，一挥而就"。根据我的观察，此言似乎不假。学生来问他的问题，他总是立即作答，好像刚刚才演算过一样。不仅他自己教的学生来向他请教，其他班的学生也常常请教他，他也一概不拒，温和讲解，有时还轻拍学生脊背，以示鼓励或赞赏。渐渐我就明白了，王老有这样的水平不是天生的。他在办公室只要不是备课、批改作业，就一定是在聚精会神地演算题。他曾笑着对我说：其乐无穷，其乐无穷！我便感叹，一个五十多岁的人，在大多数人都沉迷于麻将和酒的环境里，竟然有如此单纯乐趣，实在令人敬佩！

当他沉迷于演算的时候，那是王老最可爱的时候。他边演算边唱歌，不但唱，还用一个巴掌拍大腿或者桌面当作节拍——是谓"击节而歌"。那大腿或者桌面被拍击发出噼噼啪啪的声音，始弱而后强，声音强的时候定是他完全忘形的时候，以致旁若无人，以致隔了一个过道的教室的学生也会听到这边噼啪有声，以致学生因为熟悉他这一习惯而最多相视一笑。这还不是最绝的，最绝的要数他唱的歌声。他的歌声旋律都是或旧或新的流行歌曲的调调，而歌词全是即兴"创作"的。歌词又有两种类型，一是不含实际意义的哼唱，类似于古人的"啸"；一是把"自言自语"用唱的形式表现出来，感觉"唱起比说起好听"。前不久我在电视上看到介绍一个中国女歌手在国际上走红，其唱法被叫作"自声唱法"，就是没有明白的歌词，歌者随兴发出声音，但是听来却别有一种无可比拟的意味，还说这是这个歌手的独创。这时，我突然想起了王老，想起王老的唱法，觉得那个歌手应该没有资格享有"独创"的荣耀了。说到后者，我就举例说明了：他最爱的旋律是《辘轳、女人和井》，请你自己哼着这个调调唱一唱王老以下这些"自言自语"吧——这个讲法不太好，你还没有我的好，让我试着这样算，结果一定比你好……——接着他端着茶杯起身接水，又唱：让我先来接点水，让我接点矿泉水，喝了一杯矿泉水，答案一定出来

156

了……我坐在一边闷声不响地备课，早被他的歌唱逗得要笑，到了这个时候，终于忍不住了，迅速溜出办公室去，躲进厕所"扑哧"一声释放无穷笑意。而这些旁人感觉到的东西，我估计王老自己还没有意识到，所以他就一直这样唱着在办公室备课。渐渐地，我也像其他人一样习惯了，也就可以享受着他的哼唱而不觉得发笑更不会觉得厌恶了。岂止不厌恶，要是没有了他的歌声还常常觉得沉闷了。

王老已经五十好几。他不打麻将，不喝酒，不喝茶（喝白开水）。教书就认真教书，但是正如他自己所说，认真但不要拼命。不拼命却可以获得比别人更好的教学效果，真算得上是"无为而治"了。他在数学课上有时会讲到哲学原理，有时还要背诵一段古诗，有时甚至还冒几句英语，让一心以为老师教哪门只懂哪门的学生惊诧不已，从而钦佩不已。从我对王老的了解来看，他绝不是那种有意卖弄的人，那只是他的学识的自然展现，从而征服了学生，从而亲其师信其道。他对身边那些成天挤在一起嘀嘀咕咕谈论单位上的人事的人不感兴趣，他既不搭话更不帮腔，基本上就像充耳不闻。其实王老虽然单纯却并不浅薄，每天上班在校门外都要买好几份报纸，国际国内的大事比我等知道得多了去。有时他也参与几句别人的这种内容的谈话，他说出来的观点总让旁人折服，而他却并不得意而忘形，总是适时打住，自顾自拍他的桌子唱他的歌算他的题去了。他常常抢着打扫卫生，把每个人的桌子给擦得干干净净，让我们这些年轻些的人心里甚感不安。他说，别这样想，我不是为了得到什么回报才这样做的，这只是我的习惯而已。

他虽然和善却不软弱，没见他发过怒，却不怒自威。有个爱出风头的同事到校长面前去卖乖，说王老命考试题可能向学生漏题。这可不是小事，校长立即过问。王老一听，立即当着校长的面就指出，校长你不说我也知道这个小报告是谁向你打的，我不争辩，我只表这样

157

一个态——如果像他说的那样，我承担一切责任。阴沉了脸转身走了。不久那个同事就主动来找王老道歉。而王老居然脸上毫无愠色，只说了一句：我咋会是你说的那种人呢？那人便面红筋涨，尴尬至极，自此坏德行收敛不少。

只要稍有闲暇，王老的兴趣就转移到校园之外去了。看新楼盘，炒房，据说十多年来他乐此不疲且多有斩获。每天都在报纸上搜寻楼盘信息，周末，他就驾着他那辆POLO车按图索骥。这样，他前前后后看中了好几套小户型的房子，倾囊买下，别人都为他着急流汗，觉得那样偏僻的楼盘，哪有升值的可能。而事实证明他每一次都成功了，几年后转手一卖，净赚一大笔，遂被人们视为高人，争相请他代为参谋。王老自然是有求必应，尽力为其参谋，似乎别人赚了钱就如他自己赚了钱一样快乐。我还听说王老是一个炒股高手，在百分之九十九的人都栽了的时候，他还赚了。一次我们在办公室里偶然谈到这个话题，我便问他。他说，那是真的。他接着又说，我不贪赚大钱，只是一点小投资，但是我也不把炒股当儿戏。难怪你炒股总是赚！我这样感叹道。

天气热，我的脚总是要患脚气，有时甚至发炎，走路都困难。一天王老对我说，他在一个资料上看到过涂抹蜂蜜可以治疗脚气。我带着试一试的心态回家照办，结果果真效果明显。类似的偏方王老还知道很多，据别人说，也往往有效。他自己注重养生，曾肯定地对我说，养生之道，唯在于心的宁静，至于体育运动，并不真正能够强身健体，弄不好还会损害身体。对此高论，我不敢全信，但也觉得很有道理。五十多岁的王老，头上没有一根白发；身体精瘦，喜穿牛仔裤，一条皮带往腰上一勒，几乎要绕腰两匝；走路却仿佛能带起一阵风，步幅大，频率高，我们与他同行常常要做小跑。

现在，我和王老已经成了忘年交！

学生田野

高三校区教学楼大厅的电子倒计时钟显示着两个鲜红的数字——16。还有十六天，坐在教室里的这些正埋头苦读的青年又将走进考场，然后云流星散。从教二十年，虽然每次学生的离去都会令我产生或多或少的感伤，不过当面对又一群端坐于面前的可爱的新面孔的时候，那些本来就已经缥缈的影子便会逐渐黯淡以至于消失。在那些众多早就远去的身影中，却有两个人一直在我的视野之中，他们远行的艰难的脚步一直牵动着我的神经。

田野便是其中之一。

1997年，我在老家县中学任教。高三那一年，班上一下子插进来三十多个补习生，本来就有七十多人的班级竟然挤了一百多人，学校决定停止收生。停止收生后的第三天，突然有一个男孩子敲开了我的家门。我一看，吃了一惊（请恕我这样直说），他的长相实在太不敢恭维了——身材瘦小，身高大概一米六多一点；头发稀稀拉拉，乱糟糟地贴在头顶；上身穿了一件皱得仿佛刚从枕头下扯出来的乌皂皂的白衬衣，下身是一条齐膝的超宽大短裤；脚上靸了一双蓝色塑料拖鞋。尤其让我吃惊的是他那一嘴乱七八糟的牙齿。他站在我家门口，局促不安。

"有什么事吗？"我问他。他涨红着脸，似乎很痛苦的样子，终于鼓足了勇气嗫嚅着："我想到你的班上补习。""学校已经停止收生了。"我说。"你就收下我嘛，老师！我是学美术的，我的美术成绩很好！"他说话开始变得流利了些。我说："你最好去找一下学校的领导，他们同意的话，你就来吧。"他站在门外还是不知所措的样子，看来本来还想说什么，结果就这样身子晃晃悠悠地憋了好一会儿，大概觉得是有些绝望吧，就突然转身咚咚咚地跑下楼去了。下午我上课，就发现他已经坐在了教室最后的那个角落里了。

过了几天，学校开始清理收费情况，我才发现他还没有交费。我把他叫到办公室，先问他叫什么名字，他说他叫田野。我问他是不是还没有交费，他点了点头便深深地勾了下去，仿佛犯了大错的样子。我没有再追问，只是说你尽快把手续去完清吧，免得学校清查起来不好说话。他默默地退出去了。晚上，我在办公桌的抽屉里看到了一封信，落款是"田野"。信中说，他家在一个很偏远的山区小村，家境贫寒，母亲双眼失明，父亲已经接近六十岁，在广东的一个砖厂打工，父亲说了寄钱回来，但是钱还没有寄到……他请我帮他向领导求情，宽限一下时间。又过了几天，我了解到他另外一个情况——常常不吃早饭。听别的同学说，他的家的确很贫困。这让我心里开始产生沉重而愧疚的情绪来。时间又过了将近一月，学校通知要到各个班逐个清理交费情况，我把田野叫过来，问他交了没有，他还是摇摇头，要哭的样子。我突然觉得心酸，就拍拍他的背，说没关系，你去上课吧，我帮你说说情看看。他默默转身走了。我其实是麻起胆子在学校把他给瞒了下来，然后我告诉他"学校同意免除你的补习费，你就安心学习吧"。他连声说了几遍"谢谢"，嘴角的口水就要流下来了。

通过一年的补习，由于文考太差，他竟然还是没考上，他继续在我们中学的高三复习，我在校园里看到过他几次。这一年补习下来，他终于考上了四川美院。七月底，天气热得要命，我躲在家里不敢出门。中午，突然听到敲门声。开门一看，一个又瘦又黑又矮小的老头儿站在门口，头发花白，乱糟糟地粘在头顶，一脸灰白胡茬，一件破旧的黑色 T 恤松垮垮地罩在身上，一双黢黑的脚上穿了一双已经不大见人穿的草鞋。"你找谁?"我说。"我是田野的爸爸,田野考上了大学,我来感谢你!"他这样说,竟然很有些羞涩。我赶忙让他进屋,他急忙摆手,说不了不了,我就站在门口说两句话。我要拉他进屋,他坚决不进来,还往外退了两步。他站在楼梯边上说:"我家田野让你费心了,我们全家都感谢你,你是个好人,我们乡下也没有啥子好东西感谢你……"我正要说什么,他却突然转身噔噔噔下楼去了。正要关门,突然听到门后有响动,伸出头一看,地上一个蛇皮口袋,还在微微蠕动,吓我一跳。用脚轻轻踢一下,里面一声大叫,突然一只公鸡的脑袋从一个破洞里伸出来东张西望。

　　听说几年的大学生活,田野过得也很艰难。他的学业很出色,可是由于家境贫寒,人长得又不咋样,所以他基本上是孤独地度过了他的大学生活。他给我写过好几封信,但是他并没有谈及这方面的情况,只是说他的雕塑和油画很受老师赏识,还说过他在学广告设计。毕业的那个暑假,他突然来看我,他说他没有得到毕业证书,我吃了一惊。他说是因为学校要他交一千五百元的什么费用,他交不起。他看起来还是那样瘦小,还是那样羞涩,还是那样一副让人看了难过的相貌。但是一说到他的专业,他才稍稍显示出了他的自豪和自信。他参加了无数场招聘会,可是没有人要他。

　　后来,我问他愿不愿意教书。他说当然好。我就把他介绍给我以前工作过的一所区中学,校长答应了。出于对他家境的同情,校长给他的报酬还不错。因为没有教师资格证,无法正式调入,只能作为编外人员。田野很满足,开学不久,他就拉起了一个将近一百人的美术培训班,把美术培训的课外活动搞得有声有色,校长很高兴。第一年高考,全校考上美术专业的学生达四五十人,在一个升学情况极不景气的乡村中学里,为学校的升学任务的完成立下了大功,他的名声一下子就在县内传开了。

然而，第二年开学时他却突然离开了那所学校。原来他不属于学校的正式编制，县教育局某个领导的美术专业毕业的女儿要分配到这个学校去，田野也就只好让出位置另谋出路了。校长给我电话上说：我也没有办法，其实我真的很欣赏田野的！我心里愤愤然——说这些还顶屁用！

　　失业后的田野突然"失踪"了。又过了将近两年的时间，他突然到学校来找我，我才知道他这两年都在重庆打工，在两个装饰公司干过，没找到什么钱，刚够养活自己，但是他学到了不少房屋装修方面的本领，他打算回县城来自己搞个装修公司。他已经在新汽车站旁边租好了房子，看样子要准备认真干一场了，我很为他高兴。他现在说话比起以前要自如多了，这可能与他曾做过一年老师有关系；只是他那一身穿着实在没有多大的变化，通身上下总觉得是乌不乌皂不皂皱巴巴的样子。我说，你是个大小伙子了，该谈女朋友了，穿着上还是稍微讲究一下吧！他脸绯红，说，哪个看得起我啊？接下来的一段时间听他说都在县城和另一个镇上带着几个人在帮人家装新房，我为他给自己找到了新的生存之道感到由衷的高兴。

　　有一天他打电话给我，说要送我个礼物。一会儿他就过来了，腋下夹了个牛皮纸包着的东西，他打开来，原来是一幅油画，画的是一片草原，草原上有几只白色的羊，画布直接绷在一个木框上，画框都没有。简单说了几句话，他就匆匆地走了，我连说声谢谢都还没来得及。接下来的大半年时间他又消失了，我给他打过几次电话，回答是停机。后来我离开县城来到成都，有一天突然接到一个陌生号码的电话，电话那头传来了我熟悉的那种特别的期期艾艾的声音。你是田野吗？你在哪里？——我有些急迫地问道。他告诉我他在浙江温州。这个家伙怎么又一个跟头翻到那么远的地方去了呢？我很意外。他才告诉我他原本在重庆一个美术装饰公司打工，老板觉得他的雕塑水平相当不错，便派他到温州去负责一个广场的雕塑工程。我问他感觉如何，他说还可以。这话让我有些欣慰。我接着问他，耍朋友了没有？他还是那句话——哪个看得起我哟？

大概又过了半年时间，他又打来了电话，这次他说是在东莞了，在一家广告公司跑业务。我再次问他谈了朋友没有，他沉默了一会儿才对我说：老师，你就不要再关心我这个问题了吧，我这个丑八怪真的没有哪个女孩子看得起的，我也没有这样的想法了……然后就挂了。这次挂了电话，直到现在我也再没有得到过有关他的消息。

已经三十岁的田野，还在这样似乎茫然地四处奔波，这让我心里有些感伤。他并不笨，他并不懒惰，生活给他的机遇不可谓多，但是也不可谓不多。然而，机遇却常常在中途就抛弃了他，使得他不得不再去寻找，再失去，再寻找……也许是家境的贫寒在他灵魂深处埋下了自卑的种子，不佳的长相让他失去了太多的自信。我总是感动于他的真诚和善良，但是又为他那种有点"破罐子破摔"的德性而难过。已经将近两年没有他的消息了，但是我相信他绝对没有忘记我，我敢肯定在今后的某个时候还会接到他的电话，甚至像原来一样突然出现在我的面前。我更希望，到那时我看到的是一个有了全新生活的田野。

学生楚诚

楚诚可能是唯一从高一结束之后就没有见过面，而又与我一直保持着密切联系的学生。

1997年9月，我任98级文科补习班班主任兼语文老师，同时跨年级上2000级4班的语文课。楚诚就是这个班上的学生。教完一年，他并没有给我留下什么深刻的印象。大致的印象是文质彬彬，身高一米七左右；清瘦的脸庞上架着一副近视眼镜，与你交谈的时候，他总会不断地用右手推眼镜架；说话语速很快，且咬字很重，仿佛在嚼干胡豆；来自一个偏远乡镇的一个农村家庭。但是，高二的时候他就转学到一所区中学去了。

说起他转学的事，那其实才是我与他结下不解之缘的开始。据说他是很欣赏我的语文教学的（那是他后来信上告诉我的），所以在年级文理分科的时候，他就一心要读文科，想将来报考中文系。可是他的班主任和分管年级教学工作的一个副校长，大概是觉得他的理科成绩比文科要强些，竟死活不让他读文科。于是，在开学一个星期之后他就毅然转了学，从一所省重点中学转到一所普通的乡村中学，就是为了读个文科班，可见得他的决心之大。他到了那个学校之后大概一周左右，我收到了他写给我的第一封信，信中大致说了他转学的原因以及他为什么一心要读文科。这封信让我感动又惶惑——感动的是有一个这样敬重我的学生，惶惑的是因为我的影响他竟放弃了一个相对好得多的学习环境。我提笔给他回了信，信中不外乎就是鼓励他努力学习之类的话。几天之后他又给我回了一封信，信中向我表态他一定会认真学习，不考上大学绝不罢休，满腔赌咒发誓的气概。在信的结尾有这样的话：老师，我今后有什么事情就一定给您汇报，希望您不要厌烦学生这样的举动。但是我请您不要给我回信，回信会浪费您的时间。请老师记住啊！后来他每个学期大概都要给我写两三封信，每一封信的后面都要加上这样几句话。我也给他回复过两封信，但是终归是他给我写的要多得多。我们之间的关系就一直这样维持着。我很奇怪，在一个县之内，相距也不过三四十里路，见个面也很容易，但是我们就习惯了这样的交流方式了。

　　然而，到 2000 年初，我收到他一封信，信上说他休学了，原因是生病。他在信中还安慰我，叫我不要为他担心，他的病不甚严重，他打算在家中休息一段时间，就留到下一级学习。我很为他惋惜，因为我知道他的成绩不错，在他那个年级一直名列前茅。我回信问他什么病，竟然需要休学。他回信说神经衰弱，失眠，无法看书……我知道他是一个读书极其认真且心事很重的人，背着这样沉重的压力学习，大概在营养方面也无法跟上，导致这样的结果也是在所难免的。但是我也相信，只要他休息一段时间，再投入学习，也还是赶得上的。然后大概过了将近一年的时间，他又写信告诉我他在那所区中学的 2001 级就读了，并且还说，年级第一次考试，他考了第五十名，他觉得有愧于我对他的关心。其实，读了他的信，真正有愧的应该是我，我并没有像他说的那样对他给予多少关心，而且要不是他这个时候写信来，说不定我从此就将他忘掉了。一年后，他通过自己的拼搏，考上了中南民族大学社会学系。他一得到分数就给我打来了电话——我那一年才有了手机，而且我也不知道他是从哪里知道我的电话号码的——说他根据所填的志愿，他上这所大学的可能性很大。电话里我又一次听到了那像嚼干胡豆一样的话音。而且，从此我就习惯了他每次打电话的开场白：老师，我是 4 班那个叫楚诚的学生，不知道你还记不记得我……我真是奇怪，我们之间虽然这么几年没有见过面，但是书信电话的来往也还是很频繁的，我们之间不至于这样生疏吧？而这一成不变的开场白，确乎让我感受到了这个学生的气质上的迂腐与深藏内心的谦卑。

四年大学生活眨眼之间就过去了。这四年之中，楚诚除了每个学期都向我"汇报"学习情况之外，还偶尔提到过他生了几次病的事情。他说得轻描淡写，我以为那还是他以前神经衰弱的症状，安慰他说，大学学习相对轻松一些，只要加强体育锻炼，就会慢慢好转。那之后他就再也没有向我提起过他的病了。毕业之后，好长时间不知道他的去向，直到2005年底，突然接到了他的电话，电话开头还是那个一成不变的开场白，我耐着性子听他做完了"自我介绍"，便急切地问他现在在哪里，在干什么，感觉如何。他告诉我他在浙江温州，还说现在这个单位已经是他工作几个月来的第三家了。我说，你是不满意单位自己跳槽了吗？他说不是，是人家不要我。这让我很感意外，凭我对他的了解，无论是他的能力还是他的人品应该都不会出现这样的状况啊！他这才告诉了我，其实他患有癫痫症。这话让我再次大吃一惊，我一直都还以为他只是神经衰弱呢。他说他在前两家公司开头都很受领导的重视，但是上班不到一个月就几次发病，最终被公司领导知道了，于是就被辞退……他还说，他每次上班就很紧张，很害怕在办公室里发病；但是越紧张就越容易发病。每次发病都会全身僵硬，跌倒，口吐白沫，失去意识，几分钟之后逐渐恢复正常。他在电话里幽幽地叙说着，我听得出他的无奈和伤感。我想象着他发病的样子，心里便不由得揪紧了，一个人天远地远地在一个陌生的城市孤独地生活，才走入社会，收入本来就不高，每个月除了药费，生活费都是紧巴巴的，生病的时候不但没有亲人的关照，还害怕被别人知道，这是一种怎样的孤独与无奈啊！而最后，他竟然还是这样安慰我：老师，你不用为我担心，我不会有事的，我自己会照顾自己的。

后来，他像走马灯似的，不知道换了多少家公司，换公司的缘由都是那个病。我总是忍不住要去想象他发病时颓然倒地的样子，便在心里千万次地为他祈祷，除此之外，我就无能为力。我曾在网上到处搜索关于治疗这个病的医院和特效药，然后通过 QQ 发给他，后来我才感到我那不过是多此一举，因为他就是一个网络高手，他自然不会不知道去网络搜索他需要的信息，关键是这病实在是难以根治，同时他也没有足够的财力来为自己治病。去年，他打来电话的时候，我才知道他已经回到了老家，待在家里了。他的病越来越严重了，以前一周大约发一次，现在几乎每天都要发一次，他已经找不到可以工作的单位，也没有了经济收入，只好回家投靠父母了。而且我从他的言语中似乎听到了一种令我更加不安的信息，由于他的拖累，他本来贫寒的家已经不堪重负，哥嫂已经开始对他表达了不满甚至怨恨，他说他不能在家里待下去了，他必须要再次远行，即使有病在身也无所谓。

今年初，他电话告诉我他有了两个选择，向我征求意见——一个是浙江萧山的一家公司，一个是重庆的一所职业大学。前者收入高，后者离家近。我劝他就选后者，结果他不久就到了浙江，两个月后，他又打来电话，说他从浙江回来了，现在已经在那所大学的办公室上班了。回来的原因是在萧山那家公司里，他竟然在老总办公室送材料的时候发病了，把老总吓得手脚无措，最后多给了他一个月的工资打发他走人。他在电话里还告诉我，他现在病情有所好转，原因是心情比以前好——离家近，母亲常常来看他，特别是他独自有了一间办公室，即使发病，别人也不容易发现。他现在一个星期大约只发病两次了……我听到他略有些得意的话语，心情复杂得几乎要掉下泪来。

楚诚，一个淳朴上进的年轻人，却为何走着这样一条坎坷的人生路？

人 师

平时虽有联系，却也已经近半年未曾见过面的已经七十多岁的我初中班主任老师突然给我打来了电话。我在电话中一听他口气就感觉不妙，他在支吾了几句话之后，突然告诉我，他正在县医院住院，原因是两天前，他在家中被他那患了多年精神病的妻子用洋铲砍伤了腰部。

我在一种莫名其妙的不知所措中，只记得不住地安慰他要好好保重，要把心情放宽，并祝他早日康复。除此之外我实在找不出什么话来对他说了，一是事情来得突然，二是我并不了解我老师此时的心情，三是我们毕竟相隔好几百里，总觉得这种空间距离把一种原本很浓烈的东西给稀释了，于是便觉得迷茫。

老师的家与我家在同一个生产队，他的妻子和五个子女都是农村户口，他就每天放学后从十里路外的升斗坡步行回家来。孩子多，家里的农活大多是他回家后亲自干。我记忆里，他似乎一直就是一个精瘦的小老头，喜欢像一般农民一样说脏话，其实他那时也不过四十多岁吧。我做他的学生，是我从村小毕业考入升斗坡的初中开始的。从小我就知道他是地主出身，我还在读小学时跟在升斗坡读书的哥哥去那里玩耍，曾看到过他和另外几个据说也是地主出身的老师，被学生们脱了鞋子押到被大太阳晒得滚烫的三合土地坝上站着批斗，那几个地主老师被烫得直跳。我做他学生的时候，是1979年了。我在班上由于成绩优异，很快就成了他的得意门生。记得有一天晚上他到我们家来耍，对我的父母说，你们的娃儿是个天才，将来肯定大有前途。还记得父亲和他，还有我们院子上的几个男人不停地抽着父亲摆在桌子上的叶子烟，胡乱地聊着农村种地的一些杂七杂八的事情。我的父母那时似乎还没有意识到一个成绩优异的孩子对于自己的家庭有多么重大的意义，因为当时农村很少父母能够有要孩子考上学校这样的迫切期待，像我的父母，他们大概就是希望我尽量读，能够读多久书他们就支持我多久，至于将来的想法，就像父亲说的那样，把人读大一点，不要将来挑粪桶"三爷子一样高"。老师离开的时候又特意把我父亲叫到一边去说话，特别强调，现在初中毕业可以考中专中师，那是可以跳出农门的。从此父亲才开始对我读书寄予了明确的希望。大概父亲的心中也开始多次设想我考上中专中师成为吃国家粮食的人的情形，所以当别人说起他的儿子读书很"得行"的时候，父亲就有了明显的自豪感。只可惜，在我还没有跳出农门的时候父亲就去世了，那时他才四十三岁。

在升斗坡读书三年，我的老师既做我的班主任，又教我们的语文，从初二开始他又给我们上物理和化学课。化学是提前了一年上的，没有课本，老师就自己刻钢板印蜡纸。更让我们佩服的，老师只是中师毕业，他是从那时开始才边自学边教我们的物理化学，之前在这个学校多年他都只是教语文。他除了课上得很棒，我记得特别清楚的是，还给我们补充了大量的课外知识。他在黑板上写，我们就用本子抄，写完了整整一黑板，擦了又写。《红楼梦》中"乌进孝送租"和《水浒传》中的"鲁提辖拳打镇关西"都抄过了，还抄过苏东坡的前后赤壁赋。文中那些内容我们记得很熟，以至于多年后都几乎还可以很流畅地背诵出来。要知道那是在什么年代，那是一个多么偏远的乡村"戴帽中学"，那时候资料的传播是多么原始的条件下做的这些事情啊！他的这种教学观念和教学方法，就是放到今天来看都是很先进的。我小学时语文成绩就出色，由于老师的影响，我就更对这门课充满了浓厚的兴趣。高中时本来我的理科成绩也很出色，就是一心要读中文，便选择了文科。语文教师成为我终身的职业，其实主要就是受了我的这个老师的影响。

老师教我们的物理和化学，我这两门课也同样学得非常出色，反正历次考试，包括后来的预选考试和中考我都是得的满分。由于他对课本知识钻研得非常细，他的教法也很独特，我们的考试成绩在当时的万古片区一直名列前茅，老师的名声在当时逐渐响亮起来。那时的物理化学课几乎没有什么实验器材，他就尽量因陋就简地找来一些东西给我们做演示实验，把我们激动得手舞足蹈。

初三那一年，老师要我们班上成绩优秀的十多个学生下午放学后留下来上夜自习。我家距离学校大概有近十里路，我就从家里提了一盏煤油灯到学校去。晚上，十多盏煤油灯在一个偏远乡村的山坡上的一间教室里亮起来，老师要么给我们讲题，要么就守着我们上习；深夜，老师和我们一同摸夜路回家。暑假，老师又把我们十多个同学叫到他的家里，给我们补课。那时补课是绝不收补课费的，我们只是每天用手帕包一点米去，中午就在老师家吃饭，他的妻子就是我们的炊事员。他家里有一块比八仙桌稍大一点的黑板，他就把黑板靠在墙上给我们上课。有时他一高兴，就叫我给其他同学讲课，我也就一点不含糊地上起课来，老师就坐在旁边微笑着直点头。老师看到我们都学得很好，总爱自言自语地笑着说："格老子，不得了，不得了！"

1981年，我们参加中考。那时中考是需要"预考"的，也就是所有的学生参加预选考试，先刷掉绝大部分，剩下的少数人才参加正式的中考。预考是在万古小学，也就是离我家五里路远的万古街上。我们住在万古旅馆，晚上老师来看我们，他说不要去看书，没什么好紧张的，肚子里面早就装得满满的了，考试的时候把那些知识拿出来就行了。老师对我们充满了信心，我们也就轻松赴考，结果我们班有五个同学过了第一关。然后就是到县城参加正式中考，我记得那还是我第二次到县城。我们住在一个家在县林业局的同学家里，人多，就打地铺，三间小屋的地面上滚满了人，老师和我们一样躺地板。三天考试结束，我信心满满，高兴得家都暂时不想回了，就和我那个同学跑到他父亲上班的林场宝林寺去耍了两天。老师先回家，把情况告诉了我的父母，父母自然高兴得不得了，天天盼着我回家，似乎我已经考上了中专的样子。

我从县城回家，走到湾头，看到了老师正在他家的稻田里择稗子。老师个子矮小，在稻田中只能看到他一颗头，手上举着一大把稗子。我叫了一声老师，老师立即从稻田里爬了上来，嘿嘿地笑着，却不知道说什么话。过了一会儿，他才说，回家去准备准备吧，你娃娃终于要闯出头了啊！读书走远些，别像我这样还在田头搅烂泥巴。

然而，那一年由于某些原因我竟然没能够读上中专中师。我在家里躺在床上放声大哭，父母亲也很失望，但是很沉默。母亲说，没有考上就算了，又复读嘛，你只要愿意读，我就供你。父亲找到老师商量，老师也觉得很遗憾，他也支持我继续复读。

那年暑假后开学我就到了万古街上去复读初三了。我的老师，也由于我们这一届考得出色，被调到了万古片区的另一所条件好得多的乡中学，专职上物理化学课了。

老师的老家并不在我们生产队，他是倒插门。我记得他以前就住在他老丈人家里，只不过是分家独过。听年龄大的人讲，老师的妻子原来就是他的学生。我一个远房的姑姑是我老师的妻子的初中同学，她曾摆我老师的龙门阵，说有一年他们全班同学农忙时去给一个生产队割麦子，晚上就在学校的教室里睡地铺。半夜时我老师悄悄摸进教室去，轻轻地唤醒那个后来成为他妻子的女学生，问她喝不喝开水。结果这个事情被当时都没有睡着的女学生们听到了。那时的学生大概年龄都比较大，也就比较懂事吧，知道了这师生之间的秘密，于是便把"喝开水"作为笑话传得到处都知道了。后来，这个女子就真的嫁给了我的老师。

老师很少住在升斗坡学校那个狭小阴暗的宿舍里，下午放学基本上都会走近十里的土路回家。我从小认得他，也就是常常看到他在乡村田坎上匆匆来去的瘦小身影。他后来自己修了新房子，就带着全家人从老丈人家搬出来了。他的新家建在高峰寺下一个山坳上，青砖房。他建房子那时，我大概才几岁，每天傍晚牵着我家那头大牯牛从高峰寺坡上下来，就会看到我那老师（当然那时还不知道他将是我的老师）一个人在那里忙碌。恐怕没有人相信，那么大一座砖瓦房，除了房顶上梁之外，他没有请一个工匠，就是我老师一个人，一块砖一块砖地砌起来的。现在我每每想起来都还是觉得不可思议，一个如此瘦弱的男人，一个教书先生，竟然不仅无师自通地设计了自己的房子，还无师自通地建起了自己的房子。虽然耗时一年多，却建得并不比专业的工匠们差。这事让全队上下的人无不佩服。我的父亲就曾感叹过——这就是读过书的人！我知道父亲是说读过书的人脑瓜子聪明，而一个读书人竟然有如此干劲却更是让很多人惭愧。

老师还是一个种田的高手。土地承包后，他子女多土地也多，但是子女大的都在读书，小的不能干活，所以几乎所有的田土都是他一个人包干。一个人插秧，一个人择秧，甚至一个人打谷。他的庄稼比别人家的都要种得好，因为他懂得科学种田的道理，他还常常把这些知识教给别人，好多人不愿意听他的，觉得你一个教书匠，哪里懂得种田呢。后来人们看到了他的成效，就开始向他请教了。你没法想象他一个人是怎样把他家那几大块田的稻子收回家的。一个人在田里，先割下一片稻子，然后一个人抱起谷把子在方斗里脱粒，然后一个人把斗在水田中一点一点地往前挪。每天放学后打一班斗，就这样坚持

172

着，十天八天下来他还是把自家的稻子收完了，自始至终不请一个人帮忙。土里的蔬菜烟叶也比任何人都种得好，而且他还养了一大群肥猪。全队上下的人们，有的嫉妒，更多的是惭愧而又佩服。

老师使牛犁田的时候最搞笑。他个子矮小，他的田犁脚又深，到了深的地方，水几乎要淹到他的腰部。他舅母子在田坎上看到他，就大声地叫喊："老表，你的双杈柏树（指双腿）都遭水淹了啊!"老师就说："你来试试，还是一样的!"老师犁田，手上拿一根细竹竿，不停地吆喝着，嘴里骂着"我×你妈"一类的脏话，他舅母子又说："老表，那母牛怕给你生了好多个小牛儿了吧?"他带着他的两个儿子挖土，两个儿子不听他的指挥，他就不停地"鸡儿鸭儿"（我们乡下的粗话）地骂，又遇到了他舅母子，站在坡上开他玩笑："老表，你家土里种了好多'鸡儿鸭儿'，明年怕是要长得满土都是啊!"老师跟所有的乡下人一样爱说脏话，一点不顾忌，我们也不觉得奇怪，这些亦真亦假的笑话全队大大小小的人都知道。

有时下午放学，我们和老师一起回家，在路上免不了要摆龙门阵，他还是对我们"日妈捣娘"说粗话，我们不敢顶嘴，也没有觉得这是不文明的事情。有一次我们上学，天刚下过雨，我们几个人突发奇想要搞点恶作剧，就在上学路上挖了一个一尺多深的坑，里面灌满了稀泥浆，在上面盖上乱草。我们躲到坡上的麦子土垄里去，看哪个倒霉的家伙会上当。突然看到老师穿着雨靴走来了，吓得我们气都不敢出，趴在那里一动不动。结果眼睁睁看到老师一脚就踩进泥坑里去了，身子往前一扑，歪坐在稀泥上。老师四下一看，没有见到什么人，就大骂：我×你先人，是哪些龟儿子干的好事……我们见势不妙，撒腿就跑，就被老师发现了。我们到了学校一会儿，老师也到了，赤着脚，手上提了一双雨靴。看见我们，把雨靴往地上一丢，说，妈的×，去把老子的鞋子洗了！我们到学校水井边把老师的鞋子洗干净了放在教室门口，等待老师的处罚，老师却说："狗日的些胆大，整到老子头上来了。"那天他并没有责罚我们。

不过，老师上课基本上还是文明的，一般不说脏话，只是偶尔漏了嘴要冒一句，我们也习以为常。那个时期，对教师的行为规范也没有像现在这样严格要求，况且是在那样一个偏远的乡村学校，几乎所有的老师都来自农村，很多都是这样。按照一般的观点看来，有什么样的老师，就要教出什么样的学生，而事实却未必如此，我们那些学生虽然顽劣，现在看来绝大部分却还是没有把嘴巴子学坏。现在我都在讲台上站了二十几个年头了，为人师表是我们的职业标准，深怕自己哪一点没有做好而把学生教坏，其实想来似乎没有这么严重，学生只要佩服老师某一方面好的精神，老师不足的方面学生自会理解原谅并择善而从。

老师的妻子出现精神不正常，大概是在我读初三那年。据说开始她变成了师娘子（也就是女巫，我们乡下又称之为仙灵婆），突然昏厥，醒来后就变得神神道道的，开始嘴里念一些人们听不懂的乱七八糟的话，然后就是呆呆地静坐。这样的情形常常要持续好多天才恢复正常。老师到处请医生医治，但是一直没有效果，后来这样的毛病就越来越经常地发作，并且越来越严重，摔东西，打人，到处走动到处骂人，把全队上下的人都得罪完了。老师无奈，只好听之任之。也就是从那时起，老师的妻子就基本上失去了劳动能力了。而那个时候，老师的五个子女都还在读书，沉重的经济压力压得他很快就弯腰驼背了。

在如此艰难的境况下，老师还是把他的五个子女中的三个培养起来考上了学校，其中两个上中师，一个上了大学。他的小儿子，是一个非常聪明的小子，我在县中学读高中的时候，他考进了我们中学的初中，不知受了谁的影响，痴迷上了练武术，每天晚上翻围墙出去练功，严重影响了学习成绩。老师没法，只好把他弄回自己教书的乡中学去亲自教，后来考上了中师。中师毕业后被分配在一个乡小学任教。后来发生一件事情，把老师的生活彻底推向了更加艰难的境地。那家伙不知怎么想的，有一天晚上他竟然请了一个汽车司机一起去偷了我们镇上一家卖陶瓷餐具的门市，被发现并被追撵，他们就弃车而逃，到了广州。在广州身无分文，打电话回来，老师只好到广州去接他。老师到了广州时，他又跑到上海去了。老师又赶到上海，终于把他接了回来。然而回来后，那小子也精神失常了，从此以后大部分时间就待在了镇上那个精神病医院里。老师不仅因此感到无地自容，更因为儿子的病感到十分痛苦。家里老婆已经是那个样子，现在又添了一个，老婆天天在家里摔东西骂人，儿子只要稍好一点就跟他要钱打麻将，要是不给他就要打人。老师就常常哀叹：左一个癫子右一个癫子，老子都要给他们弄癫了！

　　大概十多年前老师退休了。为了两个癫子，老师还继续在一些学校上课，大概一直上到了七十岁左右，身体实在吃不消了才回到家里。他给我打过几次电话，让我在成都给他找一份工作，哪怕是守门也行。但是都七十几岁的人了，别人哪里肯要？老婆子有严重的暴力倾向，已经多次伤害过他的身体。早已成家立业的其他子女也不愿意帮助他。到了晚年他还只有独自一人支撑着这个危险而艰难的局面。这一次他又被老婆子砍伤住院，在这样的情形之下，他想起了我，一个远在几百里之外的学生，我可以想象得到他是多么的孤独无助。接了他的电话之后，我心中很久都异常沉重，我只能在心中祝福老师一切平安。但是，我这样的祝福于他而言又有什么实质性的意义呢？

三个老外

"烟鬼"肖恩

几次进洗手间都看到一个身材非常高大的老外站在窗口吞云吐雾。感觉得出来,这家伙的烟瘾一定不小,因为我发现他抽一支烟的时间几乎只有别人的一半,而且一定是接着抽两支;可以隐隐地听到他吸进吐出时发出的咝咝的声音。过完了烟瘾,在洗手盆里把烟头死劲地摁灭,打开水龙头冲一下,丢到垃圾桶里去,再将洗手盆里的烟灰冲洗干净,掬一捧水漱口……轻轻地拉开门,轻轻地掩上门,高高的个子消失在过道的尽头。

我偶尔也抽烟,也大多是上洗手间抽。几次相遇之后,我们便熟了,便知道了他叫肖恩。

肖恩一米八七,我只与他肩膀齐平。每次见面,他都要将腰深深地弯下来问好。我觉得这家伙很夸张,甚至有些滑稽。特别是他那弯腰的动作,身子使劲往前倾,把屁股翘得老高,一眼望去,就看见一个圆圆的大屁股和一颗几乎掉光了发的秃头。我用"哈罗"跟他打招呼,他却从来不用"哈罗",而是用生硬的汉语"你好"。汉语说起这么痛苦,何必非要说呢?我这样想。有一天我突然想到"入乡随俗"这个词,才一下子意识到,肖恩才是真正做到的,而我们自己却多少有点"班门弄斧"。于是,对他愈加多了几分好感。

有一天,他示意我到他的办公室去。我莫名其妙地跟了进去,不知他要干什么。他拉开一只抽屉,从里面拿出了一条烟,英国产的,

176

叽里呱啦地说了一通英语，我大致听懂了意思，就是要送几盒烟给我。我觉得不合适，连忙摆手，可那家伙却硬塞了好几盒在我的挎包里，并且仔细地将我挎包的扣系好，好像生怕我又取出来退他，然后又不停地摊手，耸肩，一脸灿烂的笑。我只好收下了，为了表示感谢，我拿出一盒来，取了一支递给他。他却又连忙摆手，连声说："No，No，No smoking!"

哈，这家伙怎么又不"入乡随俗"了呢？

我明白了：只有在洗手间才能看到"烟鬼"肖恩。

快乐的马克

五十岁左右的马克是个"老顽童"。

他带了一个年轻的英国人到我们办公室里来，牵着年轻人在我们每个人的办公桌前立正十秒。他一脸的笑容，年轻人却被他弄得很羞涩。

他用英语说："这是我儿子！我是他爸爸！"

我们鼓掌。这父子俩长得倒还真像。

后来我们才知道，那年轻人根本不是他的儿子，是他一个在另一所学校做外教的同乡。

绅士派头十足的英国人也会占别人的"欺头"，这倒出乎我们的意料。

马克的业余爱好是摄影。一有空就端着一部相机到处"咔嚓"，办公室里的人基本上都被多次摄入他的镜头。他还把他认为摄得好的照片冲洗好，签上他龙飞凤舞的大名送给你。大家也不介意他的做法，反而很乐意。马克就更加高兴，甚至给食堂那个胖妇人也冲洗了好几张"玉照"。

马克上的是写作课，在课堂上他经常忘乎所以地手舞足蹈。英语水平高的学生听他的课很享受，就是英语水平差一些的学生也照样会被他的"表演"吸引得"呵呵"直笑，不觉得上课是受罪。有一次他手舞足蹈，竟然"舞"得跌坐在讲台下面，把学生们吓了一大跳。他却翻身就爬了起来，又接着"舞"。这事被传为美谈。

放学后，教室过道里常常响起悠扬的口琴声——那一定是马克在吹。他在过道里走来走去，一副非常投入的样子。很多曲子我们都不熟悉，想必是英国的民歌吧。有一次，我们竟然听到他在吹《康定情歌》。我们正觉得意外，他却得意扬扬地扭着屁股吹进办公室来了。

"我想我太太了！我想我儿子了！"他重复了好几遍，又自顾自地吹着出去了。

快乐的马克也有柔情似水的时候，只不过是掩藏在快乐的背后。

"怪人"多米尼克

多米尼克是二年级的物理外教，个子属于矮壮型，身高最多不超过一米六五，体重起码不低于一百公斤。除了听到他课堂上讲课的声音外，我几乎没再听到过他说话。每天都看到他背着挎包来去匆匆的身影，就是跟他另外两个同胞似乎也不怎么交流。

多米尼克是个"怪人"。

有一天我正在办公室备课，突然听到有人在外面大声说话，说的是英语，而且听得出是在发火。我立即跑出去看，发现多米尼克手里抱着一只篮球，正脸色铁青地训斥我班上的一个学生。我忙问是怎么回事，找了一个英语老师来当翻译，才弄明白。原来是我那学生下了课在楼梯间拍篮球，他去招呼，说在教学楼里拍球声音太大，会影响教学秩序；学生不听，他就把篮球给没收了，并且很生气地批评了那学生。

我向多米尼克表达了歉意，要把学生带回我的办公室。多米尼克说：

"篮球我要保留，三天后再还你。"

多米尼克抱着篮球刚刚离开，学生就说：

"这个死老外，骂了我半天，我只听懂了一句！"

"还不以为耻吗？"我生气地把他推进了办公室。

三天后，多米尼克和一个英语老师一起推开了我们办公室的门，他一脸的严肃。

他让英语老师当翻译。英语老师就告诉我：

"多米尼克没收的学生的那个篮球，放在他的办公室里不见了。他说，他要向那个学生道歉，并赔偿损失，请您把那个学生找来。"

我找来了那个学生。学生坚决不接受他的赔偿，多米尼克急得来哇哇直叫，连英语老师也搞不懂他在嚷什么了。最后，他把一张百元的人民币双手递给了那个学生。学生羞得面红耳赤地勾下了头。

突然，多米尼克又跑到门外去拿来两只塑料筐放到我的面前。他让英语老师翻译给我：

"我发现你的班上的垃圾筐已经破了很久了，我买了两只送给你们班，希望你收下！"

这下该轮到我脸红了。

多米尼克那矮壮的身影从门口消失了，我和我那个学生怔怔地呆立了很久。

老　王

　　我和老王是"忘年交"。

　　老王六十出头，大我二十多岁，但是他到这个学校来才两三天时间，我们就很谈得来了。和他相处，一点也不觉得他是一个六十多岁的老人，也没觉得他是一个领导，他甚至比好多年轻人还要活跃得多，比好多领导要随和得多，这是我一开始就愿意接近他的原因。

　　由于诸多原因，这个剑桥高中课程教育中心到半期的时候就已经混乱得不行了，几乎可以说是到了崩溃的边缘。学校不得已，才换掉了原来的负责人，聘请他来主持工作。据说他已退休好几年，曾经在市里一所很有名的中学做过近二十年的副校长，专管德育，在这个方面他完全可以算是一个专家了。他的到来，简直就是"受任于败军之际，奉命于危难之间"。他给处于困境的学校老板带来了希望，也给我们这一群几近绝望的"打工者"带来了希望。即使他在第一次教职工大会上的发言很低调，也并不影响我们对他的信任和期盼，相反，我们还认为这样谦虚稳重的人才是真正有能力的人。他的与年龄不相符的活跃开朗更是增添了我们对他的信心。

　　他开始找人谈话，尤其是我们几个做班主任的。但我发现有的班主任是主动接近他的，于是我便稳起不动。第二天，他主动找到了我，向我了解班上及整个中心的情况。他掏出一包烟丢在桌子上，我们俩就一根接一根地抽。他的烟瘾极大，看他的牙齿就知道；他的"话瘾"更大，说起来就滔滔不绝，起码比我的话多五倍，而且还有很多夸张的手势。

这样，我们马上就成了好朋友。

我们都知道，要管理好这个学校关键不在老师而在学生。老师都是招聘来的，几乎也可以说"挥之即去"，但这里的学生却个个来头不小，几乎全是富家子弟，有的还是高干子女，他们不读正规的普通高中而来读这样的学校，除了图捷径出国之外，也可以想象到他们的文化水平有多差，以致他们根本不敢去读普高。近半个学期来，我亲眼见了那个姓白的主任被女生跳起来扇耳光，亲眼见了老师们上课时所遭到的尴尬，亲眼见了寝室的生活老师被学生折磨得狼狈不堪，也亲眼见了男女学生交往的荒唐甚至无耻。我跟老王说，这就是这儿的现状，你要做好心理准备。潇洒开朗的老王并没有像我想象的那样爽朗一笑，而是突然显示出了沉重的神情，我知道其实他还是心中没底，尽管他有着那样不俗的阅历。

文章写到这里，我突然决定改变原来的计划，不打算写老王是如何来治理这个学校的事情了。为什么呢？因为他只干了半个学期就走人了，而且可以说是失败而去的，因为这个"学校"现在都已经不复存在了。他都六十多岁了，以前又有着很好的名声，再加上是我的朋友，我就不说他的这段"难堪"的经历了吧。

除此之外，印象最深的倒是跟他一起喝酒和唱歌。一次偶然谈起喝酒之事，老王突然说，喝酒么，我还算个高手，不信哪天我们来战几回合。我们自然是相信，但并没有当真要他"战几回合"。有个周末，放学后他真的把我们几个老师叫住，笑着说走吧我请客，露着被烟熏黑的两排门牙，一个老天真！于是就到附近的犀浦镇去喝酒，记得是四个人喝了三斤白酒，还有几瓶啤酒，老王喝得最多，他果真厉害。出得门来，他又说去卡拉OK，于是大家又去卡拉OK厅，这便又让我们见识了老王的歌喉。真的，他的声音确实不错，而且音也唱得很准，情也抒得恰到好处，我们差点把巴掌都拍肿了——既有赞赏的成分，也有怂恿的成分，还有一点巴结的成分。老王越来越来劲，到最后终于把嗓子给唱沙了，兴尽而还。路上，他告诉我们，以前他教过好几年的音乐——沙着嗓子说的，很得意！

老王借一本书给我看。书的名字叫作《你其实很棒》，是一个在北京的一所私立学校教过书的江西人写的，文字粗糙，但揭示的问题还比较深刻，反映的就是关于私立学校如何办学和学生如何教育的问题。故事背景确实与我们当时所处的环境有些类似，于是他就把书借给我看，其实，我感觉到他是想让我看了之后从中去学几招然后提供给他，他就用来治理我们的学校。哪晓得，我看了之后把那本书批得"体无完肤"。我说，既然作者说是自传小说，亲身经历，他说他如何能干，后来学校又如何发生了翻天覆地的变化，那他为何又跑掉了呢？只能说明真实情况并不如他所言，他是个"理想主义者"。我这样说，其实就等于告诉老王，别做梦了，没有灵丹妙药。老王很没趣地把书拿回去了。过了两天，他对这件事好像还意犹未尽，又找到我说，你说你喜欢写文章，你就把我们学校的情况写一写吧，想看看你的想法。我说，算了吧，我要写出来还不把你恼死。你别为你写不出来找借口，他说。我知道他在用激将法，便说，两周后交卷，再换你一顿酒喝。两周后，我写了一个叫作《隐痛》的四万多字的中篇小说，打印了厚厚的一本交给他。那以后他几乎一个星期没有跟我说话，我以为他真的生我的气了。有一天他突然找到我："走，到办公室去喝茶！"他冲了两杯青城毛峰，把我那一本稿子往桌子上一放，叹息了一声，说："知我者，兄弟也！"我心中一块石头落地，嘿嘿笑着品起了茶。"你说我的经验在这里已经过时，空有热情而无回天之力，我基本接受。"他说，"不过，你小说最后的结局是学校要垮，是不是也太悲观了一些呢？"我说我也不知道，我只是感觉应该如此罢了，于是就这样写了。

"学校后来的情形真的被你不幸而言中了！"这是老王两个月后对

我说的话了。他说，真的得承认，这个社会变化太快了，我那些经验确实不适应现在民办学校的管理了，看来我真的得"与时俱进"啦。他是笑着说的，露着被烟熏黑的门牙，非常真诚。

那个学期结束，全体师生云散。分手时老王曾留了个电话给我，后来几次都想跟他联系，问问他的近况，号码都拨完了，最终还是没有按下拨打键，我也不知道为什么这样——也许是自己过得仍然很累，不愿去打扰他；也许是怕勾起他对那段往事的难堪回忆。

不过，老王，反正我知道你和我还生活在同一个城市，我心里就有一种温馨的感觉了。等到放暑假，我一定要给你打电话，约你出来好好地干一顿酒，唱一次卡拉OK！

琴声悠扬孜然香

国庆长假，从成都出发去陕西。过广元不久，就遭遇堵车，这样一点一点地挪着前进，到那个叫作棋盘关的地方，本来一个小时的车程，竟然用了八个小时。抵达西安时，已是凌晨三点半。又花了将近一个小时的时间，才从西安的西南角找到了在东北角堂兄的家。

堂兄在街边昏暗的路灯下接到我们，说："我一直在看电视等着你们呢。走，回家喝酒去。"喝酒，是堂兄喜欢的事，这我是知道的。不过他也不是嗜酒之人，他属于那种平时滴酒不沾，兴起一醉方休的人。进到他的家里，气还没有歇匀净，他就噼里啪啦开了一大堆啤酒放在桌子上，然后我们就开始一杯接一杯地喝起来。

堂兄是县师范第一届音乐班毕业生，他的手风琴演奏当时代表了我们县内的最高水平。只是毕业后被分配到一个非常偏远的村小任教，工作十多年后，实在感到未来无望，便办了"停薪留职"，两口子来到西安做皮鞋批发生意。凭着他的吃苦耐劳，凭着他的豪放真诚，更凭着他作为一个读书人高于一般人的智慧和见识，他的生意很快便走上了正轨，甚至在那一年很多皮鞋批发商生意都做死了的情况下，他的生意竟然做得风生水起，大赚了一把，在西安置下了房产，还买了一个 80 平方米的大门市。

后来，他也因为整个行业的疲软而放弃了皮鞋批发的生意，靠出租门市维持生活。那时，就天天待在家里唱卡拉 OK，拉手风琴弹钢琴打发日子。他的家在浐灞附近，他平时常常喜欢骑着车到河边去闲逛。有一天他注意到了那里有一种生意很红火，就是卖烧烤。他想，我为什么不试一试呢？他平时为人豪放随和，也认识这一带不少的人，于是找到一个相识的卖烧烤的人，提出要学，那人爽快答应了。几天后，堂兄用电瓶车载着一整套烧烤设备出现在了浐灞的河边。过路的不少人都认识他，就远远地喊着：嘿，胡老师卖烧烤了啊！堂兄胡老师一点不窘，大声地应着，欢快地忙着。第一天回来一算账，竟然净赚五大百，大喜过望。接下来，技艺更加娴熟，经营更加灵活，赚头也就越来越大了，自然就干得越来越起劲了。

要不是后来他找到了更赚钱的"烤全羊"生意，估计现在还在浐灞卖"胡老师烧烤"呢。他告诉我，他现在已经定点在西安南郊大秦岭下的一个大型农家乐制作"烤全羊"，由于味道独特，得到了广大顾客的欢迎，每天轻轻松松可以赚上千元。

我们尽兴地喝着啤酒，吃着他即时在厨房里制作的烧烤，听他讲着那些卖烧烤和烤全羊的事情，感觉意趣横生。他喝着啤酒，硬要与我划拳。我说，大深夜的，不怕吵到别人？他说，不怕，北方的房子墙壁都很厚，外边听不见。于是我们就开始放肆地划拳。

他说，看看我的琴房吧！

在客厅的一侧，有一间稍小的屋子，推开门，就看见一架漆黑的钢琴反着亮光。他走过去，揭起琴盖，用几根手指在琴键上从左至右拂了过去，跳荡起一连串悦耳的音符，仿佛一缕凉风拂过水面，晃动起一池星辉。他说：我每天做了生意一回家，第一件事就是进琴房弹一个小时的琴，连手也不洗，衣也不换，满身都是浓浓的孜然气味——我觉得混杂着孜然味的琴声妙不可言！

他这样的感慨，让我深受震撼。

一个放弃自己的正式职业，来到千里之外的他乡，从零开始创业，经历了大大小小无数生意场合的人，既能平静对待日进斗金的富贵，也能在烟火缭绕的烧烤摊旁获得生活的满足，既承受得了老板的名分，也不因卖烧烤人的身份而羞愧。似乎读书人的自尊在他身上荡然无存，其实不然！无论处于何种生活境况，他始终没有放弃对音乐的真诚的喜爱，他有着普通商人甚至打工者的一般特征，也有着我们重庆人走遍天下而不变的粗犷豪情。但他终归还是一个内心细腻，充满了诗情画意的读书人。

我想，一个普通人，能把自己的人生调整到这样的状态还真是少见的！

钢琴声拌和的孜然香，该是一种怎样独特的香味？

孜然香缭绕的钢琴声，该是一种怎样奇妙的旋律？

快乐的"无脚鸟"

突然收到一个陌生号码的短信，叫我晚上 9 点 38 分收看重庆卫视，有关于《陈红的电影》的专题节目。我略感意外之后，立即回了一个信息——"是喜欢打哈哈那个陈红吗?"很快短信回答——"是的，哈哈!"

这让我既感慨而又兴奋。这个陈红，是我从万古中学调入县中学教过的第一届学生，个子娇小，面目清秀，口齿伶俐，语速极快，脑瓜子反应更快；字写得细小而规矩，真正的方块。走路总是喜欢跑，开始我怀疑，这个妹子是不是有多动症。上课喜欢回答问题，叽叽喳喳，话说得像打机关枪，不过答案错的时候也多，成绩起伏大。她胆子比一般学生大些，下课喜欢跑进老师办公室接水，站在门口，笑着大声而清脆地叫一声"报告"，不管你同意没同意，就进来了。就因为这个习惯，那一次竟出了大事。

我正在办公室批作业，突然听到外面过道上"嘭"的一声，然后就是很多学生的惊叫。我立即跑出办公室去看，发现一个学生直挺挺躺在地上，一动不动；旁边站着一群惊呆了的学生。原来是楼上一个班的两个男生下课无聊追打，冲到下面楼层来，把刚从教室出来准备到办公室接水的陈红撞翻在地，拿在手里的一只瓷碗摔得稀烂。我大骇，急忙跑过去想扶起她，发现她已人事不省，急忙掐她的人中，又急忙招呼几个个子大的男孩子，立即背上她往县医院跑。在县医院的急救室经过近半个小时的抢救，她才苏醒过来。所幸的是，这次如此剧烈的撞击竟然没有对她造成什么伤害，第二天她就来上课了，仿佛什么都没有发生。而这次事件，也并没有改变她风风火火的习惯，还是爱跑，还是爱到办公室接水。而且，她的成绩竟愈发地好起来。我于是开她玩笑：那次碰撞把你脑瓜子撞开窍了吧？她哈哈一笑，端着水跑了。

那年高考，她考上了外语学院的国际新闻专业。开学不久就给我寄来一封信，信上说，开学时她父亲去送她，父亲离开的时候，她竟然哭起来了。她说，她本来是个乐观的孩子，大学距离家也不过一百多公里，觉得自己不会这样恋家的，其实不然……我给她回了一封信，对她说，这不过是第一次与家人分别的暂时表现，凭你这样的个性，要不了多久，你就克服了，而且，那时候你可能会成为一个不想回家的人！我还给她指出了信中的几个错别字。她给我回第二封信的时候，言语之间就满是阳光了。大学四年，我是记得她几乎每个寒暑假一定会到学校来看我的，那时我的女儿还小，看见她总是笑嘻嘻快乐无限的样子，很是羡慕。大学毕业，她进了一个能源国企。她打电话告诉我时，我很是为她高兴。可是才过了半年，她又告诉我她已经把那个国企给炒了。我问她理由，她说她要集中精力考研。她这样一说，我就立即放心了，因为我相信，只要她决定做什么，就没什么做不到的。果然，半年后她考上了重庆大学的研究生。

接下来的两三年我们之间很少联系。大概在她研三的时候，春节回家到学校来看我，我才知道她这两三年的情况——在学校认真学习，成绩优异；多次做国内某能源集团的随团翻译赴中东考察谈判，她已经积蓄了一笔钱。我开她玩笑：想做富婆啊？她哈哈大笑，说不是的不是的，她还有更远的打算呢。她没有透露她的打算，我也不便再问。

那一次之后，她似乎突然消失了一样，竟好几年没有了她的讯息。知道了她的讯息的时候，已经是我举家到了成都的那一年了。她突然给我打来了电话，号码虽不熟悉，但是那哈哈的笑声，脆脆的话音，我立即就知道是她。那时她在重庆，她说她第二天要经成都到绵阳去办事，顺道来看我。第二天她在绵阳办完了事返回成都，傍晚的时候找到了我的学校，原来她自己驾了车。个子还是那样的娇小，说话还是那样的清脆，还是那样的喜欢哈哈大笑，只是看得出她已经明显是一个成熟的大人了。她给我说了她这几年的经历——原来她自费到加拿大留学去了。她在加拿大学的是电影艺术。在加拿大留学两年，她是这个专业所有亚裔学生中成绩最优异的，加拿大好几个电影公司都挽留她，她竟然都放弃了，毅然回到了国内。我说，到底还是思乡恋家吧？她说，倒也不是，是想回来自己创业。我大概由于一直以来就绝对相信她的能力的缘故吧，竟然一点没有觉得她是在说什么豪言壮语，觉得她要达到她的目的简直就是一种顺理成章的事情。我留她吃饭，她说时间很紧，得马上赶回重庆去。于是我给她买了一碗面条。一大碗面条，里面本来就红油晃晃的，她竟然还在旁边的佐料碗里舀了两大勺红油辣子拌到面里去，呼呼地大吃起来，一点都不淑女。我在旁边看得笑起来。她的脸也辣得绯红，笑起来很天真，我们仿佛回到了好几年前办公室里的情景。她脸上挂着细密的汗珠，还狠狠地喝了几口辣汤；扯几张餐巾纸把嘴巴一抹，说，"我该走了！"于是，又驾车上路了。那时，天将尽黑，她还要赶回五百多里之外的重庆，我真为她这样的奔波感到担忧！

从那之后，我们之间突然又没有了联系，虽然都还知道对方的电话。只在春节的时候会收到她祝福的短信。我也没有主动问她的情形，但是我一如既往地相信，她一定干得不错。事实上，的确如此。再后来我手机丢失，竟连她的电话也没有了。没想到又接到了她的讯息。收到她的短信的那一天晚上，我认真地看完了重庆卫视的节目，看见主持人和她聊起她的经历，她的事业，她的打算，她还是不停地哈哈大笑，还是脆脆的话音。语言机智而坚决，神情轻松而干练，简直就是一个重庆妹子的经典标本。

原来，她回到重庆后，就一直致力于完成她的一个巨大梦想——拍出她自己的电影。她已经成立了自己的工作室，拉起了一个由几十个年轻人组成的精干而充满了梦想的团体，她甚至已经获得了初步的成果，她执导的第一部微电影《小巷》，获得了"精英100"最佳影片奖，并争取到了与索尼公司的合作。"我们为索尼拍一些片子，索尼为我们提供设备。"陈红开心地说，这是第一步成功，接下来就是正在拍摄的纪录片，准备携该片参加明年东京或韩国电影节比赛。此外，她与团队参与制作一部将在院线上映的3D动画片，中影集团将考虑作为影片出品单位。说起未来几年的规划，她说她正在筹建一个专业的影视培训学校，把在国外学到的授课模式复制到重庆。同时，她希望公司能成为"微电影"的代表。"当重庆人说到婚纱照，自然会想到'金夫人'。我希望以后当说到微电影，重庆人能想到我的工作室。我的梦想是成为得到奥斯卡肯定的第一位华人女导演。"

从电视上，我看到了她在自己的团体里面非同寻常的组织能力和号召能力，也看到了她那不知疲倦的精神劲儿。上午还在几个地方辗转拍摄，中午一点不休息，就马不停蹄地赶到几十公里之外的一个地方去联系器材，又到另一个地方去商洽场地，晚上回家都十点过了——第二天早晨她六点钟就要出门……

节目最后，主持人说送陈红一个雅号——无脚鸟。

这个雅号可真好！我们即使不知道它的典源，也完全可以从这三个字想象到一种令人敬仰的形象——永远不停地飞翔，飞累了就在风中睡一会儿接着再飞！

是的，陈红这只快乐的"无脚鸟"，我坚信她会飞得越来越高、越来越远！

我的左邻右舍和上邻下舍

俗话说，远亲不如近邻。也许吧！

不过也未必尽然。我就说说我的近邻。

左　邻

以进门为标准，左边是三个朝外的窗户，窗外是一条通道，再外是一排小叶榕，再外便是一栋三层楼房，再外便是大学校园。那么左邻便是大学。因那幢三层楼的阻隔，左邻还显得比较安静，甚幸！

所谓安静是相对于那边喧嚣无度的校园而言。其实就这三层小楼也并不清静。小楼全是青年教师的寝室，从那相隔不足十米远的小楼里，也常常传过来打击乐器的疯狂节奏和醉酒后让人惊心动魄的哭叫声。当然一定少不了令人汗毛倒竖的女人的尖叫。

半年来，大学校园逐步搬迁，曾经鳞次栉比的校舍像玩魔术似的似乎在一个早晨醒来就变成了一片空旷的废墟，一眼望过去，竟然可以望见一公里外犀浦镇层层叠叠的高楼，这让我既不适应却也倍觉欣喜。

只是，就在这个校园逐步消失的几个月时间里，每天惊天动地的响声几乎要震裂窗户上的玻璃，睡在床上，那响声就会顺着地面，顺着墙壁，顺着床架，再顺着枕头，直爬到脑袋上来，咚咚咚咚的声响，就每一下都捶击在了脑门心上……

所幸的是，终于拆完了！不幸的是，那一片被平整出来的废墟，不知何时又将开启新一轮惊天动地的建设的热潮！

右 舍

右窗外，与对面人家的窗户距离不过三米。厨房对厨房，客厅对客厅。

他们家在厨房里忙碌的所有情形都在我的视野中。料我在他们的眼中亦如是。

男主人是个教初中英语的老师。身材不高，却粗壮。看起来一脸憨相，眼睛极小，却常常闪着贼光。我与他认识，见面常常漠然地点头算是打招呼。

他每个周末在自家客厅里搞家教，一共三轮——周五下午五点钟开始，周六上午九点钟开始，周日下午四点钟开始；每一轮两个小时。

恐怖的是，他搞的是李阳的那一套"疯狂英语"的方法。每次开课不到五分钟，那种歇斯底里，撕心裂肺，惊天地泣鬼神的叫喊就会一浪接一浪，在对面客厅里翻滚，冲破窗户，将我的空间占领。即使我将自家的窗户关得严严实实，怎奈那英语太疯狂，总让我惊恐难耐，于是，不得已就出门溜达去。

上 邻

楼上一家主人是一个高中化学老师，他的名字是我后来才从公告栏的水电气交费名单上看到的。

也是矮壮且一脸憨相，似乎有些和善可爱。曾经和另一位跟他熟识的朋友与他同行，我和他虽然没有直接说话，却发现他一个明显的特点，就是憨笑，咯咯咯地，有理由无理由地憨笑，笑得天真而缺少逻辑。那笑声不断从他脸两侧的酒窝里溢出，看起来既觉得可爱，也觉得怪异。

他家有一个大概不足两岁的孩子。曾经一段时间，几乎每天中午，当我准备午睡的时候，头顶的楼板便会开启一种让人头痛欲裂的声音——那是某种木制家具在地面上推动的声音，颤抖，跳动，时而尖厉，时而闷钝；那声音累了，你以为它会从此停下，于是放心闭上眼皮，准备让周公来访，没想到随着吱的一声尖叫，新一轮喧嚣又开始了。

大概在一个星期之后，我实在受不了了，于是上楼去敲门——我下定决心要向他们提一个善意的请求——结果，响声停止了，门，始终没有开。第二天中午，游戏又准时上演。

这样的情形大概持续了一个月，我几乎不敢午睡了。有一天，我突然想出一个办法——在他家门上留言：

尊敬的楼上邻居，对不起，打扰您了！不知是不是您家孩子在中午时游戏，弄出了某种声响，这声响对周围有比较明显的刺激，所以我请求您提醒孩子，换个时间再游戏，好吗？当然，如果我判断失误，还请您海涵！谢谢！您的楼下邻居。

这样之后，那中午的声响才基本上消失了。

不过，那家主人，直到现在看见我，眼睛里都有一丝不太自然的光；我们同事近十年，几乎天天碰面，还几乎没有交流过一句话。

下　舍

楼下一家的男主人我们早就很熟识。

有一种情形，几乎每天早上六点四十左右，便开始了——一个半大孩子歇斯底里的号叫，摔门砸凳的闷响；接着是女主人高分贝的回应。那声音从两条路径传到我的空间——洗手间的某个未知的通道，声音特别清晰；另一条路便是飞出他家的右窗口，撞上"疯狂英语"老师的墙壁然后折回来进入我的空间。

我疑心他家孩子有一种病（绝对不是诅咒）。每天晚上孩子下了自习回家后，这样的情形也常常出现。

就在前天，又严重地爆发了一次。开始时听见女主人的一声尖叫，接着是那家的儿子的尖叫声伴着将某种瓷器摔在地面碎裂的声音，接着是男主人的吼声。在接下来就是三个人的声音混在一起，此起彼伏，惊心动魄了。

我在洗手间，非常清晰地听到了那个已经在读高二的孩子的骂声：老子弄死你个老龟儿……老子恶心你……你跟老子爬跟老子滚……（以下更恶毒丑陋的话省略）。

平时，他们一家三口在外面，谁也看不出会是这样的。男主人是典型的温文尔雅型，女主人是典型的木讷冷漠型，那小子看起来似乎也不太爱吭声。

这不禁叫人惊奇而又感叹。

几句并非无聊的补充：身边的一切，当你平和对待的时候，你看见的便是生活本真的丰富性和复杂性；当你带着挑剔、指摘的眼光的时候，你看到的便是压抑、痛苦、不满等负面的东西。心灵是生活的镜子，照见什么影像，取决于你用什么样的镜子。正能量的获取需要好心情！我并不违心说我碰见的都是美好，但是我正在这样的环境里修炼我的心性！

校园里的送水工

坐在办公室靠门口的地方，经常会有人轻脚轻手地走到桌旁，递过一张白色卡片，轻声地说道："请你签个字！"那是校园里的一个送纯净水的工人，三十多岁，中等身材，很墩笃的样子，却有着一张像少年一般的略带羞涩的脸。校园里有五个专门负责送水的工人，他是其中的一个，大概是个负责的。

教学楼是一座巨大的五层楼的四合院，全校六千多学生一百多个班，再加上每层楼至少八个办公室，全校五六百教职员工，每天消耗多少纯净水我无法计算，但那个量肯定不小，因为我们每天上午都会看到他们在教学楼西北角那个口子从货车上往下卸桶装水。卸下的水桶被整整齐齐地摆在过道边上，望去一大片，仿佛阅兵式上的方阵，煞是壮观。从卸货的地方把水送到每一层楼每一间教室和办公室，是需要人工完成的，也就是说，是需要他们用双手提上去的。

每天将那从车上卸下来的一大片水桶提上每层楼应该是他们最繁重的一项工作。他们先把楼外的方阵转移到楼内最近的一个楼梯口，并重新摆成一个方阵，接着再一层层往上转移。他们知道每一层楼每天需要的量，所以他们会恰到好处地分配每一层的桶数。从一层楼提升到另一层楼，靠的就是双手。前几年我看见他们在瓶口系上绳子用扁担挑，后来又看见他们换着用手左右各抓住一个水桶往上提。用手提明显要费劲得多，他们为何放弃了肩挑呢？我问过他们，那个年纪最大的络腮胡告诉我，学校领导说用扁担挑容易碰到上下楼梯的学生，所以被禁止了。再后来，我发现他们提水桶时，两只手上各多了一个小小的装置，那是一个"8"字形的塑料环，手抓的一头缠着布，另一头往水桶的瓶口一套，再往上一提，就可以将水桶提起来。这样看起来，的确比起双手的抓握要省劲一些了。

每一层楼需要的桶数完成之后，就是将水桶送进各个房间的工作了。这个环节是他们做得最有诗意的一个过程。他们会站在长长过道的一头，将沉重的水桶一个紧挨一个横放在地面上，放上一定量之后，就用脚将水桶一个接一个地往前蹬，那些水桶便匀速而悄没声息地向着长长的过道鱼贯而去。过道里忙碌着另外几个男人的身影，他们站在教室门口拦截那些滚过来的水桶，按照习惯的数量将它们整齐地排放在门口的墙脚。这样的场景，我总是忍不住想起草原上牧羊人放牧的情形，而这个时候，也能看到他们脸上洋溢着的略带一些游戏意味的轻松神情。

送完了水，就得把之前的空水桶转移到楼梯口去，然后再集中到楼下去装车。这个过程自然轻松得多，他们每个人一次可以带走八个空桶——一边腋下夹一个，每只手将指头伸进瓶口可以抓住三个。他们巨大的身影从楼道移动过来，仿佛变形金刚，几乎占了整个过道的宽度。正因为如此，这项工作跟前边那"赶羊"的工作都一定得在学生上课期间做，学生一下课，他们就得停下来，等待下一堂课开始再继续。暂时停下来的时候，他们就坐在楼梯口的水桶上，不说话，只是默默地看着来来去去的学生娃的身影，面色淡定。他们都抽烟，但是此时他们绝不抽。等到上课铃响，学生全部进了教室之后，他们才开始抽。这样的重体力劳动，抽烟是消除疲乏的有效办法，所以他们抽烟一点不奇怪。但是他们抽烟如此讲究时间，且绝不乱扔烟头，这样的习惯却不得不令人心生敬意。

他们工作时穿着都很规范，有专门的工装。工装有两种，一种是蓝色短袖制服，一种是蓝色短袖 T 恤。两种工装的后背上都印有相同的文字——××水业集团××后勤服务公司。无论春夏秋冬，我看到他们都是穿着这样的单薄工装，大概是这个工作劳动强度太大，即使在冬天也会汗流浃背的缘故。但是即使在酷热的夏天，我也从没有见过他们脱下工装赤膊露背的情形。他们也总是穿着防滑的橡胶底的布鞋，里面套着白色的袜子，我也从没见过他们脱鞋晾风的不雅情状。无疑，他们是知道学校环境的特殊规矩并严格要求着自己的。

我自从来到这所学校以来，就一直看见这几个人每天在校园里忙碌的身影，却并没留意他们的长相，所以十年过去了，他们在我的意识里似乎没什么变化。事实上，十年也是一段漫长的时光，他们中今天的中年那时却是一个青年，他们中的那个络腮胡，那时却正是中年。这几个人每天就在我们的环境里与我们同步活动着，然而，对于大多数师生而言，他们却仿佛无形的空气，并未在众人的眼里留下稍许清晰的印象。我们每天自然而然地从饮水机的龙头下接出开水，在茶杯里冲泡出氤氲的茶香的时候，也是那样觉得自然而然，大概也没几个人会从意识的深处把它和那提着沉重的水桶埋着头上楼梯的身影联系起来。我们不知道他们叫什么名字，亦不知道他们来自何处，他们劳作之余将归于何方。我们甚至根本就没想过要去"知道"。

如果要说真有一点深刻的印象，倒让我想起了两年前的夏天。大概是六月下旬吧，我们新进入"准高三"的年级还在上课，所以水还得继续送。送水的几个人当中多了一个小伙子，看起来也就十八九岁的样子，瘦瘦的，很清秀，他做着和几个成年人一样的工作。然而，我分明看见了小伙子力不能支的艰难的情形。提着两个沉重的水桶，他的双腿在打颤，他的牙关咬得紧紧的，勾着头往上猛冲几级台阶，然后放下来喘着粗气歇一歇，然后又提起来猛冲几步，又停下来……几个成年人也不管他，只管自己不紧不慢地掌握着一贯的节奏。到达一层楼梯口，小伙子就在水桶上坐下来，茫然地看着眼前来来去去的学生。我在猜想，他可能是这几个工人中某个人的孩子，是个学生，趁着放假的时间来打工，体验一下生活。他也许是刚参加了高考，正处在对考试结果焦躁不安的期待之中；也许是已经上了大学的学生；当然，也许是辍学了的少年……他那茫然的眼神里，藏着对眼前来来去去神采飞扬的同龄人的羡慕，而脸上却藏不住被疲劳浸透了的一丝感伤！那个学期放假之前，我不知道什么时候那个小伙子已经离开了，之后天天看到的仍是那几个熟悉而又陌生的忙碌身影。

　　今天，那个中年男人又进办公室来请我在送水卡上签字。他递过卡片来的瞬间，我特意瞄了一眼他那异于常人的粗壮手臂——这是我很熟悉的，那几个男人的手臂都一样的粗壮。他转身出门去了，我凝视着桌上那杯清茶，端起来轻轻呷了一口，似乎品出了一种从未有过的复杂味道。就在那个时刻，我决定——为这几个男人写一点记录的文字。

守望生活的人们

大学东门外，也是我所在的小区门口，长期聚着一群人，这一群人并不是浪荡的游民，而是在这里求生活的附近的居民。他们干三种营生——摆摊，收废品，蹬三轮。摆摊的只有一个人，收废品的只有一个人，其余都蹬三轮。

摆摊的男人大约四十多岁，乱砖头垒了个台子，上面搁了一块篾簠当摊位，摆了些袜子手绢电池螺丝刀胖大海金银花之类的东西，有时又摆着一些诸如苹果梨子柑橘香蕉之类的水果，全都蔫不拉唧满面尘灰的样子，反正我是从来没有看到有人买过他这些东西，似乎稍有点生意的倒是摊子旁边那一个品牌并不多的烟摊。他成天的消遣就是跟那一群蹬三轮的人吹牛和下棋，脸上永远都是笑吟吟的，大概天生就这样一张脸。

收废品的是个女人，五十岁左右，身材已有些臃肿，脸上泛着红晕，却仿佛时常都裂着细密的口子，头发蓬着像个鸡窝。她的行头就是一架货三轮外加一块纸牌子。纸牌子上用毛笔写了三个大字——"收废品"，仨字错了俩字，"收"字的右边是一个"又"字，"废"字的上边是一个病旁，唯一写对的一个"品"字，上面那个"口"字又大得失却比例。就这三个字的牌子，每天都架在她的三轮车上招揽生意。她从不吆喝，更不会上门收购，她玩儿的是"守株待兔"——等人送货上"车"。在这个小区里居住的大多是青年人，极少有把家里的废品如纸板塑料瓶之类的东西拿去卖钱的，差不多都丢到电梯口的垃圾桶里去了。所以，她的生意也很清淡，但她好像并不因此而着急，

199

她表现得比那摆摊的男人还要快乐，她最喜欢跟蹬三轮的那些人挤在破车上"斗地主"，偶尔发出的争吵声或者嘎嘎的笑声粗得来像个抱窝的鸡婆。我常常看到，上午她的车上是一叠旧报纸，用一根红色塑料皮捆扎着，傍晚她收车时，还是那一叠旧报纸。骑车时她臃肿的身体几乎是趴在车把上，然后人和车慢慢消失在暮色里。第二天一大早，我出门上班，她已经坐在小区门口了。

最有意思的自然是那一群蹬三轮的人。他们大致可以分为四种类型——睡觉型，下棋型，赌博型和观望型。

睡觉的全是男人。两种睡法——三轮上睡或者街边绿地上睡。三轮上睡比较文雅，但身体蜷曲，估计感觉不舒服；绿地上睡，体态舒展且有席梦思的柔软，但仰肢八叉的样子常引路人观望。但他们有一个共性——不敢真正睡着，只要远处有了可能坐车的人出现，他们一定会立即清醒过来，大声地吆喝，抢到了生意就出发，没有抢到就立即恢复"睡态"。

下棋的通常是三个人，"老中青三结合"，下的是象棋。棋盘是一块三层板做的，街边花坛的贴砖石台是天然的棋桌。两人下棋，一人观战，轮番上阵，乐此不疲。人说"观棋不语真君子"，他们好像并不想做"君子"，因为观棋那个常常被正在下棋的人臭骂。等到败下阵来的人观棋的时候，他又成了被臭骂的对象了。这几个人最懒，下棋兴起时，即使生意来了也不愿停下来，宁愿放弃生意也不愿放弃棋局。

"斗地主"，男人女人都有。两三辆三轮车挤在一起，车把上搁一块硬纸板就可以开战。同样是轮番上阵，气氛之热烈，可以感染过路的人。一会儿惊叫，一会儿惋惜，有的埋怨，有的得意。输了的把钞票往别人面前一扔——拿去买药吃！赢了的就笑嘻嘻地把钞票收起来，很大度地说——买粑粑最好吃！上午我从那里路过的时候，收废品的女人刚败下阵来，搓着双手对小区的门卫说——老娘今天又遭几个棒老二抢了！

　　属于观望型的是三个年轻女人。这三个女人最聪明，没有生意的时候，她们就欣赏别人"斗地主"，同别人一样感受快乐，却不会有输钱的懊丧。她们的眼睛随时都注意着路上的行人，一旦有了生意，她们总是首先蹬着车冲了出去。所以，实际上在这个小区门口绝大部分的生意都是她们做了。而其他的人也许一天也揽不到一两个生意，仅仅就是挤在那里玩儿了一天牌罢了。

　　下午我从小区门口经过的时候，收废品的女人正和一个住在小区里的年轻女人吵架，大概是年轻女人的狗将老女人收的废报纸给衔跑了，老女人于是骂狗："狗日的，占了老子的地盘不算，还要抢老子的饭碗吗？"聪明的年轻女人自然听得出老女人的弦外之音，于是针锋相对地回敬道："乖狗狗，那垃圾都是人家讨来的，你就还给人家嘛！"争吵似乎并没有什么过渡，只几秒钟时间就达到了最激烈的程度，要不是小区保安出来劝阻，两个人肯定会扭打在一起。这时我看到成天聚在大门口的这一群人眼里都含有一种仇视的目光，并非只对那年轻女人，看样子是对所有住在小区里的人。

　　年轻女人牵着狗离开了。老女人还在骂骂咧咧——跟老子摆啥子资格？老子到手的两套房子和十多万块钱未必还比不上你卖命那点儿工资？别看老娘收破烂，老娘是在这里安度晚年，比你卖××的自在多了……保安在竭力劝阻，老女人终于住了口，挤到那边三轮车上"斗地主"去了。

　　后来我听保安说，其实那天老女人是在家里受了两个儿子的气才在这里撒气的。她的两个儿子自从失去土地后，手里捏了一笔不少的补偿金，从来没有出去找过事干，成天都是赌博。据说两个儿子已把那笔补偿金赌得所剩无几了，老女人让两个儿子交账，结果他们不但不交账，反而还骂她"讨贱"，不懂得安度晚年。保安说，这里的失地

201

农民，真正出来像这样找点事情做的都不多，多数人成天都是喝茶打牌无所事事，因为他们觉得有了房住，手里又有了一笔钱，确实用不着去"讨贱"做事了。

最初我自己很为我住在这里，"占"了别人的土地而不安，后来又为"城乡一体化"政策让这些失地的农民真正获得了实惠而欣慰。今天看到这一场闹剧，听到保安这一席话，心里却复杂起来。我站在我家的窗口放眼望出去，周围全是鳞次栉比的楼房和纵横交错的街道，只有在很远的地方还可以看到一片碧绿的农田和一条平静的小河。我仿佛觉得城市就像传说中的那个"息壤"，正在不断地扩展开去，又像一片汪洋要将整个大地淹没。而那些家园被淹没的人，他们既不抵抗也不逃跑，他们就这样静静地等待着，等待着让时代的洪流将他们漂起，随波逐流……

我收回眼光，又看到了聚在小区门口的那一群人——一群守望着生活的人！

他乡旅迹

黔行二题

贵州的山

　　火车奔驰在川黔线上，沿途所见也不过是平时见惯的山景。尤其是整个旅途，大半时间都在晚上，因此，贵州的山到底是什么样子，还仍然是童年时候的一种想象。虽然以前从未去过贵州，我的祖辈有一房人大约在大半个世纪之前，因为经商的缘故在贵州的瓮安县定居，因此我的父亲便常常说起，以至于我从小对贵州就有一种似乎很熟悉的印象。在我们家乡人的口中，常呼贵州人为"贵州三"，据说是谐"贵州山"之音，以山代人；不过我感觉，那时人们口中的这个称呼，似乎略有一些贬低的意味。当然，由此在我心中就深深地留下了贵州山多山大山陡的主观印象。

　　黎明之时，火车到达贵阳站。下火车，挤出站来，突然间感觉像爬过了一个漫长而黑暗的隧道，现在终于爬出了洞口，见到了光明。欣喜的眼光不禁往四周一扫，这时，贵州山便实实在在地立在了我的眼前——一副颇感陌生又似曾相识的形象。

　　贵州的山真正让我惊叹，还是在去黄果树瀑布的路上。

　　汽车刚驶出贵阳城，人们便开始为眼前偶尔出现的山峦发出惊喜的叫声，其实这时的山既不很出色，也不多。但是，很快我们便对扑面而来的山峦应接不暇了。

　　说是山，其实并不高大，也很少有连绵起伏之势。然而，正因为如此，才给人一种全新的感受。它的构成十之八九是独立的，往往是

205

在一片平坦的坝上，突然耸立起一座山峰，山又十之八九是由白得晃眼的石头造成的；在石头造成的山上，有着很多缝隙；在缝隙中就积着一些瘠薄的泥土；在这些瘠薄的泥土中，就生长着许多植物；这些植物也并不高大，大多是些野草和低矮的灌木。所以从远处望去，感觉就是葱绿中夹杂着银白，或者说是一片银白中夹杂着葱绿。山形多是圆而平顶的，少有什么巍峨的气势。

这样说来，贵州的山有什么值得一提的呢？当然不是。

请你想一想，在奔驰的汽车上，眼前是一片或开阔或狭长的平原（贵州人称为"坝子"），在平原的远处，就是这样一些山峰。它们或孤守一处，或并肩而立。独立者如武士墩笃而豪迈；并立者似群集的战舰，浩荡而壮观。使平坦的视觉有了高低的错落，使单调的视野有了远近的变化。再饰以坝子上那铺地的绿色——那是即将抽穗的稻子，你自然会想到海洋、岛屿这些形象。所以，不管你的旅途有多么漫长，你的精神有多么疲惫，这些景象一旦扑进你的视野，你的心情就会为之一振。几乎可以用"贪婪"一词来形容我当时的感觉，那迎面而来的一切，我几乎不愿放过每一个瞬间。就如同闷热的夏夜从田野吹来的凉风，寒冷的冬季午后难得的艳阳，那是一种直抵骨髓的愉悦的冲动。

恍惚之间，我听到有人在说"溶岩地貌""喀斯特地貌""石漠化"。是的，这些概念我早在初中学地理的时候就知道了，但我此时不愿进入他们的话题，甚至不允许自己的思绪进入他们的话题。面对这样的景色，展现在你的视野里的难道它们还只是石头吗？它们分明一直在制造着一种强烈的氛围，在与每一个初来者进行着生动的对话。

贫瘠而不荒凉，简洁而不单调；虽无宏伟的气势，却不乏生动的灵性——这就是贵州的山。

黄果树瀑布

　　黄果树瀑布，的确是个与众不同的瀑布。

　　美国和加拿大之间的尼亚加拉大瀑布可谓世界第一，举世闻名，它的壮观的气势震撼人心，令人难忘，可是，它只可远观，而不可近赏，是个难以亲近的巨人。

　　庐山瀑布因李白的妙笔而婀娜多姿，"飞流直下三千尺，疑是银河落九天"，却失之于纤细和缥缈，且更多地是想象的成分，实在地说，它只是一个梦。

　　而黄果树瀑布，的确与它们都不同。

　　作为一个外来游客，我不知道脚下这条峡谷有多深多长。但我知道，这条峡谷的起点就在这里——黄果树瀑布的脚下。两岸高山耸峙，绿荫蔽日，一派森然之气。瀑布就在峡谷的对面，站在这边随便拣一个位置，便几乎可以拥抱那隔着一个峡谷而又近在咫尺的瀑布。用不着"放眼一望"，只要睁开眼睛，铺满你的视野的就是瀑布——一幅运动中静止、静止中运动的水幕；充满了整个空间的是水滴挟裹着的雾气，雾气挟裹着的水滴；一种惊心动魄不知来自地面还是来自心底；震耳欲聋的吼声从任何方向汹涌而来，却反而觉得声音不在。你就这样痴痴地望着它，目不转睛；瞬间，你的一切就融进了一种虚幻的境界，身体飘浮起来，随着浓重的雾气，挟着若有若无的吼声渐行渐远。

　　有人在挤着你，回过神来，猛然发现，已是全身湿透了——原来是瀑布已经拥抱了你。

　　黄果树瀑布的奇特更在于它还能让人真正地投入它的怀抱。

　　绕过峡谷的崖壁上人工修筑的铺着石板的栈道，便可以来到瀑布的身边。在巨大的水帘的身后，是万仞绝壁；而在绝壁上，不知在什么时候由什么人打通了一个人工隧道，隧道大概在绝壁的半腰，从巨大的水帘后面横穿而过。在隧道朝向水幕的一方，有着好多个或大或小的洞口，就像一个个窗户，从窗口往外望去，便是那惊心动魄的瀑布。瀑布离你是那么近，只要一伸手就可以抓住那一块帘子。可以想见那水是以怎样的一种速度怎样的一种力量在你的眼前跌落，可是，实际上你看到的只是一块凝固的半透明的水幕。只觉得一切都在颤抖，包括空气；而震天动地的声音早已在意识中被忽略了。如果说在对岸正面看它时是一种震撼的话，而此时已不是震撼一词所能够描述的了。当时突发奇想，要是从那透着蒙蒙天光的洞口跳出，拥抱着那一帘朦胧天光滑下谷底，那该是一种什么样的感觉呢？

只这么一想，便突然觉得心里一紧，一种强烈的自卑意识从心底猛然升起——面对如此强大的自然之力，人竟然无法与一滴水相比！

还有这样可以站在它的身后去拥抱它的瀑布吗？恐怕没有。《西游记》里不是有个这样的水帘洞吗？是的，不过，它其实就在这儿——黄果树瀑布。

甘洛纪行

（一）乘坐"地铁"到甘洛

甘洛县，原名呷咯县，1956年建县。1959年因"呷咯"字体生僻，乃改名"甘洛"。"甘洛"系藏语，意为"苦尽甘来"，地处四川省凉山州北部，隶属凉山彝族自治州。

承蒙同学相邀，今夏终得闲暇，便欣然前往。说起来，坐火车从成都出发，只需要五六个小时就到了，距离并不遥远。火车从坦坦荡荡的成都平原疾驰而过，似乎没有用多少时间就到了峨眉。峨眉是个界，一过峨眉，一望无际的大平原渐渐退去，迎面而来的是越来越大越来越高的山，火车一头就扎进了大凉山的肚子里去了。自此到攀枝花的几百里行程就基本上相当于乘坐地铁了——因为大部分的路都在山洞中，只有偶尔一晃的亮光，那是火车从一个山洞出来，越过一个山涧，又一头钻进了下一个山洞，而那一闪亮光可能还不到十分之一秒。火车在山洞中产生巨大的轰鸣，震得耳鼓膜发颤，几乎听不到身边的人说话。手机也没有了信号。即使是封闭的空调车，也不知是从哪里灌过来强大的气流，使人觉得有些凉意。

从偶尔看到的山景，可以看到火车一直是沿着河谷在前进。刚涨过水，河水浑浊，看似平静的水面却有许多在悠悠旋转的漩涡，那不露声色的漩涡其实有着可以吞噬一切的惊人的能量。河谷两岸是高耸入云的山峰，有些地方植被茂密，有些地方却岩石裸露，上千米高的花岗岩石壁反着白光，森然搏人。

高远的天空飘着优游的白云，阳光强烈，毫无遮拦，碧蓝的晴空偶尔会看到苍鹰在翱翔。这样的天空，这样的白云，这样的阳光，这样自由的飞鸟，是在大城市里永远看不到的。

由于是暑假，乘本次列车到云南旅游的人特别多，我好不容易买到一张站票，就这样站了近六个小时。下午六点半，就在我腰酸背痛、筋疲力尽的时候，随着一声悠长的汽笛，火车穿出一个长长的隧道，停在了一片刺目的阳光下——甘洛站到了！

（二）阳光下的甘洛县城

我朋友在民族地区已工作多年，交往了不少彝族朋友。阿和就是其中之一，甘洛县检察院检察长。我一走出火车站，过来接我的就是我同学和阿和。真是奇怪极了，我与阿和只在之前通过两次话，从来没有见过面，可是在熙熙攘攘的人流中我们居然互相一下子就认出来了，好像是交往了多年的老熟人。走下一个很陡很高的石级，就来到了候车厅。出门来到街上，阿和亲自驾车。汽车驶过一段水泥路向右一转，一座跨河的铁桥出现在面前。从桥面望过去，河的对岸，一片开阔的山坡上就是甘洛县城。

在晶亮的日光下，白色的甘洛县城，白得晃眼。

我同学就解释说，其实这个县城以前还是跟大多其他县城差不多，灰不溜秋的；年前，县里有关领导为了改造城市面貌，美化市容，把全城房屋的外观进行了修饰，先刷成纯白色，然后再画上一些有着民族特色的图案，于是整个县城的面貌焕然一新，在我眼中，美丽异常。

莽莽苍苍大凉山，空气清新，云层稀少，阳光直射，紫外线强烈。但是，你只要仔细观察那阳光，就会发现它的确与我们平时所看到的不完全相同。这阳光干净得没有丝毫杂质，从高远的天空流泻下来，似乎能听到咝咝飞驰的声音。阳光泻到地面，碰上万物都会溅起灼灼的反光；那反光不是静止的，而是跳动的，整个看去，满眼就是一个跳动着散金碎银的梦幻世界。甘洛县城就是这样一座在太阳下反着奇异光泽的县城。远远望去，一片洁白，在日光下显得圣洁而肃穆，它的背景就是那茫茫的群山。群山以深绿色作为幕布，把这洁白的甘洛县城衬托得亮晃晃的耀眼。

县城不大，主要就一条略有些弯曲的大街，据说三公里长，不过我觉得有些夸张。走在街上，正在修建的建筑物包括它们的围墙还是一个劲地白。大街上偶尔晃荡着几个彝族人，黝黑的肤色倒与整个街景形成了强烈对比。

阳光太强烈。阳光下的白色县城晃动在我的视野里。

（三）彝族干亲家和祝酒歌

阿和是土生土长的甘洛彝族人，全名是沙马阿和，四十多岁，肤色较黑，中等身高，偏瘦，和大多彝族人差不多。他的家庭出身据说是属于当地很高贵的一类，叫作黑彝（即奴隶主，相对的一类彝人就是奴隶，称为"娃子"——指大凉山解放前）。他有着一位同样是彝族，却取了汉族名字的漂亮妻子，还有一双乖巧的儿女。阿和在当地来说算是比较能干的彝族人了，任县检察院检察长。阿和是我同学的干亲家，阿和说，既是他朋友的好朋友好同学，那就大家都称亲家吧，我欣然答应。

承阿和盛情，去一个叫作"锦中苑"的地方去吃饭。菜肴的丰盛自不必说。席间主人夫妇两次站起来为我唱祝酒歌敬酒，着实让我好生感动。

先是女主人，她端起一杯酒，站起来唱道：

"尊贵的客人骑着马儿从远方来，来到我们甘洛看美景。敬你一杯家酿的美酒，让你醉倒在甘洛……"

歌词大概是即兴编的，旋律回环往复，朴实感人；而女主人的歌喉清脆嘹亮更大出我的意料。所有的人都停下筷子停下说话，听她动人的祝酒歌，我也端起一杯酒站起来，感谢女主人的歌声和盛情，待主人的歌声一结束，就一饮而尽。朋友悄悄对我说，酒一定要在主人的歌声完了的时候喝完，否则就是不礼貌。当然，主人手中的酒也是在歌声结束的时候一饮而尽的。

接着是阿和。阿和用彝语唱，一句也听不懂，但是从他的表情我可以看到他的真情，阿和的嗓子也是出奇的好，大概少数民族的人在这个方面都有天赋吧。他唱完，又用汉语给我翻译了一遍，都是欢迎的吉祥祝福语。完了，女主人又唱，接着阿和又唱。这样唱下来，我的肚子已经让酒给灌得鼓鼓的了，在一种微醺的酒意中，我觉得自己飞翔在一种美妙的友情的天空，温馨而惬意。

同学告诉我，其实现在城里好多彝族人的生活都已经汉化，像这种祝酒歌已经难得一见了，除非是他们特别珍贵的客人，否则是很难享受到这种待遇。我不禁有些受宠若惊了！

感谢我的朋友！感谢阿和一家！感谢所有的彝族同胞！

（四）同乡会、竿竿酒和坨坨肉

在大凉山这个全县人口只有十多万，县城人口只有几万的小小山城里，居然有两三百个老乡在此做生意，这让我大感意外。而且据说生意都做得很不错，有的有上千万的资产了。他们有的二三十年前就来到了这里，主要是做小五金生意，而后逐步扩展经营规模和范围，现在有开宾馆的，有经营矿山器材的，有做食品批发的，有开饭店的，最厉害的就是承包铅锌矿的，据说每天的纯利润就在一两万以上，听起来都够吓人的。

我同学也是在十多年前来到这里的，现在是县党校副校长，在老乡中很受尊重，被大家推为同乡会秘书长。由于我的到来，同学便决定搞一次同乡聚会，就安排在他的家中。安排每家来一个代表，结果这天晚上来了好多人，屋子都挤不下了。大家平时忙于自己的生意，见面也不多，聚在一起，都很兴奋，闹声几乎要把屋盖都掀翻了。我在其中自然也受到了各位老乡热烈的欢迎和尊重。这样的气氛让人感到无比温暖。

这是典型的彝族地区，大家就决定按照彝族的风俗来搞这次聚会。而体现这种风俗最主要的特色便是喝竿竿酒和吃坨坨肉。

竿竿酒是彝族最典型的待客之物，是纯粹家酿的美酒。用当地产的高粱煮熟，加上特别的酒曲，装进一个土陶坛子里，密封好，再用泥土封口，埋于地下，经过几个月的发酵后，就成了味美无比的稀罕物。老乡们花了两百元钱托人买了一坛。结果没有喝酒的"竿竿"，也就是当地产的一种细长的竹子，把之间的节打通，插进坛子喝酒的必要工具。费了好多周折才从一个熟悉的彝族朋友家里借到了两根。工具准备好了，喝酒可以开始了。

酒坛子摆在屋子中央，把细长的竿竿插进酒坛。喝酒的规矩是，主人先喝，在酒坛的口子上放一个表示高度的竹片，一直喝到竹片指示的深度，然后交给下一位。而下一位由主人来定，他们的说法是，他的酒是要喝给客人或者受尊敬的人的，等他喝完，客人就要接着喝，也是喝同样深度，客人在喝之前就要约好交给哪一位，否则就要再喝一遍。每次喝了之后，就要加水，最奇妙的就是，都觉得酒与水要混合的，而实际上加进去的水都是在最上面，只要把竿竿伸到底部，喝到的就一定是同样浓度的美酒，直到把坛子里的酒喝完，剩下的就全是水了。这一天我当然是喝得最多的，很多老乡都要给我喝，而且这是不能推辞的。那竹竿细长，要把酒从坛子里喝出来还是要费很大的劲的，几乎喝得面红筋涨。好在酒的浓度不是太大，而且酒味醇美，喝得再多也觉得无比畅快，再加上气氛融洽，酒力自然就大长了。

在喝竿竿酒的同时，坨坨肉也端上了桌子。坨坨肉也是彝族的典型食物。按他们的规矩，凡尊贵的客人到来，接待有几个档次，最低是杀一只鸡，高一个级别的就是杀一只羊，再高个级别就是杀一头猪，最高级别就是杀一头牛。做法看似简单，其实也很讲究。老乡们那天很早就派人去买了一头当地野生放养的小猪，大概有三十斤（大了不行，做不出那种味道）。杀了，砍成小块，放清水里煮，不能煮得太久，过生就行。然后捞起来放簸箕里把水汽晾干。主要是制作拌料，用当地产的红辣椒，在热锅里烤燥，然后在石臼里舂碎，加上当地著名的汉源花椒面，再加入平时很少见到的叫作"木姜树"的根磨成的粉末。把坨坨肉用这种拌料拌好就可以吃了，吃的时候不许用筷子，要学彝族人用手抓。大家就用手抓着干，一会儿就个个吃得满头大汗，嘘声连天，好不痛快！

地道的竿竿酒，地道的坨坨肉，地道的同乡情，将让我终生回味！

清水绿树都江堰

前日有半天闲暇，一家三口驾车去看看都江堰。

大概是 1986 年，我大一时随全班同学春游到过都江堰、青城山，之后真有点魂牵梦萦，可是一直就没有再去过。虽然多年后重返成都，工作的地方距离都江堰也只有 45 公里，仍然没有得到再次前往的机会。

去年 8 月的一个傍晚，我们驾车去都江堰市区转了转，由于天色已晚，"5·12"特大地震之后的惨象还基本保持着，所以留在心中的印象是阴沉而凄凉的。现在重建工作已经全面展开，值此春意正浓时节，决定再去看看那举世闻名的水利工程。

驾车从家里出发不过半小时就到了。穿过旧城区，虽然不少地方还可以看到地震留下的遗迹，残破的颓墙，成堆的瓦砾，而比起我们上次看到的情形已经大不相同了。尤其不同的是，走在街上的人们已经基本上没有了曾经悲伤和沉闷的气氛，显得很随意而富有生气，正好与这个充满生机的季节特征一致。人们已经从那一场旷世罕见的灾难的阴影中逐渐走出来了，步上了生活的正轨，这是一件令人欣慰的事情。

主要想去看看都江堰水利工程。来到景区入口，其实我已经基本上想不起二十多年前是什么样子了，大门右侧是一座古典味十足的巍峨建筑——南桥。那是架设在内江上的一座廊桥。走上廊桥，桥下水浪翻滚，发出沉闷的吼声，从河面上不断地卷过来冷飕飕的水汽，令人不禁打了一个寒战。桥下的水，就是都江堰工程通过分水鱼嘴，经离堆的阻拦，穿过宝瓶口奔入成都平原造福千年的内江之水。

进入景区，我对沿途美丽的花草盆景不感兴趣，急急地赶到了江边。江边游人如织，天气煦暖，春风习习。从离堆旁走过一道索桥进入飞沙堰，一直沿着内江一侧往鱼嘴方向走去。水流并不大，河道里有着宽阔的长满野草的沙滩，只在靠二王庙一侧的山脚下的河道里奔涌着暗绿色的激流……

正东张西望之间，突然听到广播在不停地通知：各位游客，由于岷江上游水量突然加大，现在外江开始开闸泄洪，请不要进入河道……喇叭不停地反复通知。我跑到外江一侧，那里已经聚集了好多游客。高大的拦水坝，一排过去大概有十多个巨大的电动闸门，现在已经提起了两个闸门，闸门底下巨大的水流带着惊天动地的能量奔泻而出，惊心动魄。

来到鱼嘴，挤在成堆的人群里，趴在栏杆上俯视了一会儿，特意看了看据说被地震震裂了的痕迹，有一点，但没有想象的严重。放眼望去，前面是一段开阔的江面——就在脚下，岷江水被一分为二，千年河患被永久治愈……

对面玉垒山青苍葱茏，一些雕梁画栋的建筑物从浓荫里露出尖顶，那是曾被地震严重破坏，而今正在修复的一些古建筑。二王庙同样也掩映在绿海中，路被拦断，工程车在工作，故而无法靠近。

上了安澜索桥。游客走这索桥大概真的只为了过路目的不多，多数是为了去桥上感受那晃荡的感觉。很多人一上桥就开始故意摇晃铁索护栏，把整座桥晃荡得如同秋千，人们惊叫着，翘趔着，欢笑着，享受着……我却突然感叹——凡是真正经历了去年"5·12"特大地震的人，恐怕没有几个会觉得这是一种快乐是一种享受的，真正都江堰的人也恐怕不愿意有事无事跑到这索桥上来体会这种晃荡的感觉，因为这种感觉简直与那个山摇地动的时刻别无二样！

由于景区还在加速恢复重建，无法上山，我们只好又原路返回。因下午有事，于是急忙回成都了。

一屋飞起出九霄

　　山不在高，有仙则名；水不在深，有龙则灵。即使无仙无龙，有一些山水，第一次听到它的名字也会终生不忘，比如云南的哀牢山。那是我还在读小学时从一本破书上看到的，那三个字所蕴含的神秘感就永远地占据了我的想象的心灵，即使我从来不曾去过，且也许永远去不了。瓦屋山，这个名字也同样给予了我这样的感觉；但是瓦屋山，我去过了。

　　第一次亲眼见到瓦屋山，却并不知道那就是瓦屋山，而当成了贡嘎山，因为贡嘎山也是我心灵中的一个神秘的山名。记得那是大一时同两个同学，于十月一日经过整整十二个小时的攀登，直到累得死去活来才歇息在雷洞坪，并在第二日的清晨登上峨眉山的金顶时，放眼一望突然见到的一个奇观——在茫茫云海的西边，竟然有一座顶部非常平整的山体浮现在云海之上，仿佛一艘巨大的航船，那奇特的山形让我忍不住发出了惊呼，那种惊叹远远超出了我对峨眉山本身的云海和佛光的神奇的感受。从此那个影子就刻在了我的心中——贡嘎山！后来才知道，它其实是峨眉山的姊妹山——瓦屋山！

　　今年清明假，便毫不犹豫地选择了瓦屋山作为我们游览的目的地。从成都出发，驱车 180 公里，下成温邛高速，经丹棱，入洪雅，在弯弯绕绕的山间公路上驱驰了几个小时后，终于抵达了瓦屋山下。

　　眼前哪里能看到什么山？能见到的全是树！树的更远处就全是雾！眼前的瓦屋山就和在我的梦中一样缥缈，一样遥远。对树的印象，就是茂密，高大，阴森，葱茏得有种让人透不过气的感觉。进了山门，驱车盘旋而上，路窄，路弯，还到处有塌方造成的缺口。第一次驾车走这样的路，既有些提心吊胆，也感觉很刺激。越往上行，视野越狭窄，因为雾气越来越大。开始还看到那些缭绕的雾气只是在远处的山间飘动，渐渐地就发现它们居然游荡到了路面上了。车从雾气中碾过，它们就轻轻地侧身让行，然后还调皮地追撵一下，这就猛然激发了我无穷的情趣了。继续往上，就简直是在云雾中穿行了，路面是雾，头顶是雾，脚下的山涧是深不可测的雾的海洋。右侧的崖壁在雾气中隐隐直立，高不见顶，石壁上滴答着水声，偶有丝绸般缥缈的水瀑从头顶挂下来，便惊得我们停下车来，照下几张美景。然而，这样的景致很快就不断地出现在了我们的眼前，便容不得我们停留下来了。继续前行，在一些弯道处，车前方只是茫茫的云海，似乎再往前走一步就会飞进那白茫茫的云海中去，心中猛然一惊，又才发现路突然拐了一个大弯，向一个山口而去。

在一个山洼处，突然听到了哗哗的泉水声，停车休息，顺便掬水洗车。在黝黑的石涧中，从山上茂密的森林里奔泻而下的泉水清澈透明，清凉刺骨，那纯净的感觉让人心颤。在水边林下的地面上，到处生长着一种类似于滴水观音（其实肯定不是）的植物，鲜嫩无比，有翠绿色的，有暗红色的，全都挂着晶莹的水珠，在山风的吹拂下微微地颤动。地面是黑色厚实的腐殖质层，踩上去如同海绵。我拔了两株，同时用塑料袋装了一大包肥沃的泥土，把它们放进后备厢，我要把这种鲜嫩的美好感觉移植到我家中的花盆里。

继续前行。约一个小时后，到达了半山腰的停车场。停车场及其附近的山野被笼罩在雾气中。建筑物隐隐绰绰，高大的树木伸着光秃秃的树梢在雾气中站立，整个看起来如同仙境。下车来才觉得有深深的寒意。购票乘缆车，服务员说，从这里上山顶垂直高度还有700多米，要乘坐半个多小时。游人不多，缆车开始缓缓上升，脚下还是雾气，隐隐见得地面上的树木的影子在缓缓地后退。突然看到地面有白色，定睛一看，原来是积雪，大为兴奋。但是由于雾气太浓，看不真切。记得以前在张家界乘坐缆车，很多人吓得魂都掉了，因为恐高；而这里因为被裹在雾中，感觉不到高度，却反而没有了掉魂的恐惧。就这样在浓雾中颤悠悠地爬行，眼前晃动着的是朦朦胧胧的树影和雪影。雪越来越多，越来越厚，头顶只是一片苍茫的白。

突然间，雾气消失，天光尽显，头顶满是蓝天白云，还有刺目的阳光。山顶终于到了。

一踏上地面，我的那个惊喜啊！地上是厚厚的积雪，踩上去立即就陷下去，能听到簌簌的声音。满眼的白色开始让眼睛发涨，头顶纯粹的阳光开始使身体发热。我们几乎立即就扑入了那被白雪覆盖着的森林里。我的惊喜自然来自我们南方人对雪的少见，更来自完完全全的出乎预料。

沿着森林间游览的小道一路走去，满心贪婪而满眼迷醉。不停地从地面上捧起洁白如玉的雪来端详，虽然冰冷刺骨，却也爱不释手。看见厚实的雪被就忍不住要扑卧上去，体会那醉人的柔软和纯洁。视野开阔得多了，可以望见远处的林带，更远处隐约的白色的山峰。我可以肯定东边那些苍翠的山峰就是峨眉山，西边那高耸入云的洁白山峰就是贡嘎山。更近一点，可以看到瓦屋山的万丈绝壁。当然占据我的视野的主要还是眼前的白雪，巨杉，还有遍地的低矮竹丛，还有的就是品种繁多的杜鹃花。遗憾的是，这里被称为杜鹃花的王国，却并没有到杜鹃花开放的季节，看到的只是枝叶枯瘦的丛影。特别让我惊奇的是，这是一座海拔将近 3000 米的高山，而山顶竟然几乎是平坦的，据说有 11 平方公里。一路走来，只感觉到细微的起伏，这正是瓦屋山所以得名的原因。

我们在铺满积雪的路上快乐地奔跑，即使跌倒也没有关系。灌木丛中细水滴答，仿佛一曲神秘妙绝的背景音乐。一路上很少碰见别的游人，这也让我异常兴奋。在别的景区，看景不易，看人头攒动才是风景，这里的景致简直就是专门为我准备的，我放肆地大吼，放肆地奔跑，放肆地在雪地上打滚，尽情地释放平日来郁结的所有拘束和烦恼。前面传来淙淙的水声，转过一个弯，就看见了在前面一片开阔的洼地上，没有高大的树木，尽是一种低矮的一米左右的细如筷子的竹丛。在竹丛中，竟然有两个水汪汪的池塘，在池塘四周，有无数汩汩流淌的清泉，将清澈无比的细流注入池塘。查看游览图，原来这里叫作鸳鸯池。好温馨美好的名字！水在厚厚的积雪下流淌，那感觉让我想起了白居易《琵琶行》中"冰泉冷涩弦凝绝"和"幽咽泉流冰下难"的意境。顺着流水而去，渐渐变成了一条湍急的溪涧。后面的路几乎就是顺着溪涧而行了。

走着走着，突然听到一种排山倒海的声音，不知道那声音来自何处，也不知道那声音是什么发出的。过了好久我才发现原来是山风吹动高大的杉林发出的。因为杉树太高大，所以强大的山风也无法摇动它，或者摇动了我却看不出来，但是山风却被森林的枝叶切割，摇下了树上的积雪，于是就发出了这样惊心动魄的声音。溪涧中汇聚的水越来越多，水越来越激湍，发出的声音也就越来越响亮。那些不知道是何年何月倒下的巨树，横七叉八地静卧在溪涧之上，予人一种远古洪荒的神秘与静穆。突然视线模糊了，眼前的景物瞬间隐去，原来不知道从哪里猛然涌出来浓重的雾气，让人如同一下掉进了神秘的深谷。正惊疑之间，那些雾气又牵牵扯扯地穿过树林而去，刚才的一切又回到了你的眼前。头上晶亮的阳光是一直照着的，偶尔穿过密集的林隙，如同刺过来千万把锋利无比的青铜宝剑，让人陡生敬畏之心。

转了一圈，又回到了起点。由于时间紧迫，我们没有去看那据说有1040米落差的兰溪瀑布。不过我并不觉得遗憾，因为我已经领略了早已埋藏在心底的瓦屋山的神奇。有寺庙我也不进，因为我知道，此山的神奇不是靠寺庙烘托出来的。还说这里是张道陵创建"五斗米教"之地，张道陵终葬于此地，这些我也不感兴趣，因为此山自身的灵气足够征服游人，不必借传说添彩。唯一遗憾的是，我没有能够从整体上感受到瓦屋山的气势，我完全被它巨大的身形给淹没了。不过后来一想，苏东坡游庐山，那一首《题西林壁》诗就真的表示他看到了庐山的全貌吗？其实未必，不管是"横看"还是"侧看"，那多半也只是在自己的想象之中。所谓"大美"其实都是既无言也无形的，只要能够在心中描绘全貌也就足够了！

驱车下山，由于天色晦暗，雾气更加浓重，简直如同夜行。打开车灯缓慢前行，终至于山脚，而山下天色尚早！

归来，还忍不住神游无数次，便索性写一首打油诗，一寄此游情怀：

一屋飞起出九霄，激涧穿云试天高。
幽谷迷雾封神魄，悬崖踏雪做游遨。
鸳鸯池上庄生梦，绝壁林隙吟龙啸。
非是一般灵秀地，比邻峨眉逞妖娆。

烟雨松溉

虽然是在邻县，我却是在很晚的时候才知道"松溉"这个地名的。这个地名让我记住的第一个原因是我的误读被人取笑，原来那个"溉"字不读"gài"而读"jì"，大概属于古音异读吧；第二个原因是知道它在长江边上，这不禁让我无限神往。

今年十月一日，我正好在重庆永川，便邀约朋友一群游松溉。还未出门，突然下起雨来，很快就雨雾蒙蒙，冷风渐起。不过，这没有影响我们出行的兴致，两辆车冒雨上路。大约一个半小时后，我们穿过一条被挖得稀烂的街道，在一个比较开阔的平坝上停了下来。下得车来我才看见，车已经停在了码头上，身边几十级石阶的下面便是长江。

我冒雨跑到石坎边上的一棵黄葛树下去照相。眼前的长江，被笼罩在蒙蒙雨雾之中，看不清对岸的远山，也望不见上下游的江面，浑黄的江水看似平静却异常汹涌，江面比先前的想象开阔许多。一艘驳船逆流而上，机器空洞的响声在江面上回荡，烟囱里冒着黑烟，慢如蜗牛；而另一艘顺流而下的货轮如一片落叶一般，轻飘飘地就远去了。江边的浅滩上，几艘挖沙船冒雨作业，几辆翻斗车在泥水里蠕蠕爬行，远远地望去，竟显得非常渺小，我便感觉到了这番境界，远比我最初的想象还要阔大得多。

朋友说，这里的长江没啥好看的，到这里主要是游古镇。从旁边的一条小巷进去，便进入了古镇的小街。街面细窄，宽不过两米，弯弯绕绕，随势赋形，参差错落。两边的房子自然是木结构的低矮平房，木门木窗木板墙，从门口望进去一律是黑洞洞的不知深浅，堂屋里大多摆着八仙桌和一些古旧家具。房顶自然也是清一色的盖瓦，从低矮的檐边望上去，便可以见得瓦面上绿绿的青苔以及瓦缝间稀疏地鲜活着的杂草。屋檐滴答着如线的雨丝，冷风从街口灌过来，在弯曲的街巷里竟然发出嚯嚯的闷响，让人心里不禁陡生萧瑟之感。

　　街边檐下，大约每隔十多米远就有一个粗笨朴拙的石头花盆，花盆里种着三角梅，枝叶单调却花朵鲜艳，从泥土可以看出全是新栽。看那在细雨冷风中颤颤地摇着的粉红，我有一瞬间恍惚走进了戴望舒笔下的雨巷。木板墙上，大概也是每隔十多米便斜挂了一面围裙大小的彩旗，彩旗上有着"铁匠铺""烧腊铺"之类的字样，大概是借这样的店招来唤起人们对古镇久远生活的回忆，因为我们走过好几条这样的小街都没有见到有铁匠在打铁，也没有见到一家卖烧腊的人家。那些彩旗在色彩黯淡古旧的小街上显得特别耀眼，秋风吹过，偶尔可听到猎猎之声，倒的确为古镇增添了一种怀旧的情调。

　　街面全是石板铺就，接缝处大多光滑而凹陷，这自然是时光踩过的脚印。细雨滴在石板上，无声并立即无形。湿浸浸的街道，接纳狭窄的天光，从街道的一头望过去，便是一片烟雨迷蒙的景象。不知是因为下雨还是因为开发未竟，游人稀少。我们在街巷里穿行，给人一种空荡之感。古街里住户都很少见到，不是关门闭户就是开门而不见人影。有一户人家，阴暗的堂屋里陈列了许多从长江里寻来的彩色鹅卵石，摆满了好几个架子。我走进去欣赏，过了十多分钟竟然没有见到主人露面，赶紧出门，怕被人误解擅闯民宅。转过一个丁字路口，那里有一家店铺开着，店铺的格局是我童年时在老家小镇上看见过的那种样子，店门关着，临街面的墙面距离地面约一米高的地方开窗，木板卸掉，在齐窗沿的地方显示出店内的摆设，主人坐在店内招呼生意。然而，那店铺的摆设却是出奇的寒碜，一个很古旧的木格玻璃小柜，里面摆着廉价的香烟；旁边是一堆香蜡纸烛金银纸锭的东西。一位老婆婆坐在里面，似乎在打瞌睡，神情木然。旁边一只褐色的猫，偎在老人的脚边，也在打瞌睡。窗外屋檐下，那株被檐水不停地敲击着的三角梅，却如几只蝴蝶，在雨雾中不停地翻飞。窗台下，靠墙角搁了一块篮球大小的蛋形鹅卵石，石头上竟然有一幅很逼真的山水画——烟雨迷蒙的山峦和树木，近处是简洁的几笔勾勒，看得出是街市的样子。这景象，突然让我有了些时空混乱的错觉。

走完了几条古街，我们又回到码头。码头的两边高楼林立，在建的工地上，潇潇雨声也掩不住机器的轰鸣。来来往往的车辆制造着强烈的动感，与刚才在古镇街巷里的感觉形成对比，让我仿佛是刚从遥远的过去走出来，还沉浸在刚才近乎停止的时光氛围里，猛然间还不能适应眼前的喧嚣和动感。

街边立一石碑。读完便得到了以下一些有关松溉古镇的信息——

据清光绪《永川县志·舆地·山川》记载："松子溉，邑之雄镇也。商旅云集，设有水塘汛，查缉奸盗。又下曰东岳沱，深数十丈，石刻'澄江如练'四字（郡守陈邦器书）。沱上北岸，有后溪水来注之。东岳沱之前，曰哑巴溉，水最险恶，往来舟子不敢作欸乃声，故此以名。其下流有巨石立江边，形如虾蟆。水涨及虾蟆口，船无敢上下者。过此为大矶碅滩，江流至彼，乃入江津界。"以境内松子山、溉（jì）水取名松子溉，简称松溉。松溉镇始建时间，无史籍可考。据清嘉庆《四川通志》记载：南宋陈鹏飞（字少南，与苏东坡、张子昭被誉为当世注经"三杰"）因被秦桧诬陷遭贬，偕妻在此设馆教学。可知当时松溉已有场镇。自清初以来，这里多次设县治。相当长的时期，这里曾是永川、大足、铜梁、荣昌等附近几县物资的重要集散地，松溉古镇商贾云集，热闹非凡。

古镇里的陈家大院，是一个原汁原味的四合院，是著名影星陈冲的祖籍所在地，想起了曾经在旧金山的大街上有朋友指给我看，说某座房子就是陈冲的家，世界上相距如此遥远的两地突然产生了关联，不禁感觉惊奇了。意犹未尽，于是再次步入烟雨迷蒙的古街，我们去吃"九大碗"。"九大碗"就是将鸡、鸭、鱼、肘子等九类肉食蒸制而成的典型的民间川菜。"九大碗"其实并不稀奇，我们乡下开桌席至今还完整地保持着这个习俗。也正因为这是一种典型地方民俗，所以很能勾起我们对传统的回忆和感悟。走进厅堂，主人自然是热情的，安排坐下，不到五分钟，"九大碗"全部上齐。菜是寻常菜，因寻常而显古风。在古镇上，以满怀的幽情佐酒，朋友相洽，自是其乐无穷。

饭毕，我还是忘不了古镇外的那条大江，于是独自寻一条石板小路直走到江边。面对满目的空阔，想象着它上游的泸州、宜宾，下游的江津、重庆，想象着这一江浑黄在起伏跌宕的丘陵沟壑间浩浩荡荡直奔东海，不禁神思飞扬，猛然间想起了"沉舟侧畔千帆过，病树前头万木春"那两句古诗，没有觉得感伤和遗憾，倒突然意识到，其实停下脚步，静下来沉思，也未尝不是一件很美妙的事情……

这时，雨停了，江对岸那些隐藏在雨雾中的青山，开始慢慢显出了醉人的苍翠！

成渝古道一邮亭

在时光里黯淡了的驿站

遥远的三国风烟，在两千多年的时光里早已消散；在曾经杀伐战声中翻腾着滚滚黄尘的条条蜀道，而今，有的飘逸在清闲茶客们茶碗中袅袅的水雾里，有的絮叨在说书艺人对远古充满浪漫的回忆中。而在这些充满怀古情调的话题中，我们似乎总是看见蜀地北边的剑门关古蜀道，也看见西边连接川西高原的逶迤路途，还看见南边诸葛孔明七擒孟获的水陆要冲。而我们总是疑惑：那广阔的东边，那古渝州，那夔门，以及那与关云长的故事紧密联系着的遥远荆州，怎么就在历史的记忆中黯淡以至隐形了？

其实，成渝古道一直就在那里，默默地读着两千多年日月风雨，看着两千多年的世事变迁。

成渝古道，俗称东大路（或者东大道），它就是冷兵器时代的成渝高速公路。这条曾经奔驰过无数快马，传递过无数讯情的古驿道，连接着成都和渝州（重庆）。起于成都锦官驿，止于重庆浮图关，其间"五里一店，十里一铺，三十里一驿"，一长串名字串联起了苍茫的川东山河——五里店、茅店子、沙河铺、大面铺、双石铺、金紫铺、邮亭铺、龙泉驿、南津驿、双凤驿、铜罐驿、白市驿……二十世纪三十年代成渝公路贯通，新中国成立后成渝铁路的建成，随着时间推移，东大道的许多路径渐渐消失。对于那些出生于后来的人们来说，这是一条古老而略带神秘色彩的路。而贯穿在上面的一个个古老的街与镇，就如一块块沾满了历史尘埃与岁月苔痕的秦砖汉瓦，虽然刻画着成渝古道从前的辉煌，却也渐渐淡出了人们的视界。

淡出人们视界的，当然就有"邮亭铺"。

邮亭铺，地处重庆市大足区的正南边，上接隆昌下邻永川。老成渝公路和成渝铁路都穿境而过，正在建设的成渝客运专线快铁也穿境而过。在我们本地人的意识中，邮亭还是个和外界连接的"大地方"，我第一次出远门就是在邮亭坐的火车。邮亭的街镇也是人来人往，熙攘繁忙。

既如此，何谓"淡出"？其实我这里所说的邮亭铺，指的是现在人们口中的"老街"，就是那个坐落在一个叫作五里墩的山丘上的已经衰落了的老街。那才是真正的成渝古道上的一个驿站——一个连我们很多当地人都未必亲临过的地方。

阅世者打坐在山丘上

现在熙攘繁荣的邮亭镇，老成渝公路穿城而过。在市镇外有一座小山丘，人称五里墩，成渝公路从小山丘的脚下蜿蜒而去。驾车从公路边顺着一条几十米长的铺着水泥和石子的坡道上去，便是邮亭老街的场口。场口，像所有的南方小镇一样，无例外地有一株巨大的不知道年龄的黄葛树，举着遮天蔽日的浓荫，为老街制造着一种古老记忆的风景。从浓荫下转进小街，只见随势赋形的街道，弯弯曲曲地爬行在山丘的顶上。街道当然是青石板；沿街的房屋也当然是穿斗房，瓦顶盖，木石墙。街道宽不过三米，石板的接缝早已被时光磨损，凹陷着黯然的感伤。

这就是真正的成渝古道。也许当年关羽信使的快马无数次地从这石板路上疾驰而过，也许曾经多少朝代的千军万马在月黑风高之夜在

228

这条石板路上衔枚疾走，也许曾经多少天涯断肠客在这些临街的客栈里演绎过惊心动魄的人间悲喜剧。

而今，历史的烟尘早已消散。行走在小街上，我竟没有见到一个行人，只听到自己的足音在两边的房屋形成的通道里传来空洞的回响。房屋大多年久失修破旧不堪，有的甚至可以从没有了门板的前门直望到屋后荒凉的草丛。有失去了屋顶的敞亮的空屋，雨水浸湿了篾墙，倾斜着灰黑色的忧郁，夹壁上爬满了茂盛的野三七，密密层层的藤叶间挂出一蓬蓬淡黄色小花。

这是一座无人的空城？不是的。走几步，就发现前面一间店子的门口正有一台洗衣机在孤独地劳作，望进屋内，一位老妇正抱着一只黑猫坐在竹椅上看电视。她回头看了我一眼，面无表情，转过头继续看电视；洗衣机在门口嗡嗡地转动着。再往前走几步，又是无人居住的破屋，地面是一层被小虫子拱破了的长满了霉菌的黑色泥土，"暗牖悬蛛网"是真的，"空梁落燕泥"却似乎不见。再走几步，居然有一家整洁的门面，面街装着玻璃窗。望进去，有三张麻将桌，还居然是"机麻"，有一桌有三个老头子在玩"三缺一"。有人看见了在门口好奇地张望的我，还是面无表情，只一瞬间便专注于面前的牌张了。就这样一路走下去，我看见了一家药店，老板坐在柜台里打瞌睡；看见了一家小餐馆，两张桌子上摆满了乱七糟八的塑料袋，一盘暗色的烧腊上苍蝇翔集；还看见了两所幼儿园和一所小学，正值暑假，寂静得让人有些心慌。

老街比我先前想象的要长很多，我估计起码接近一公里。街道开始时是隐隐地向上去，走了一半便开始显示出向下的趋势。顺着荒凉的街道往另一端的场口走去，场口处仍然有一株巨大的黄葛树。再往下走，又有一棵黄葛树，可惜那天我看见时已经被肢解为很多段了。几个汉子正在半下午的烈日下，光着膀子将那些树干抬到路边的一间空屋去。我问，为什么要砍掉这棵树呢？一个汉子说，哪个愿意砍掉啊，都几百年的东西了，它是前天晚上被雷公劈断了的！另一个汉子说，雷公还好，没有让树子砸坏我们的神仙。我愕然。旁边有一座小小的庙宇，望进去，里面有两尊泥菩萨，也看不清是哪路神仙。从原路返回，我听见身后有人在说，又是记者来采访了，这个地方怕是真的要进行旅游开发了！他们大概是看见我挎着相机，以为我是记者。

也是啊，现今举国之内，古镇热已成风起云涌之势。破败的古镇修复之，消失的古镇重建之。几乎所有的"古镇"其实不过是新修的"仿古新镇"而已，只为一个逐利的目的。我不知道那几个抬树的汉子对"旅游开发"，怀着的是怎样的想法——是希望呢，还是不希望呢，还是无所谓呢？

变化纷纷入静观

返回的时候，我在小街的中段注意到了一个十几平方米的水泥坝子，一个中年女子正在那里牵电线接音响。一打听，才知道这儿每天傍晚的时候是要跳坝坝舞的，整条小街加上附近农村院子上的妇女，大约有十多人。这是最让我意外甚而惊奇的事情，我想象着在傍晚的暮色中，在这个叫作五里墩的山丘顶上，在这座几近荒废了的老街上，高亢的音乐响起来，一群人随着欢快的节奏舞起来，那该是一种怎么样的情景呢？

这样想着的时候，那一直萦绕在我的脑海中的荒凉情绪便突然添了许多亮色。从那个水泥坝子望出去，正好可以望见山丘下鳞次栉比的楼房和一大片点缀着绿树的原野。纵横交错的公路车流如潮，成渝铁路上正有一列火车缓缓而过，直至消失在视野的尽头。猛然间我便有了一种时空错位的迷糊感觉。

回到进街的那个场口，黄葛树下的石墩子上坐了一位老人。他用拐杖指了指我的车，说，别把车停这个树下，树上会掉下朽枝来，前几天有个人的车就给朽枝砸了个洞。我问，这里的人呢？年轻人都走了，老年人也走得差不多了，都不回来了，老街老了，遭人嫌了，没人要了……老人絮絮叨叨自顾自地说。

告别了老人，我开车从那段斜坡路上下来，驶上了老成渝公路。那时，我仿佛一下从远古回到了现实。

坐落在成渝古道上的邮亭，是大足县的门户。有铁路有高速还有正在修建的快铁，自然是全县所要依赖的地理资源。外界的风要由此吹入，我们的眼睛要从这里看世界。但是，那个两千年来逶迤而过的成渝古道所穿过的那座老街，那条苍凉的石板老街，那座人烟稀少几近荒废的邮亭老街，却在这日新月异的时光里渐渐睡去了。那些古老的马蹄声早已沉寂，那些摩肩接踵的人影早已消失，那些长亭古道悲欢离合的故事早已被人遗忘。邮亭老街，就像一位入定的得道者，冷眼打量着这片越来越热闹的土地。

五里墩下的原野，厂房林立，车水马龙；远处是莽莽苍苍的玉龙山云遮雾绕的万亩竹海，还有那烟波浩渺的龙水湖。其实，今天大足这片土地，热闹的中心已经发生了转移。当2011年10月，经国务院批准，建制一千多年的大足县升级为重庆市大足区之后，那一片偏在成渝古道一隅的后院，沉寂了漫长时光的土地，才喷发出了新时期大发展的耀眼光芒。老街凝定的目光，向北再向北，便望见了龙岗山，望见了万佛云集的石刻圣地，望见了雨后春笋般拔地而起的林立高楼，望见了从远方直奔而来与那座宁静的小城擦身而过，再一路远去的成渝高速复线。就是这条即将完工的连接成渝两地的快速通道，让两千多年来车盖相连人迹不绝的成渝古道，从之前的悄然沉寂走向更加深沉的静默。你是不是觉得这多少有些无奈和遗憾呢？

当然不！当正门变成了侧门，现在的正门会更精彩；当大街变成了僻巷，现在的大街会更热闹。早已见证了时光流转的邮亭老街，看见大足区充满了佛性的土地上升起了更加耀眼的新时代的光芒，自会懂得那是时代的跃进，是不可阻挡的变革，是石刻之乡佛国圣地美好新纪元的新开端，它定是心怀淡然，不悲不喜！

和　谐

那是踏上北美大陆这块土地的第一个清晨。虽然头一个晚上睡得很晚，大概是由于兴奋的缘故，竟然早早就醒了。走出酒店大门，一种久违的清新气息扑面而来，不禁从心底发出一种惊喜。这是弗吉尼亚州一个乡村酒店，虽然距离纽约并不远，但隐隐记得头一天晚上我们的汽车还是在那些纵横交错的公路上跑了很久才抵达这里。由于是在乡村，只能隐隐约约听到附近高速公路上沉闷的车声，而正是这种隐隐的声音更让人感觉到这里环境的宁静。天空蔚蓝得让人难以置信，就像一整块深蓝色的玻璃，丝毫杂质也没有。飞机从天空划过，听不到声音，却可以看见一条洁白的雾气在蓝色天幕上不断延伸，久久不散。

我信步往酒店旁的一片树林走去。就在接近林边的时候，我突然看见了树丛中有好多只可爱的灰色小松鼠，它们有的正往树上爬，有的正从树上往下爬，有的在地面的草丛里跳来跳去，举着一支大尾巴不停地晃动。它们既像是在觅食，也像是在嬉戏，天真可爱就像小孩子。与我相距最多不过三米远，它们一点也不惊惧。还有两只灰色兔子旁若无人地在草丛里嚼着嘴里的草叶；各种大大小小的鸟雀在林间在枝头千遍万遍地歌唱着，歌声嘹亮婉转，让人听得如醉如痴。阳光从树林的间隙斜射进来，像千万把水晶宝剑，那些小小的生灵就在这神奇的光影中享受着生命的自由。这样的景象，在我人生的记忆中确乎没有过，那真是一幅醉人的图画！

在洛杉矶，我晚饭后爱在 Biola 大学校园里散步。校园的东侧有一条大约七八米宽的溪沟穿校园而过，溪沟里水很少，只在沟底有一脉清澈的细流。我曾看到三只野鸭带着一群小鸭从上游涉水而来，看见这边有人，它们只有过短暂的惊疑和观望，然后又继续移动着小脚丫走过来，那十多双大大小小的脚丫在浅浅的清流中踩出细碎的声响，让人觉得煞是可爱。它们从我面前不远的地方走过，突然全体立定，向左看齐，用眼睛的余光看着我们，大概十秒钟过后又神态自若地往下游而去。这些野鸭比我们农村水田中的家鸭胆子还大，这让我不禁感叹起了我们自己的生存环境——别说是在城市里，就是在乡村，现在松鼠野兔大概也只在深山偶尔可见了，鸟雀虽还可以常常听到叫声，却大多很难见其踪影，野鸭哪还敢这样放肆地在人面前大摇大摆地招摇而过，恐怕早在有些人的眼中幻化成了一盘令人垂涎欲滴的美食了！

有一天上午，我独自在公寓周围的两条街上溜达了一阵。先走的是校园旁的一条小街，草坪上的龙头正喷着水雾，两旁民居整洁宁静。不知是居民们还没有起床还是早已出门上班，几乎见不到一个人影。家家门前草坪上各种奇花异果争奇斗艳。路的转弯处就是那条穿校而过的曾经看到过野鸭的溪沟。溪沟上架有一座大约一米宽的水泥桥，桥面两边有铁网护栏。走过小桥时，看见了沟中不远处兀立着一只大概是苍鹭的大鸟，那家伙开始时将自己的长嘴插在翅膀里，用一条又长又细的腿支撑着那黑褐色的身体；看到我从桥上走过，就把长嘴从翅膀里从抽出来，轻轻地哼唱了两声，就好像我不存在一样，自顾自地将长嘴插进水中去觅食了。我呆呆地看着它，它竟然大胆地朝我这边慢慢地踱了过来，在距我几米远的地方站定，把脖子伸得老长老长的，斜起脑袋打量我，仿佛很感兴趣，也仿佛对我充满了疑虑。它就这样看了我好一会儿，才转身涉水而去。我一动不动地站在那里，生怕惊扰了这个可爱的精灵，它那两颗如豌豆般大小的眼睛深深地印在我的记忆里。

到达夏威夷的当天下午,我们参观完珍珠港,乘车穿过熙熙攘攘的闹市区,在山间的丛林里绕来绕去,来到了一个山坳上著名的景点——大风口。在山口旁的停车场,有一大群大大小小的鸡,在游客身边走来走去一点也不害怕。那些羽毛非常华丽、尾巴很长的鸡大概是雄性,而雌性的鸡则长得比较朴素。它们在人群里窜来窜去,我数了好几遍都没有数清楚,反正大约有好几十只吧。一个五十多岁的华人司机正用自己带来的大米喂它们,那些鸡则毫不怕人地在地上啄食,在鸡群中还有几只比麻雀稍大的绿色小鸟同鸡们一起抢食。我向那位师傅一打听,竟然说全都是野鸡,也就是叫作"雉"的那样的动物,不禁令我惊讶不已。当那些野鸡吃饱了之后,便各自扇了扇翅膀,似乎非常满足的样子,在一只羽毛艳丽的公鸡的带领下,跳过一段火山石垒成的矮墙,消失在茂密的森林里。

　　在夏威夷的第二天早晨,不到六点钟我就起了床。头晚一直未睡安稳,大概是旅途打乱了时差的缘故吧。在阳台上坐了一会儿,整个城市还处于宁静之中,远处的大海一浪接一浪地涌动,滨海路上有跑步者的身影。而这宁静的情景又与昨晚整个城市的喧嚣形成强烈对比。说是宁静,其实并不是真正的宁静,空调的声响仿佛把这座城市变成了一座机器轰鸣的巨大厂房。不过,所谓"心远地自偏",在这个世界上最宽阔的大洋之中的美丽岛上,怀着宁静之心来寻宁静之美,那么你的整个世界自然也就是宁静的。远处宽广无垠的大海,涌动的海浪,仿佛一只巨大的手在轻拍还在睡梦中的整座城市。火奴鲁鲁(檀香山),此时还在大海母亲的怀中酣睡。

　　独自一人下楼去,走上那条海滩观景栈桥。海中已经有不少上下浮动着的人影,那都是痴迷于滑板和冲浪板的人们。听说夏威夷人很痴迷冲浪,很多人每天早晨和傍晚都要下海玩一阵,就像我们有些人玩牌一样,上瘾了。在栈桥上,一个美国老人手上拿着大米和面包,吸引了一大群大概是鹦鹉的灰色小鸟在他的掌上和手臂上栖集啄食。一个大约五十多岁的东方男人，看起来也算是慈眉善目的，他好奇地向那个美国老者要了些大米和面包，把一只手长长地伸出去吸引小鸟，奇怪的是那些小鸟就是不愿意靠近他，有一只在他手上只停留了一瞬间便飞开了。那男人表现出很尴尬很失望的样子，嘟囔了一句——好奇怪哟！——一听说话，原来还是我的同胞！不久又过来一个美国女子，她从那个老者手中要了一些面包屑，很快也吸引了一大群鸟儿飞上了她的手臂。

我们也许太低估动物的智商，其实凭着本能而生存的生命，远比那自以为智商很高的人类活得更具智慧。它们的好恶和快乐就显得那样的随性而自然。记得半个月前，在美国东部弗吉尼亚州那个乡村酒店，在阳光洒满透明空气的清晨乡野，酒店旁一棵不知名的树上，一只距我很近的鸟儿，站在那里尽情地歌唱，那叫声变化至少有几十种之多。长长短短、高高低低，或尖锐或丰满，交错变换，层出不穷，那真称得上"婉转"。我不认为它是在呼朋唤友，也不认为它是在自娱自乐，我坚信它就是在我的面前毫不掩饰地展示它的自信和才华。还有洛杉矶那些草地上稚拙的黑乌鸦，它们对人的亲近，也常常让我为之感动不已。我们已经让这些精灵离我们太远甚至远得就已经从我们的世界中消失了。它们的消失就是我们生存的世界的残缺，而我们还常常不知道。

在这里，我感受到了什么叫作真正的和谐！

丽日晴空下的洛杉矶

　　站在洛杉矶的街头，举起相机朝向任何一个方向按下快门，留下的画面的主色调必定是绿色。

　　盛夏七月，阳光明媚的洛杉矶绿意盎然。这是一座被大海拥抱却缺水的城市，这是一座被沙漠拥抱却又生机蓬勃的城市。大多数日子，早晨一睁开眼便见晴空万里，极高远的天空有飞机如豆的影子，反射着晶亮的日光缓缓划过天际。天空永远是深蓝色的，犹如平静的大海，偶尔可见几缕白云，只如静海中的几朵浪花。阳光毫无遮拦地照耀着大地，但那阳光一点也不"割人"，即使走在阳光下，也只会感觉到从大海上吹来的凉风的清爽。这才突然想起为什么那么多美国人喜欢在太阳下骑车踢球跑步晒日光浴。在这样的环境里，只要不缺水，那大地上的植物又何能不绿呢？

　　洛杉矶的淡水全是从外州购进。原想这洛杉矶城，既然紧临着沙漠，该不是到处都生长着巨大的仙人掌树吧？可是到这里一看，那种沙漠植物竟然十分少见，常常要走好几条街才会在一家人的门前看到那么孤独的一树，也不知道为什么洛杉矶人并不怎么喜欢这种植物。也许正是靠近沙漠地区，它太过平凡了吧，但是其他植物却种类繁多。在洛杉矶，绿色植物的种植大概有两种方式——公共绿地，由专门的工人护养；私人绿地，由居民自己打理。不过在这里，私人绿地面积肯定要比公共绿地面积大得多，因为都是单家独户，每户人家的门前必有一块约几十个平方米的绿地，绿地上种植绿草，修剪得整齐顺溜，看起来就有一种强烈的美感；草坪上在适宜的位置上种上几株适宜的绿树，随着树的生长，再按照主人的心意修剪成各种形状，有球状的，有圆柱状的，有正方体的，有棱锥体的，还有一些奇形怪状的，反正各家各户的门前绝不雷同。如说有相同点，那就是——绿色！

我疑心洛杉矶的市民在布置自己门前绿地的时候，有意无意地会产生攀比的心理。不然怎么会花样百出，难见雷同呢？相邻的人家布置的形式和栽种的绿树基本上都不相同，想必他们是刻意在显示与邻居的差别。他们会制造出邻居家不曾制造过的造型，培育出邻居家不曾培育出的花果。因此，说整个洛杉矶城就是一座巨大无比的花园、一座园艺场也毫不夸张。

前日傍晚出去散步，我们走到一条偏僻的小街上，见到的好多植物以前都不曾见过，也许我们的见识是鄙陋的，但第一次见到那些新奇的植物却留下了深刻的印象。有些人家的门前种植了一棵很平常的橘树，然而在绿荫之间却既可以见到悬挂着的许多金黄色果子，也可以见到正在开放的芳香浓郁的橘花。门前的草坪是各家各户的脸面，看来洛杉矶人是很在乎脸面的。草坪上往往会有两三把椅子，一挂秋千。在傍晚时分，一家人坐在椅子上喝着咖啡，孩子玩着秋千，在浓浓绿色的背景之下，的确有一种温馨宁静的田园氛围——难怪有人称洛杉矶为田园城市。

公共绿地，地面是草坪，但草坪上往往种有大树，那些树有的十分高大，恐怕有几十年甚至上百年的树龄。印象最深的当数一种很像我们叫作"柳叶桉"的树，这种树长得非常高大，在空中虽有巨大的树冠却不显得浓密，细小的叶细小的枝举在空中，海风吹过来，往往可以见到它们整个树身往一边倾斜而反射着亮光的身影，在蔚蓝的天空中定格了风的影子。这种树在七月里开始脱掉老树皮，脱掉皮的树的表面从根部到顶端都显出非常细腻光滑的灰白色，连分枝处木质挤出的皱纹都能清晰显示，那光溜溜的灰白色的枝干，看起来就像一条

238

被打理得异常干净的沙皮狗的身体。因此，我总是喜欢久久地观望它们，好奇不已！

其他树种大概是以橄榄树较多。那是一种枝叶茂盛，绿意浓郁，而枝干看起来却仿佛枯木的树。松树在洛杉矶的大街边也偶尔可以见到，它与橄榄树有着相近似的观感，就是枝叶展示着青春的活力，而树干却老态龙钟。而柏树在洛杉矶却总是以一种相同的面目出现的。洛杉矶的柏树是一种长得很高枝干却较细的树，它浓密的针叶从树根部开始罩住树干一直延伸到树梢，树冠从下到上越来越小，整个看去一棵柏树就像一把直立于地的锋利的宝剑。但是在洛杉矶你基本上是看不到单独的一棵这样的柏树的，因为它们总是笔直地站成一排，少则十多棵，多则几十棵上百棵。远远望去，就是几十把上百把宝剑直立在那里站成一堵笔直的绿墙，煞是壮观。

而棕榈树，则可以看成是洛杉矶的象征。棕榈树是洛杉矶最多的一种树，也是最神奇的一种树，它们构成了洛杉矶独特的风景。要是在近处看，它们往往都是单独生长在一个地方，只是显得非常高大而纤细。树子的根部高出地面的部分，堆积着一大堆多年聚积起来的须根，然后是直直向上的有着环状痕迹的树干，在高入云霄的地方擎着几枝蒲扇状的大叶子，这样的形状总是让我怀疑，那纤细的枝干是如何支撑起那样惊人的高度的——这是修剪过的棕榈树。在洛杉矶还有许多从来没有人工修剪过的棕榈树，每一年老去的枝叶都会顺着树干耷拉下来挂在树干上，这样一年年地堆积，就在树干上形成了一个被包裹得很臃肿的柱状体。近看树形有些邋遢凌乱，远看则意趣横生，美丽多姿。

要是你正坐在车里经过一座高架桥，或者你正站在城市的某个较高的位置，能够看到一片较为开阔的区域的时候，你便会发现一种奇妙的风景。此时，其他绿树的影子已经很少见，远远近近点缀你的视野的便是那棕榈树的窈窕身影。顺着街道的方向或者顺着高速路的轨迹，我们都可以见到接连不断的棕榈树的绰约的风姿。它们如飞翔在城市上空的一行行大雁，也如栖息在电线上的一串串燕子。深绿色的树影映衬着城市灰白色的建筑，给洛杉矶城增添了无穷的异域情调！

　　这一座美国第二大城市，就这样零零散散地铺在太平洋东岸一片起伏并不明显的土地上，来自太平洋的海风消减了来自沙漠的热流，吹散了积聚在城市上空的云翳，在丽日晴空之下，显得宁静清凉而秀美！

洛杉矶的黑乌鸦

洛杉矶的乌鸦，竟是一种很可爱的鸟！

在洛杉矶各地见得最多的一种鸟无疑就是这种体型较大，全身乌黑，叫声不甚动听的鸟。一天之中最容易成群结队地见到它们的时候是傍晚，忽然想起曹孟德之"月明星稀，乌鹊南飞，绕树三匝，何枝可依"的诗句，便明白了原来这古今中外的乌鸦还真是一个天性呢！

乌鸦的飞翔也不甚轻盈，在空中扇动翅膀时，看起来有些像要散架的风筝。当它们落到树顶时，树枝摇晃，它们还得继续扇动那有些凌乱的翅膀来保持平衡。当它们立于枝头，转动着脑袋东张西望时，便有着童稚般的单纯可爱的模样。记得几天前在迪士尼乐园内，也是傍晚时分，在几株参天大树上，栖落了一大群乌鸦，它们站在树顶，对树下熙熙攘攘的人流视而不见，偶尔从一个枝头跳到另一个枝头，还会顽皮地和伙伴伸颈互啄。那种拙朴可爱的样子和与人类和谐共处的氛围着实令人感动。

一天之中，除了傍晚，其他时候见到乌鸦常常是单个的。它有时在树林间扑腾，有时在草坪上散步。同我在这里见到的其他所有动物一样，乌鸦的胆子也很大，只离你几米远，它竟然"目中无人"，在草坪上笨拙地跳动，不知道它是在觅食还是在玩耍。它有时会走到和你之间的障碍物的另一边去，似乎是有意在躲避你；可是不一会儿它又探头探脑地走了出来，仿佛是一个躲藏起来却无人去寻找的小孩子，自感无趣便又走了出来一样。那一副看似不在乎你的存在似乎又很在乎你的存在的样子，实在让人忍俊不禁。

乌鸦的叫声实在说不上动听。不仅单调，而且音质一点也不美。它们几乎只会一种叫声，无论它重复多少遍还是那声音，一点其他花样也变不出来。半个月前，在美国东部弗吉尼亚州那个乡村酒店，清晨的阳光洒满空气透明的乡野，在酒店旁一棵不知名的树子上，一只鸟儿大概距我不到三米远，站在那里尽情地歌唱。那叫声变化之丰富，让人难以置信，至少有几十种之多。长长短短，高高低低，或尖锐或丰满，交错变换，层出不穷，那才实在称得上"婉转"。乌鸦与它相比，简直就是一种只会发声的笨鸟而已，而且发出的声音，我们老家乡下俗话有个词"破嘶烂响"可以形容，犹如破竹竿互相拍打时发出的那种"哼哼"的声音，也像一个声音沙哑的人的做作的笑声。

　　但是，这种叫声并不动听的笨鸟，在洛杉矶却真的让人觉得可爱。它与人亲近却并不骚扰，它形体虽不够漂亮但绝不猥琐，它看起来有些笨拙却有着孩童一样的纯朴天真。

　　在即将离开洛杉矶的前一天的清晨，我独自早早起来，顺着 Biola 大道溜达。在距离我们住的公寓"Lido"大概一公里之远的地方，我看到了一座规模不算太大的韩国人的天主教堂。在教堂旁的草坪上，大约四五只乌鸦在玩耍。它们时而挤在一堆互相用喙轻啄对方，时而又猛然各自跳开，扇动着翅膀，就像一群衣衫凌乱的醉汉在打群架，时而它们又站成一排，仿佛是操练的队列。后来它们又各自散落到草坪的四周，仿佛在觅食，其实只是在那里昂首挺胸地走来走去。然后它们又像互相约好了一样，"唰"的一下飞到了教堂的屋顶。教堂的后边有一个似乎正在修车的男人，他停下手中的活儿，不知道发出了一个什么声音，那一群乌鸦又立即"唰"的一下飞下屋顶，落在了距那个男人身边两三米的地方，抢食那人投在草坪上的食物。我站在街边的人行道上，简直看呆了。

　　在洛杉矶，其他的鸟类也可见到，但相对较少，也不知道是的确

242

很少还是乌鸦实在太多了的缘故。这成了主角的乌鸦，它们总是在你的视野里活动着，逼着你注意它。有一天傍晚我们从一条大街走过，看见在一条电线上站着密密麻麻的数不清的乌鸦，望过去那电线哪里还是电线，简直就是一根横牵在两根电杆之间的粗大的木头，那"木头"由于自身的重量就成了一条弯曲的弧线。这番奇异的景象映衬在洛杉矶傍晚的夕照中，让人久久不忘。

也许，在西方人的眼里乌鸦不过就是一种黑色的鸟而已，并不存在着好恶的纠结；而我们中国人却素来对乌鸦没有好感，因为它总是与死亡的魅影联系在一起，是丑陋与邪气的象征。鲁迅《药》中坟场上就有它铁铸般的冷影；而生活中，的确在平时不易见到它们的成群的身影，一旦有人将要逝去，它们就会神奇地成群聚集在院落的附近飞翔聒噪。20多年前，我的父亲去世前那两天，我们就曾真实地见到过这样让人惊骇绝望的场景。像这种总是与不祥结伴的鸟，又怎能觉得它可爱呢？

而在日本，乌鸦却是一种被视为神物的鸟。在日本的神社，乌鸦成群结队；在日本城市的大街上，乌鸦也如同被驯化了的鸽子一般，不惧人类。人们也不因为它长得太黑叫声不雅而厌恶它。难道日本的乌鸦美国的乌鸦就不会像我们中国的乌鸦一样能够预知人的生死？这个我不得而知。其实如果真能够预知生人的死讯，这些鸟早早地来向人们报信，这本来应该被看作一种可爱，为何只因它报告的是死亡的讯息就成了人们憎厌的因由呢？

由此看来，虽是"天下乌鸦一般黑"，但"黑"在中国却不走运，"黑"在日本"黑"在美国就并不成为被人们厌恶的因素。其实，黑乌鸦自有黑乌鸦的质朴笨拙可爱之处。

在洛杉矶，乌鸦是最常见的最亲近人的一种可爱的鸟！

沙漠深处的繁华与喧嚣

第一天

大巴车驶出洛杉矶城不久，太阳就开始猛烈起来。到中午 12 点左右途中停车吃饭时，我才真正感受到了内华达沙漠的炽热。沙漠，我平生还是第一次见到。不过这里的沙漠还不是那种漫天黄沙寸草不生的样子，几乎整个沙漠的地面都稀稀拉拉地生长着一种低矮的叫作北美艾草的灌木丛。野草是早已枯死的，铺地泛黄。沿途见到了那种叫作约书亚树的奇怪植物，有一段路途的两边沙漠简直一望无际，多得惊人。

大约在这样的沙漠中一直奔跑了七八个小时，夕阳西下时分，我们终于在茫茫荒漠的尽头依稀望见了远方高大建筑物的影子。导游说，拉斯维加斯就要到了。在车上看车窗外，虽然阳光亮晃晃的吓人，但树枝摇动，想必也该是凉风宜人。然而，下得车来那才知道什么叫热！导游说，此时车外面的气温是 45 摄氏度，而且这里的夏季几乎每天都是如此。

汽车进入城区，一路行来，各式各样的建筑物便逐一从车窗外晃过。此次我们来到拉斯维加斯，主要就是参观酒店，酒店的身影当然最能够吸引我们的注意力了。在一个中餐馆吃过晚饭后，我们就开始了参观的行程。

参观的第一个酒店叫作威尼斯人大酒店，它让我平生第一次真正见识了什么叫作豪华。那宏大的规模不说了，它内部不同一般的装潢不说了，它完备的设施和一流的服务不说了，那酒店头顶的人造天空，实在让人叹为观止。酒店建筑群的中央有一个巨大的广场，高度大约是处在整个酒店的三四层楼以上，大广场的尽头还连着好几个小型的广场，也就是说，当人们走在酒店建筑群中央的广场上，其实就是走在建筑群中央部分的楼顶上。这会让每个游客忘记自己是在酒店内。而造成这样的错觉有一个重要的原因，就是它顶上的人造天空。天空看起来非常明净高远，蔚蓝色的天幕上，飘浮着朵朵白云，这样的景象与在内蒙古草原或者青藏高原上所看到的天空几乎完全一样。要不是仔细看才能看见的那些隐隐的圆形接孔的提醒，无论别人怎样告诉你这天空不是真的，你也绝不会相信。大概这是我所见过的人造景观最美最逼真的了。在广场的周边有一条大约三四米宽的人造运河，那自然就是模仿的威尼斯运河了，运河上有穿着意大利民族服装的船夫摇着两头尖尖的刚朵拉，载着游客，长声幺幺地唱着意大利民歌悠悠而过。广场上有很多"露天"茶座，很多人坐在那里品尝着意大利风味的特色美食。在广场的中央，有一个小型的舞台。当我们从那里经过的时候，我正好听到台上四个人用小提琴、长笛等在演奏《好一朵美丽的茉莉花》，便顿觉亲切而惊讶。当演奏完这一曲的时候，他们突然又演奏起了《义勇军进行曲》，这时我们就不仅仅是亲切而惊讶，简直是一种狂喜了。一曲奏完，广场上掌声雷动，这才注意到原来这里的游客中国人所占的比例绝对第一，难怪这里的演奏有了"中国专场"了。

穿过广场来到酒店大堂前面的回廊上，隔空观看了对面一个酒店的"人造火山爆发"，这时便感觉到天真正黑了。

驱车去另一个酒店看音乐喷泉。其实这种表演虽然漂亮却并不新奇，2001年我在广西北海银滩看过比这更壮观的，倒是那座叫"半月泉酒店"的大堂的装饰实在叫人惊叹。那是一种以鲜花和绿色植物为主要装饰材料的景观。大堂的空间很大，各种鲜花争奇斗艳，各种植物青翠欲滴，巧妙的组合，自然的搭配，再辅以淙淙的流水，泠泠的清泉，把整个酒店大堂的室内空间变成了一座让人浮想联翩的春天的森林。这里游人如织，赞叹之声不绝于耳。

我们住进了一个名叫"Four Queens"的酒店。拉开房间厚重的窗帘，隔着落地窗的玻璃，可以望见拉斯维加斯城绚烂无比的夜景，白天多次在我们的车窗外出现过的那座电视塔正矗立在窗外的正前方。万千灯火辉煌，各色霓虹闪烁，把白天的黑白之城变成了一座彩色之城。"Four Queens"这个酒店在拉斯维加斯虽然名不见经传，不过感觉已经很不错了。这里真不愧为"酒店之城"。

从大厅进来上楼时，必须经过楼下的赌场。我也是第一次见识了什么叫作赌场，什么叫美国的赌场，什么叫拉斯维加斯这个"赌博之城"的赌场。其壮观场面一言难表，留待日后详述。看见一个老妇人独自坐在一台老虎机前面，面前已经堆了好大一缸烟头，嘴里还在吞云吐雾。她似乎不是在赌博，而是在欣赏在感受赌这种行为的乐趣。

他们都下楼逛夜市去了。虽然导游说白天的拉斯维加斯很平淡，晚上的拉斯维加斯才是盛装的艳女，我因感觉疲倦，也怕外面的热，便没有再出去。我站在十五层楼的窗口，将这座繁华城市的浮华和喧嚣关在了窗外，将拉斯维加斯的绚烂夜景尽收眼底。

第二天

早上 7 点多钟醒来，不久就有人送来了早点。从容地吃了早餐下楼，准备出发。其时，外面已经阳光明亮，气温接近 40℃ 了。上午的安排主要还是参观酒店。穿过楼下赌场时，看见那个抽烟的老妇人还坐在那里吞云吐雾，似乎连坐姿都没有改变，不禁讶然！

先参观了海市蜃楼大酒店的外景，许多红色的尖顶，层层叠叠，就像一座城堡，更像一座儿童乐园，感觉比较俗。

转过去，便是金字塔大酒店的正门。酒店的主体建筑就是一座巨大的金字塔，通身深蓝色玻璃，只在顶端有透明的尖顶，据说那里夜间会有奇妙的光电效果。金字塔大酒店的前面是一座巨大的狮身人面像。大家在那前面争先恐后地照相，可惜未能进入酒店内部参观，据说里面也很精彩很宽敞，宽敞得可以停下几架波音飞机。在狮身人面像的旁边有一座如方尖碑一样的巨大雕塑，上面刻着"LUXOK"几个字母，我没有听清楚导游的解说，大概那是一座叫作"亚瑟王之剑"的酒店的标志。

接下来，我们在狮身人面像面前乘免费轻轨，过了两站，在另一个酒店前面下车。那座酒店的前面有一座自由女神像，再往前走不远，便看到了那座酒店的名字——New York New York——纽约纽约，很奇怪也很容易记住的名字。酒店前面还有一座看起来已经够大但却是微缩景观的布鲁克林大桥。在这里建如此多的纽约标志性建筑据说正是这个酒店的特色。听说，当初这里唯一没有建纽约的"双子塔"，结果曼哈顿的双子塔便永久性地从地球上消失了——此说实在有些吊诡。走进酒店内部，装饰虽然同样豪华，相比之下却并无多少特色，但大堂内的赌场却非常大，从二楼大厅望下去，灯光昏暗，人影幢幢，神秘而幽深。悄悄举起相机想照下几张赌场的画面，却被一个守摊卖货的彪形大汉给喝止了。

从纽约纽约大酒店的二楼门厅出来，穿过太阳下火热的过街天桥，便来到了号称"世界第一"的"MGM"——米高梅大酒店。酒店前面有一座高塔状的建筑，上面三个巨型字母——"MGM"异常醒目，还有一尊巨型狮子雕塑，一下让人想起了许多美国电影片头的狮子标志。酒店的内部装饰特色相比之下也不算突出，但是这个酒店之所以号称"世界第一"，自然有其"第一"的优势。它的客房就有5000多间，这是绝对的世界第一，至于其他诸如服务质量等方面我不清楚，想必也是世界一流。但是它的赌场估计也算得上是世界第一。赌场规模之大，使人无法想象。我一个人从赌场的一个入口进去，快速地顺着中间的通道往前走，走了半个多小时还没走到尽头，竟然差点迷路。赌场的各种赌博方式应有尽有，各种赌具使人眼花缭乱。赌场里的赌客男女皆有，年龄大的几近耄耋。有全神贯注参赌的，也有坐在老虎机前面，随意地塞一张纸币进去，然后噼噼啪啪乱按一通，输了之后又若无其事地坐那里，时不时又塞一张进去试运气的人。既有试一次，不管输赢就走开的赌者，也有长坐几天几夜不下赌桌的赌客。既有坐在机器或者赌桌前参赌的，也有坐在大屏幕前看着屏幕上的表演赌球或者赌马的。在公开的赌场是根本看不到真正豪赌的人的，那些人都被安排在了更豪华更安静更隐蔽的专用包间里。据说在拉斯维加斯，中国去的豪赌者也是世界第一。整个拉斯维加斯就是一片赌博的大海。

酒店底楼的一角有一座玻璃隔着的假山，假山上养有几头蔫头耷脑的活狮子——看来米高梅的确与狮子结下了不解之缘。来到酒店外面，回头再看，其外形大致呈梯级状，主楼最高，两边的副楼依次低下去，极具现代感。整个酒店的色调呈深蓝色，在灼热晶亮的阳光照射下，显得沉稳优雅而不张扬。

参观了这几座酒店，加上昨天傍晚参观的两座，听导游说，就基本就看到了拉斯维加斯所有酒店的精华。世界排名最前的十大酒店，这里就有九座，我们参观了六座，但那终究是走马观花一晃而过，实在难以形成完整的印象。在那些无比豪华亮丽的酒店的底楼，无一例外都是赌场，许多人远道而来，并不像我这样仅仅为了来看看酒店，而是奔赌场而来。他们怀着发财的梦想，企图在这个被沙漠包围着的绿洲里淘到黄金，但是不知道有多少带着这样的梦想前来的人却殒命于此。这座城市又被称为"自杀之城"，大概就是缘于这个现实。听说这个城市还被称为"结婚之城",是说到这里来的任何一个游客,只要向相关部门缴纳50美金,就可以立即获得一张正儿八经的结婚证。证件虽然正儿八经,结婚的过程却被很多人当作好玩而已,所以其实还不如叫作"离婚之城"更恰当。当一个地方有太多的闲钱在疯狂地流转的时候,任何匪夷所思的事情的发生都很正常。至于它还有个别名叫作"色情之城",像我辈只是来看看酒店这样的游客,实在难以感受到。不过,据说这个沙漠深处几十年前曾经差点彻底衰落的城市,就是在"赌博之城"和"色情之城"这两剂妙药的帮助下才恢复了元气并繁荣至今的。

这座躲在茫茫沙漠深处的城市,用它无与伦比的炫丽和喧嚣在世界的尽头疯狂地张扬着自己的个性。

傍晚时又回到了洛杉矶。回到洛杉矶,想起拉斯维加斯那灼人的阳光,才觉得洛杉矶阳光的温和。几百公里的沙漠之旅,见识了一路的荒凉,才更惊心于洛杉矶动人的绿色!

从洛杉矶到旧金山

上午 8 点钟，我们告别了还将在 Biola 度过两天时光的另外几十名师生，乘大巴前往旧金山。

从洛杉矶到旧金山的路比想象的要漫长，除了中间两次 20 分钟的休息和中午 1 个小时的午餐时间外，整个旅途一直要到下午 5 点钟才结束。

大巴在洛杉矶那些车流如潮的大路上转了很久才驶上了 101 号公路。开始还是比较熟悉的洛杉矶近郊浅丘荒漠的景致，不久就开始进入山区。风景变得越来越荒凉，有点类似于去拉斯维加斯沿途所见的样子。汽车一直在爬山，不知道那座山有多高，也不知道那条路有多长，反正耳膜都出现了发蒙的现象，仿佛飞机起降时的感觉。漫山遍野都是伏地的枯黄野草，野草纯一色，远望去毫无凌乱之感，仿佛一片片梳理得极其光滑的皮毛，细腻而柔软。继续前行，景致开始发生变化，在那些光滑细腻的枯草荒坡上，到处不规则地点缀着许多深褐色的矮树，就像黄色缎子上绣了无数随意自然的暗花，又像金黄色山坡上投下的千万点斑驳的云影。整个山野望去，就是一幅简略而意境深远的国画。那真是一种神奇的景象！

汽车翻过了那座大山，眼前便逐渐展开了一片大平原。汽车的左侧一直有一列远山紧紧相随，而前方和右边却一望无际。地面的平展开阔，把人的视线引向遥不可及的远方。平原上很多地方都未耕种，任野草疯长；有的地方是人工草场，被收割打捆的金黄色草捆，整齐成堆地码在一起宛如长城。还有一些土地则种上了葡萄、山楂等水果或者土豆等农作物，面积之广大，植株排列之整齐，只能用"壮观"两字来形容。偶尔可以看到有大型农机在平整土地，也可以看到有很多下地劳作的农民停在地边成片的小汽车。还经过了一个很大的奶牛场，奶牛的数量无法估计，反正"成千上万"不止，一眼望去，满眼都是奶牛，汽车在高速公路上快速奔驰了近半个小时，眼前看到的还是奶牛，一望无际的奶牛。从牧场上飘过来的牛粪气味钻进了封闭的汽车，有令人窒息的架势。导游说，这样的牧场在美国多得数不清。难怪在美国的商场里牛奶便宜得让人难以置信。

大巴在跑了大半的路程之后，突然往左一拐，又一头扎进了莽莽苍苍的群山之中，还是那种黄色的枯草铺满山野点缀着矮树的山岭。然后又下了一段很长很长的陡坡，停在了山间的一个休息站，那是一个沙漠中小小的绿洲。绿洲被布置成了一个公园式的游乐场，园内有飞天轮、小火车等，在此休息的人可以免费玩耍。那个来自中国大连的大巴司机很兴奋地告诉我，这里还展示着很多美国几十年甚至上百年前的古老农业机械。我兴致勃勃地寻了过去，看到沿着绿洲的边沿的树林下，一溜地摆了一眼望不到头的一些拖拉机、汽车、收割机、脱粒机等破烂机器。虽说"古老"，其实是相对于美国今天的现代化而言的，对于很多落后的农业国来说，这些全都是非常先进的东西。我感叹，在这样一个四面八方都是茫茫沙漠的小小绿洲中，来展示这样一些东西，看起来似乎没有什么联系，但其实正因为环境的单调，才会让每一个在此停留的人对这些东西留下深刻印象。美国人的创意可见一斑。

终于，视野里渐渐闪现出了高低错落的建筑物的影子。建筑物越来越密集，旧金山到了。

旧金山，英文名"圣弗朗西斯科"（San Francisco），中国人旧称其"三番市"。其实只要稍微注意一下它的英文名就可以明白"三番市"的由来。不外乎就是它的英文名的巧妙中译。

汽车进城后直奔我们参观的第一站——英特尔公司总部。一栋呈直角的并不十分高大的蓝色玻璃幕墙建筑。门前"Intel"几个字母加上一个椭圆形构成的蓝色雕塑，其高度大概不超过两米，作为这样一个世界顶级企业的标志，实在是显得平凡而安静。想想那些几乎改变了世界的众多惊人创造均出自此，真有些不敢相信——因为它低调得简直有些寒酸了！进入总部大楼的展览厅转了一圈就出来了——因为那些内容太专业，我太白痴！乘车继续前进。导游说我们此时正行进在"硅谷"之中。我努力去寻找曾经在自己的头脑中形成的美国硅谷的影子，结果岂止是感觉不同，简直就是徒劳。因为我现在连楼房都还未见到几栋。导游说这一带有着几万世界级的软件公司，我却一片茫然。

汽车又把我们带进了美国西部第一名校——斯坦福大学。斯坦福大学几乎与所有的西方名校一样，无围墙无校门，校园内公交站、银行、医院、商场、教堂等市政设施一应俱全，典型的社区型大学。至于这座私立名校的传奇历史我就不再啰唆了，而校园中心那些百多年前的建筑，其典雅精美，庄严肃穆之气令人震撼，在夕阳之下，显出一种神奇的清晰轮廓。在那些游人很少到达的僻静角落，树荫下的便道落满黄叶，干净的椅子上画着树荫的影子，花草茂盛的园子有鸟雀的跳跃，过道上松鼠大胆地抱着松果咀嚼。因为放假，校园里学生不多，在校园里转来转去的大多是来参观的人，游人们无不满怀敬意。名校之所以是名校，你只要细细体味一下它散发出来的幽幽气息就会明白的。

旧金山果然比洛杉矶更凉快！吃了晚饭后出来站在停车场，虽然太阳还非常明亮地照着大地，而阵阵凉风袭来，竟有了深秋般的寒意。突然想起马克·吐温曾经来到旧金山写下过这样一句话："我所经历的最寒冷的冬天是在旧金山的夏天！"

天堂夏威夷

第一天

现在飞机正飞行在茫茫无际的太平洋的上空，飞机的下方尽是大片大片的白云，云团之间是蔚蓝色的底子，我不知道那是不是海水。极目远处，就是白云与天空的交界处，最下层是亮白色，越往上越淡，这一层逐渐变化的光影横在远方的"地平线"，就像一道彩虹。"彩虹"之上便是蓝色，无穷无尽的蓝色，越往上越深，从飞机的舷窗望望头顶，天空竟蓝得接近黑夜。

我们正向夏威夷飞去，也正向着茫茫太平洋的深处飞去！

到了夏威夷，一下飞机吃过午饭，就开始了我们的夏威夷之游。

参观的第一个景点便是珍珠港。那是一个早就在历史书上记忆深刻的名字，今天竟然亲临，想想不禁觉得有些不可思议。乘上军港的游船，驶向海湾中间一个白色的建筑，那是亚利桑那战舰纪念馆。

1941 年 12 月 7 日，日本帝国海军偷袭美国海军太平洋舰队基地珍珠港，美军毫无戒备，在历时两个多小时的空袭中，日本轰炸机炸死、炸伤 3581 名美国公民，炸沉 6 艘舰船，炸毁 347 架飞机。当时停泊在珍珠港的亚利桑那号战列舰（编号 BB39，属于宾夕法尼亚级战列舰，于 1916 年 10 月服役）被击中沉没，弹药库爆炸，1177 名将士遇难。白色的纪念馆其实只是一个简单的水泥框架，在高出海面的平台上是一个两边和顶部都是大量开放空间的大厅，大厅的最里面的墙壁上刻着那 1000 多名阵亡将士的名字。大厅的中央有两块石质示意图，说明

253

这个建筑物下面那一艘沉没海底的战舰的结构和方位。就在这个建筑物的正下方，与建筑物垂直的方向静静地沉睡的，便是当年被日军炸沉的亚利桑那号战列舰的船体。还有一个巨大的炮台和一个烟囱露出水面，锈迹斑斑；在另一侧水面上还不停地冒着油花，几十年来，一直不断。头顶，一面美国国旗在丽日晴空下猎猎作响。珍珠港在美国人心目中有着特殊的意义，因为1941年12月7日发生在这里的珍珠港事件导致太平洋战争爆发，使美国加入了第二次世界大战，唤起过几代美国人的爱国之情。我到了这里，却突然把读中学时历史课本上那一幅黑白插图清晰地记忆了起来。至于那一部情节逼真的电影的画面，我总是难以与眼前的景象重叠。

离开珍珠港，我们又去岛上另一个著名景点——大风口。汽车离开市区，在山间公路上一路前行，两旁山岭高峻，绿树茂密。汽车把我们带到了一个两峰夹峙的山口。这里的风的确很猛烈，呼呼疾驰的海风从太平洋的海面顺着低缓的海岸爬上来，再顺着山坡往上冲，在山岭的阻挡下顺着缓坡爬升，来到这个如喇叭一样的山口，便聚集起了巨大的力量。站在山口的观景台上，耳旁是呼呼作响的风声，风强劲得几乎让人站立不稳，稍不注意，连眼镜都有可能被刮飞。站在山口，能俯瞰山下如图画般的绿色山野及靠近海边的白亮亮的市区，有心旷神怡之感。导游说，当年日本人偷袭珍珠港的飞机就是从这个山口飞过去的。

从山上下来，我们去参观了夏威夷第一位国王的黄金雕像，远观了旧日的皇宫。街市整洁，绿树成荫，建筑古典且漂亮。

今天的参观项目正式结束了。安顿好酒店，又一个人到海边去走了一阵，大海给我的似乎是一种永远都无法看够的意味，心中不禁隐隐生起一种留恋的情绪来。穿过滨海路，进入对面一家商场，给妻子买了一双运动鞋。下午6点钟，导游带我们步行好几条街去一个中国餐厅吃晚饭，味道虽不很对胃口，却是近一个月来吃得最认真也感觉最纯正的一顿中餐。

晚饭后我和縻静又转到滨海路上去，在一个商店里，买了一张夏威夷旅游地图作纪念！走到海边沙滩那棵巨大的榕树下，那里正在进行歌舞表演，四个男人演奏乐器兼演唱，另外还有一男一女站在台前领唱，还兼表演舞蹈。不过他们的舞蹈只是身体和手的动作，脚上并不移动，大概那是夏威夷的一种土著艺术形式吧，听旁边的人说，那些动作有些草裙舞的味道。我不知道对不对，因为我没有看到过草裙舞表演。虽然他们舞蹈的动作很简单，但是手上尤其是指上的动作却很丰富，看起来自然别有一种美感；他们的歌声虽然我们听不懂，但是那种独有的婉转旋律，无限的重复却绝不感到单调，那悠扬的歌声琴声在海风的伴和之下，从沙滩上黑压压的人群的上空传过来，动人心魄！

两个节目之后，一场急雨骤至，人群开始四散，表演大概也就顺势收场了。我们也就回了酒店。

此时，正值黄昏。我坐在火奴鲁鲁临近海边的一座酒店的9楼的落地窗前记着日记。酒店的名字叫作海滨假日酒店，稍有点遗憾就是它并不直接面对大海。站在9楼的阳台上，可以从前面几栋高楼的两处空隙望见几百米外的空阔浩渺的太平洋，远处低垂的墨云，海面上游移的船只，一叠一叠由远而近的海浪，海岸上姿影婆娑的椰树，以及在沙滩上晃动的人影……

临近海滩的地方已经点燃了篝火。我决定停下笔独自再出去走走，看看这夜幕降临之后的夏威夷。

刚走到滨海路的街口，便听到一座建筑的楼顶酒吧热闹非凡，一个歌手弹着吉他在声嘶力竭地歌唱。转到滨海路，人如水车如潮，熙熙攘攘。几乎整条大道的两边都点燃了篝火（那些篝火其实是在钢管的顶端点燃的天然气），营造出了一种独特的异国情调和热烈气氛。来

255

到海边，还有不少恋海的人在海水中嬉戏，有的在沙滩上或走或坐。远方的夕阳在迅速地淡下去，远处海面上的船影便如同剪影动画，一抹红霞在接近海面的地方如烧透的红炭，久久不息。海面已经被夜色笼罩，天空疏星点缀。那一抹红霞仿佛混沌世界中孕育着的鲜活生命。我一直就这样坐在海边的椰树下的椅子上，目不转睛地望着它最终是怎样莫名其妙地消失的。

这时，天空突然下起了毛毛雨，自从离开国门将近一月，似乎还没有见过天上下一滴雨，这个傍晚，在这太平洋的中央，夏威夷瓦胡岛的黄昏，丝丝细雨带来了清凉，也带来了不少诗情画意。游人们并不躲避，在雨雾中行走自有另一番情趣。

我在沙滩上溜达，在海浪的冲击下，感受到了一种凉爽的快意。然后穿过街道，把自己汇入商店林立，灯火辉煌，游人如织的热闹之中。在一个花台的边上，两个上身赤裸的男人弹着吉他在唱歌，我听不懂他们唱些什么，我也无法评价他们唱得好不好，反正我看见其中一个男人吼得脖子上的青筋都鼓了起来。行人匆匆地从他俩面前走过，视若无人。只有一个听众，一个背包的穿着红T恤的东方男子端正地坐在他俩的对面，认真欣赏。最后我没有看清楚他是否往那个金属钵子中投过钱币，只见到他在与那两个歌手握手，亲如兄弟的样子。那两个唱歌的男人似乎有些像墨西哥人。

夜幕完全降临了。远海已只能望见一派朦胧的光影。在近岸的地方，因岸上的灯光照射，还可以看见白色的海浪一叠接一叠地从远处向岸边滚过来，并听得到隐隐的涛声。玩水的人渐渐上岸，有赤着上身的男人，也有穿着比基尼的女子。提着滑板的，扛着冲浪板的，三三两两在人流里穿行，然后消失在一条条街巷里。

第二天

早晨，不到 6 点钟我就起了床。昨晚不知怎的一直未睡安稳，大概是旅途打乱了时差的缘故吧。在阳台上坐了一会儿，然后独自下楼去，走上那条海滩观景栈桥。在那里我看到了许多人手里拿着面包在喂鸟。

从滨海路往城里的方向穿过公路，里面有一座公园，有几株巨大的榕树，垂地的气根形成了一片密集的森林，使人惊叹！公园里还有一个橄榄球场和一个网球场，在绿地之中到处都有供人们休闲的座椅。绿地中不规则地生长着一些树身略微倾斜的椰树，正因为它们的不规则，却形成了一种独特的南国风情的美感。公园的旁边是一座黑褐色的山，大概有两三百米高，可能是火山形成的山岭，与山下浓绿的公园形成了强烈对比。更远处，视线越过市区，在岛的中央就是莽莽苍苍的崇山峻岭，山岭之间云雾缭绕，神秘而空灵。

上午 9 点出发，汽车带着我们沿着滨海公路去参观今天的第一个景点——火山湾（又叫作恐龙湾）。汽车在风景如画的滨海公路上疾驰，路边闪过一幢又一幢精致无比的别墅，导游说那是富人居住区，自然，这些住宅环境之好造型之巧又远胜洛杉矶那些所谓的中国贪官住宅区。在公路靠岛内一侧，一片斜斜的山坡上，有一大片房子在阳光下反着亮光，那山坡叫作"富人山"，都是一些具有国际知名度的人物的别墅，据说伏明霞和陈龙在那山上都有房产，还顺便说起了电影《一个都不能少》的女主角也在这里的大学留学。导游这样介绍，显然有"八卦"的意味，且让我也跟着"八卦"一次吧。

我们来到一个山口，站在悬崖边的石栏杆旁一望，眼前是一个不大的海湾，整个海湾呈近于规则的圆形，只在正前方有一个不宽的缺口与茫茫大海相通。海湾内靠近跟前的一片海水看起来很浅，站在悬崖上可以非常清楚地看到水下面的情形，全是一些乱石深深浅浅地布着，似乎又并不尖锐凌乱；石头形成了许多或深或浅的坑，在海水之下呈现出碧绿的色彩。远远望去，觉得那些石头都与水面齐平甚至露出了水面，而实际上应该是在水面下较深的地方，因为我们分明看到许多游泳者正在那些石头上自由地游泳。两面的山岭高峻而枯秃，反衬着海湾的秀丽。整个海湾其实就是一个巨大的火山口，从它圆形的结构以及两边山壁上凝固的液体流动状态的外表特征可以看得出来。

接下来我们又沿着海边公路来到一个叫作"喷泉"的景点。那一带的海岸全是悬崖峭壁，乱石穿空，惊涛拍岸，堆叠的乱石俱为灰黑色，想必也是火山爆发所致。旁边又是一个较小的海湾，外边的海潮涌入海湾，激荡起层层白浪，在悬崖下形成了一小片沙滩，居然也有好几个比基尼躺在那里。放眼遥望，附近这一片海域呈现着灰黑色，与岸边的岩石一样，也许那是这一带海水极深的缘故。据说这一带海域就是盛产稀世珍宝红珊瑚的地方。喷泉就在这一片悬崖的另一侧，从上面可以稍稍往下走一些，崖边有观景的栏杆。那喷泉在海边一片乱石之中，每当大浪涌来，就会从一个黑色圆孔里喷射出一股股水柱，仿佛浮出海面的巨鲸喷水一样。浪越大，喷得越高。我敢肯定这只是海边水面下一个与大海接通的孔道，并不是还活跃着的火山现象，它最多就是曾经的火山爆发留下的遗迹而已。不过看起来也还有些意思，尤其是这一片海，给人极其壮阔的震撼之感。

至此，我们的夏威夷之游算是正式结束了。不过，我忍不住还要说说夏威夷的司机。请别嫌我啰唆。

夏威夷的旅游大巴司机给人的感觉是最礼貌最受人尊敬的。这之前在北美大陆，无论是在东海岸还是在西海岸，给我们开车的司机都是华人，都是自己的同胞，说不上好也说不上不好，反正要么油嘴滑舌，要么闷不做声，车一停就抽烟，还向我的同事们介绍如何抽烟才不违法的诀窍，他们与我在国内所遇到的那些旅游大巴司机没有太大区别。我们来到夏威夷，到火奴鲁鲁机场来接我们的是一位五十岁左右的女司机，第二天和第三天给我们开车的是一位五十多岁的男司机。从他们的长相特征看都可能是夏威夷的土著——波西米亚人，穿着具有夏威夷风情的民族服装，但是服装又明显是职业装。那一声发自肺腑的招呼——Anoha，让所有的游客从内心获得真诚的感动，因为他们的声音和表情是那样的自然真诚，这样一种纯美的情感会像一线淙淙的流泉沁入你的心脾。说实话，那的确是一种从第一刻开始就让人不会戒备和怀疑的友善。每次要下车的时候，他们一定会首先下车站在车门外，或者坐在驾驶座上回转身，面带笑容地向每一个人点头招呼。每次见面的时候都要大声地向大家问好——Anoha！结束分手的时候也要大声问候——Hanoha！尤其那位男司机更有意思，他在还未发车的时候，有时还会悄悄坐到空位置上，低下头，故意让导游数错人数，是个老顽童。今天中午他与我们道别的时候，站在大街的中央招呼过往的汽车停下先让我们过街，还与每一个人击掌道别！

　　旅游，能欣赏到美丽的自然风景，能体会到独特的异域风情固然是一种满足，如果能一路上遇上这样的司机，不也是一种难得的风景吗？是他们让我的美国之旅在最后的时间里，获得了最完美的感受！

韩国一瞥

　　从夏威夷出发，经过 9 个小时的漫长飞行，飞机终于降落在了韩国的仁川机场。要在仁川逗留一晚，从机场入境却费了一点周折，一大队人马被挡在机场内，原来是我们在飞机上所填的入境卡不标准。大概半个小时后事情迎刃而解！

　　来接我们的是一个矮而微胖的韩国中年女人，她自称学了十四年中文。听起来她的中文的确不错，甚至还能说一些我们国内的最新流行语。她带着我们去了仁川市郊外的一个叫作"清河"的超市的四楼吃晚饭。那一栋楼独独地立在海边不远背靠一片葱茏的浅丘的农田边，看样子那里是专门供外地游客吃饭和购物的地方。在路上，韩国导游就用她职业性的夸耀口气问我们韩国最好吃的食物是什么。大家有的说是泡菜，有的说是拌饭。导游很兴奋，她兴奋的原因是我们竟然还知道他们韩国的泡菜和拌饭，美名远播啊！最后她兴致更高地又带着一些神秘感地告诉我们，她今天晚上要请我们吃的才是韩国最好吃的食物，她又兴奋地卖着关子问大家：你们知道是什么吗？大家齐声回答：不知道！导游有些失望，便只好自曝谜底——猪肉鱿鱼火锅。

　　她非常自豪地夸耀起他们的饮食是如何的好，他们的餐具是如何的好，特别提起了他们现在所用的筷子是金属的，这金属筷子比以前用的竹筷子好，因为竹筷子不卫生。她还不忘问我们一句：你们中国现在还是用的竹筷子吧？大家便开始有些反感，但是听她把那猪肉鱿鱼火锅吹得神乎其神，倒勾起了我们无穷的向往之情。然而，到了那里一看，不过就是一餐没滋没味，平淡简陋的白水煮肉片而已。死气沉沉的炉子上只有烙饼大一只锅，锅里先已煮下了一些大白菜之类的素菜和一点鱿鱼须，油都看不到两滴。盘子里是一些用淀粉拌好了的瘦猪肉片，可以随煮随吃。吃法倒不用教我们这些来自四川吃惯了火锅的人，但是一看到那一锅清汤寡水，哪里还有什么胃口！那些早已饿坏了的人还是很高兴地把猪肉片下到锅里去，结果煮熟后一尝，也就不愿意再下口了。不得已，大家只好用桌子上的几样泡菜下白米饭。导游不断地劝大家多吃一点，吃完了随便添。我们都说吃好了吃好了。导游很感意外。

那导游在路上很自豪地炫耀过的韩国筷子也值得一提——在那里吃过了饭，我们也享受了韩国人引以为自豪的金属筷子，比我们常用的要细小一些，拿起来手感比较沉，原以为会使牙齿过敏，倒也没有。不过，要说这金属筷子比竹筷子更好更清洁，我觉得这些韩国人也多少有点自以为是了。姑且不说竹筷子也完全可以洗干净，就是那金属的东西也未必就对人体一点没有害处。所以，大家很快结束了就餐开始下楼的时候，便对那韩国筷子议论纷纷了。

韩国女导游对中国充满了好感是肯定的，但她总是在言语之中忍不住要显示他们韩国的强大。我们中的一个问她，从这里二十分钟是否可以到达首尔，她就表现出非常吃惊也非常严肃的样子反问道：难道我们大韩民国的首都就这样容易到达的吗？不禁让人哑然失笑。在去吃晚饭的路上她告诫我们：吃饭的时候，希望大家尽情地享用我们韩国美食，直到吃饱吃好为止，但是请你们一定不要浪费。然后她又问我们：为什么我们不能浪费食物呢？大家就说：我们毛主席说，浪费可耻！她说：是的，浪费可耻；我们大韩民国虽然现在富强了，不缺吃的了，但是我们的兄弟朝鲜还在挨饿，所以我们要节约每一粒粮食去支援我们的兄弟！

晚饭后，汽车载着我们经过了一座13公里长的跨海大桥，来到一个叫作松岛市的开发区，住进了一个名叫"松岛"的酒店，天刚断黑，看不清楚周围的环境，但是那些成排成排的路灯形成的密集星阵，也还是能够大概感受出这里建筑的繁华，也能够感受到近处那些建筑的高耸入云的影子。但是，很快就漫起了浓雾，周围就什么也看不见了。我们还没有进入房间，导游就提醒，房间里这样动不得，那样不能动，甚至连牙膏牙刷也是要付费的，最后说只有一瓶特别注明了的矿泉水是可以喝的。我只好感叹一声——我服了！

在大堂外看见了两群游客，一听说话——中国人！其中一群肯定来自东北，因为个个小沈阳的口音。说起小沈阳口音，我又想起了从洛杉矶到拉斯维加斯去的那个大巴司机，听他给别人打电话，才说到两句话，就把我们全车人逗得哈哈大笑，因为他简直就是那个小沈阳。在异国他乡，即使听到了我们母语的一种异地方言，我们也同样感觉到了亲切！

第二天早晨，我习惯性地早早地醒来了，独自去到宾馆外看风景。一会儿，我就看到那个韩国导游乘着我们昨天坐的那辆大巴车来了。

早餐又是到昨晚吃"韩国猪肉鱿鱼火锅"那个餐厅去吃。睡了一觉的导游又来劲了，让我们猜今天早晨吃什么。接着又是神秘兮兮地说——乌冬面。哇！学生们一声兴奋的惊呼。导游说，你们知道什么是"乌冬面"吗？知道，一种日本面食。学生们像上课回答问题一样。你们真了不起，知道这么多。不过这个乌冬面可是我们韩国的味道，非常非常好吃。但是我还是要提醒一下，等会我们每张桌子上有两个盛泡菜的罐子，你们要吃多少泡菜就从里面夹多少出来，夹出来的泡菜一定要吃完，不能浪费。这次没有说要支援他们的兄弟的话，但是这是我们一路出来被反复提醒要节约的一段旅程。我不反感这样的话，倒是这个韩国导游的这些话让我深思：几十年前，这个大韩民国也是一个比我们中国以前的情形好不了多少的国家，现在韩国比起以前来说，的确是非常发达非常富强了，而他们之

262

所以能够达到现在的状态，除了其他因素之外，肯定也与他们全民族的一种节俭习惯有关。这的确是值得我们学习的！乌冬面吃过了，自然不是想象的那么好吃，寡淡无味，倒是吃了不少泡菜。韩国泡菜虽然不是像韩国人自己吹嘘的那样好吃，不过也还算是一种不错的制作很精致的食物。精致，是的，韩国人似乎真的有"精致"的特征。螺蛳壳里做道场，不精致行吗？我的一个同事说。也有道理！

到机场换了登机牌，我因为无大箱子托运，早早进入仁川机场候机厅。走了很长很长的路才到达登机口所在的位置，几乎在这个候机大楼的尽头了——C区6号登机口。月初去美国时从此经过，没有感受到这个机场的全貌，这次的返回途中稍稍看得清楚一些了。远处是大海和隐隐的岛屿，近处是绿树道路，结合一张从松岛酒店的大堂里取来的地图，基本上感觉到了仁川机场在这一片岛屿中的大致位置。"大韩民国"自然说不上"大"，但是，我这"一瞥"还是只能看到它一抹缥缈的影子……